Charles Bukowski

CHARLES BUKOWSKI nasceu a 16 de agosto de 1920 em Andernach, Alemanha, filho de um soldado americano e de uma jovem alemã. Aos três anos de idade, foi levado aos Estados Unidos pelos pais. Criou-se em meio à pobreza de Los Angeles, cidade onde morou por cinquenta anos, escrevendo e embriagando-se. Publicou seu primeiro conto em 1944, aos 24 anos de idade. Só aos 35 anos é que começou a publicar poesias. Foi internado diversas vezes com crises de hemorragia e outras disfunções geradas pelo abuso do álcool e do cigarro. Durante a sua vida, ganhou certa notoriedade com contos publicados pelos jornais alternativos *Open City* e *Nola Express*, mas precisou buscar outros meios de sustento: trabalhou quatorze anos nos Correios. Casou, teve uma filha e se separou. É considerado o último escritor "maldito" da literatura norte-americana, uma espécie de autor *beat* honorário, embora nunca tenha se associado com outros representantes *beats*, como Jack Kerouac e Allen Ginsberg.

Sua literatura é de caráter extremamente autobiográfico, e nela abundam temas e personagens marginais, como prostitutas, sexo, alcoolismo, ressacas, corridas de cavalos, pessoas miseráveis e experiências escatológicas. De estilo extremamente livre e imediatista, na obra de Bukowski não transparecem demasiadas preocupações estruturais. Dotado de um senso de humor ferino, auto-irônico e cáustico, ele foi comparado a Henry Miller, Louis-Ferdinand Céline e Ernest Hemingway.

Ao longo de sua vida, publicou mais de 45 livros de poesia e prosa. São seis os seus romances: *Cartas na rua* (1971), *Factótum* (1975), *Mulheres* (1978), *Misto-quente* (1982), *Hollywood* (1989) e *Pulp* (1994), todos na Coleção **L&PM** POCKET. Em sua obra também se destactos e histórias: *Notas de um* u- *lations, Exhibitions, an* ss (1972; publicado em d le *Tales of Ordinary Mad* n

Town, lançados pela L&PM Editores como *Fabulário geral do delírio cotidiano* e *Crônica de um amor louco*), *Ao sul de lugar nenhum* (1973; L&PM, 2008), *Bring Me Your Love* (1983), *Numa fria* (1983; L&PM, 2003), *There's No Business* (1984) e *Miscelânea Septuagenária* (1990; L&PM, 2014). Seus livros de poesias são mais de trinta, entre os quais *Flower, Fist and Bestial Wail* (1960), *O amor é um cão dos diabos* (1977; L&PM, 2007), *You Get So Alone at Times that It Just Makes Sense* (1996), sendo que a maioria permanece inédita no Brasil. Várias antologias, como *Textos autobiográficos* (1993; L&PM, 2009), além de livros de poemas, cartas e histórias reunindo sua obra foram publicados postumamente, tais quais *O capitão saiu para o almoço e os marinheiros tomaram conta do navio* (1998; L&PM, 2003) e *Pedaços de um caderno manchado de vinho* (2008; L&PM, 2010).

Bukowski morreu de pneumonia, decorrente de um tratamento de leucemia, na cidade de San Pedro, Califórnia, no dia 9 de março de 1994, aos 73 anos de idade, pouco depois de terminar *Pulp*.

Charles Bukowski

Fabulário geral do delírio cotidiano

Tradução de MILTON PERSSON

www.lpm.com.br

Coleção **L&PM** POCKET, vol. 596

Texto de acordo com a nova ortografia.

Título original: *Erections, Ejaculations, Exhibitions and General Tales of Ordinary Madness.*

Este livro foi publicado pela L&PM Editores, em formato 14 x 21, em 1984.
Primeira edição na Coleção **L&PM** POCKET: abril de 2007
Esta reimpressão: setembro de 2020

Tradução: Milton Persson
Revisão: Renato Deitos, Flávio Dotti Cesa e Larissa Roso
Capa: Ivan Pinheiro Machado sobre foto de Charles Bukowski de autoria de Michael Montfort

ISBN 978-85-254-1560-8

B932f   Bukowski, Charles, 1920-1994
         Fabulário geral do delírio cotidiano: ereções, ejaculações e
        exibicionismos: parte II / – Charles Bukowski; tradução de Milton
        Persson – Porto Alegre: L&PM: 2020.
         288 p. : 18cm. (Coleção L&PM POCKET)

         1. Ficção norte-americana. I. Título. II. Série

                             CDD 813
                             CDU 820(73)-3

Catalogação elaborada por Izabel A. Merlo, CRB 10/329.

© 1967, 1968, 1969, 1970, 1972, 1983 by Charles Bukowski

Todos os direitos desta edição reservados a L&PM Editores
Rua Comendador Coruja, 314, loja 9 – Floresta – 90220-180
Porto Alegre – RS – Brasil / Fone: 51.3225.5777

PEDIDOS & DEPTO. COMERCIAL: vendas@lpm.com.br
FALE CONOSCO: info@lpm.com.br
www.lpm.com.br

Impresso na Gráfica e Editora Pallotti, Santa Maria, RS, Brasil
Primavera de 2020

Sumário

Um .45 pra pagar o aluguel 7
Na cela do inimigo público número um 15
Cenas da penitenciária 22
O hospício logo a leste de Hollywood 27
Você aconselharia alguém a ser escritor? 44
O grande casamento zen-budista 57
Reencontro 73
Vulva, Kant, e uma casa feliz 80
Adeus, Watson 89
Os grandes poetas morrem em penicos fumegantes de
  merda 95
Breve temporada no chalé dos poetas 103
Cristos metidos a besta 111
Sensível demais 124
Curra! curra! 130
A cidade do pecado 136
Se quiser e gostar 142
Um dólar e 20 cents 150
Sem meias 153
Um bate-papo tranquilo 162
Cerveja, poetas e mais papo 170
Dei um tiro num cara lá em Reno 175
Uma chuva de mulheres 185
Ruas de loucura noturna 192
Vermelho feito camarão 202

Olhos cor do céu 210
Uma para Walter Lowenfels.. 217
Notas de um candidato a suicida...................................... 226
Observações sobre a peste 232
Um bode... 239
"Animal crackers in my soup"... 244
Um cara popular.. 260
Cavalo flor... 266
O grande rebu da maconha 273
O cobertor 278

Um .45 pra pagar o aluguel

Duke tinha essa filha, que se chamava Lala, de 4 anos. Era a primogênita, logo dele, sempre tão precavido pra evitar filhos, com medo de ser morto por um deles. Mas agora vivia louco de alegria, encantado com a menina, que adivinhava tudo o que ele pensava – tal a comunicação que havia entre ela e ele, entre ele e ela.

Duke estava no supermercado com Lala, e os dois conversavam, dizendo uma coisa e outra. Falavam a respeito de tudo e ela lhe contava tudo o que sabia, e sabia muito, instintivamente, ao passo que Duke, se por um lado pouco sabia, por outro fazia o que podia. No fim dava certo. Sentiam-se felizes um com o outro.

– O que é aquilo ali? – pergunta ela.

– Um coco.

– O que que tem dentro?

– Um troço branco pra se mastigar.

– Por que que é por dentro?

– Porque todo esse troço branco que a gente mastiga se sente bem ali dentro, no interior da casca. E diz, consigo mesmo, "puxa, que gostoso que tá isto aqui!".

– Por que que é gostoso?

– Porque sim. Qualquer um acharia. Eu, por exemplo.

– Não acharia, não. Não ia poder dirigir o teu carro ali dentro, nem poder me enxergar. Ou comer presunto com ovo.

– Presunto com ovo não é tudo o que existe.

– O *que* que é tudo que existe, então?

– Sei lá. Pode ser que seja o miolo do sol, puro gelo.
– O MIOLO do SOL...? PURO GELO?
– É.
– Como seria o miolo do sol, se fosse puro gelo?
– Ué, todo mundo pensa que o sol é aquela bola de fogo. E tenho impressão que nenhum cientista vai concordar comigo, mas *eu acho* que seria assim, óh.

Duke pega um abacate.

– Oba!
– Tá vendo, um acabate é isto aqui: sol gelado. A gente come o sol e depois sai andando por aí, com uma sensação gostosa.
– O sol tá em toda aquela cerveja que tu bebe?
– Tá, sim.
– Dentro de mim também?
– Mais do que em qualquer pessoa que conheço.
– Pois eu acho que tu tem um SOL DESTE TAMANHO dentro de ti!
– Obrigado, meu bem.

Caminham mais um pouco e terminam as compras. Duke não escolhe nada. Lala enche o carrinho com tudo o que quer. Muita coisa não é de comer: balões, lápis crayon, um revólver de brinquedo, um espaçonauta com paraquedas que abre nas costas quando se atira o boneco pro ar. Espaçonauta do cacete.

Lala não gosta da mulher que está no caixa. Fecha a maior carranca pra ela. Coitada: a cara parece escavada, vazia – é um show de terror e não sabe.

– Oi, queridinha! – diz a caixa.

Lala não responde. Duke não sopra nada pra ela dizer. Pagam as compras e vão pro carro.

– Eles ficam com o dinheiro da gente – comenta Lala.
– Ficam.
– E aí tu tem que trabalhar de noite pra ganhar mais dinheiro. Eu não gosto quando você sai. Quero brincar de mamãe. Eu sou a mãe e tu é o filhinho.
– Tá, então vamos começar. Eu sou o filhinho. Que tal, mamãe?
– Tá legal, filhinho. Sabe dirigir o carro?

– Posso tentar.

Aí já estão dentro do automóvel, rodando. Um filho da puta qualquer pisa no acelerador e por pouco não bate no carro deles quando dobram à esquerda.

– Filhinho, por que que todo mundo quer dar batida na gente?

– Ué, mamãe, é porque são uns infelizes e todo mundo que se sente infeliz sai por aí machucando o que vem pela frente.

– Não tem ninguém que seja feliz?

– Muita gente finge que é.

– Por quê, hem?

– Porque sentem vergonha e medo e não têm coragem de confessar.

– Tu sente medo?

– Só tenho coragem de confessar pra *você* – vivo tão assustado, mamãe, que às vezes até parece que vou morrer de uma hora pra outra.

– Ô filhinho, não quer a mamadeira?

– Quero sim, mamãe, mas vamos esperar pra chegar em casa.

Continuam rodando, dobram à direita na Normandie. Fica mais difícil pra baterem na gente quando se dobra à direita.

– Filhinho, tu vai trabalhar hoje de noite?

– Vou.

– Por que que tu trabalha de noite?

– É mais escuro. As pessoas não veem.

– Por que que tu não quer que as pessoas vejam?

– Porque posso ser preso e ir pra cadeia.

– Cadeia? O que é isso?

– É tudo o que existe.

– Tudo MENOS EU!

Param o carro e levam as compras pra dentro.

– Mãeeê! – chama Lala –, trouxemos as compras! Sol gelado, *espaçonautas,* tudo!

A mãe (cujo nome é "Mag") responde:

– Que bom.

Depois, pra Duke:

– Porra, preferia que você não tivesse que sair hoje de noite. Tô com mau pressentimento. Não vai, Duke.

— *Você* tá com mau pressentimento? E *eu* então, meu bem? Todas as vezes. Já faz parte da coisa. Tamos lascados. A garota jogou tudo o que pôde naquele carrinho, desde presunto enlatado até caviar.

— Ué, e você deixou, porra?

— Não gosto de contrariar a menina.

— Quando for em cana vai ter que gostar.

— Olha, Mag, nesta profissão o cara sempre acaba passando um pouco de tempo no xadrez. Não adianta esquentar a cabeça com isso. O negócio é assim mesmo. Já cumpri pena. Tive mais sorte que muita gente por aí.

— Por que não procura um serviço decente?

— Filhinha, trabalhar numa prensa de perfuração esfola qualquer um. E não existe nenhum serviço decente. De um jeito ou doutro se acaba morrendo. Já estou encaminhado na vida – sou uma espécie de dentista, digamos, que arranca os dentes da sociedade. É a única coisa que eu sei fazer. Agora é tarde demais. E você sabe como todo mundo trata o cara que sai da prisão. Sabe o que fazem com a gente, já te contei, já...

— Eu *sei* que tu já contou, mas...

— Mas, mas, mass, massss! – atalha Duke –, puta que pariu, deixa eu terminar!

— Então termina.

— Esses industriais sacanas e exploradores que moram em Beverly Hills e Malibu. São especialistas em "reabilitar" presidiários, ou gente que saiu da cadeia. Perto deles, esse papo de liberdade condicional de merda até cheira bem. Que nem rosa. Mas é pura tapeação. Trabalho de escravo. O pessoal encarregado de vigiar os que ganham liberdade condicional sabe disso, pensa que não sabe? Como nós todos sabemos. Poupam despesa pro governo, contribuem pra enriquecer outro gajo qualquer. Onda. Pura onda. De tudo quanto é lado. Fazem a gente trabalhar três vezes mais que o homem comum, enquanto cometem verdadeiros assaltos contra a população, sempre dentro da lei – vendem qualquer porcaria por dez ou vinte vezes mais que o valor verdadeiro. Mas é dentro da lei, da lei que *eles* fizeram.

— Puta merda, quantas vezes já não ouvi essa ladainha...

— E puta merda, vai ouvir OUTRA VEZ! Pensa que não enxergo nem sinto nada? Acha que devo ficar de bico calado? Até com minha própria mulher? Você casou comigo, não foi? A gente não fode? Não vive junto, não?

— *Você* é que fode com tudo! Agora taí chorando.

— Vai à MERDA! Cometi um engano, um erro técnico! Era moço; não entendi as regras desses cagões...

— E agora tá querendo justificar a tua burrice!

— Ei, essa foi *ótima*! GOSTEI. Minha mulherzinha. Sua babaca. Babaca. Tu não passa de uma xota nos degraus da Casa Branca, bem aberta, e de cuca fundida...

— A criança tá ouvindo, Duke.

— Ótimo. E vou continuar. Sua babaca. REABILITAR. É a palavra que usam esses sacanas de Beverly Hills metidos a besta. São tão decentes e HUMANOS, porra. As mulheres deles ficam escutando Mahler lá no Music Center e fazendo doações de caridade, que podem descontar no imposto de renda. E são eleitas as dez melhores do ano pelo *L. A. Times*. E sabe o que os maridos fazem? Ficam xingando a gente, como se fosse cachorro, lá naquela fábrica de vigarice que eles têm. Cortam o salário, embolsam a diferença e nem adianta reclamar porque não vai adiantar mesmo. Tudo é uma tal merda, será que ninguém percebe? Será que ninguém VÊ?

— Eu...

— CALA ESSA BOCA! Mahler, Beethoven, STRA-VINSKY! Obrigam a gente a fazer serão de graça. E espinafram o tempo todo, cacete. E é só dizer UMA palavra, e já estão telefonando pro fiscal da liberdade condicional: "Desculpa, Jensen, mas devo lhe contar: o teu cara roubou 25 dólares do caixa. Logo agora, que estávamos começando a gostar dele."

— Então que espécie de justiça você quer? Puxa, Duke, já nem sei o que fazer. Você fica aí, falando feito matraca, sem parar. Fica de porre e vem me dizer que Dillinger foi o maior sujeito que viveu até hoje. Se sacode todo na cadeira de balanço, pra lá e pra cá, completamente bêbado, e berra "Dillinger!" *eu também estou viva.* ouça...

— Dillinger que se foda! já morreu. justiça? na América não existe. só tem *uma*. pergunta pros Kennedys, pergunta pros mortos, pergunta pra quem você quiser!

11

Duke salta da cadeira de balanço, vai ao armário, remexe embaixo da caixa de enfeites do pinheirinho de Natal e pega o trabuco. um .45.

– isto aqui, óh. isto aqui. é a única justiça que existe na América. é a *única* coisa que todo mundo entende.

sacode aquela porra pra cima e pra baixo.

Lala brinca com o espaçonauta. O paraquedas não abre direito. Que dúvida: uma tapeação. Outro blefe. Que nem a gaivota de olho parado. Ou a caneta esferográfica. Ou Cristo clamando pelo Pai, com a ligação interrompida.

– Escuta – pede Mag –, guarda essa arma maluca de uma vez. *Eu vou* procurar emprego. Me deixa ir.

– VOCÊ, procurando emprego?! Há quanto tempo vem repetindo isso? Você só presta pra foder, a troco de nada, e pra ficar aí sentada pelos cantos, lendo revista e enchendo a boca de bombom.

– Ah meu Deus, a troco de nada, não – eu AMO você, Duke, palavra de honra.

De repente ele cansa.

– Tá legal, ótimo. Então pelo menos vai guardar as compras.

Duke põe o trabuco de novo no armário. Senta e acende um cigarro.

– E cozinha alguma coisa pra mim antes de eu sair por aí.

– Duke – pergunta Lala –, tu quer que eu te chame de Duke ou de papai?

– como quiser, queridinha. você é quem manda.

– por que que tem cabelo na casca do coco?

– ah, que merda, sei lá. por que que tenho pentelho nos bagos?

Mag vem da cozinha com uma lata de ervilha na mão.

– Não admito que fale assim com minha filha.

– *tua* filha? tá vendo aquela boca carnuda? igualzinha à minha. tá vendo os olhos? os intestinos? que nem os meus, sem tirar nem botar. tua filha – só porque saiu dessa racha e mamou nas tuas tetas. não é filha de ninguém. só dela mesma.

— eu *insisto* – diz Mag – que você não devia falar desse jeito perto da criança!

— você insiste... você insiste...

— é isso mesmo! – afirma, com a lata de ervilha no ar, equilibrada na palma da mão esquerda. – insisto, sim.

— se você não tirar essa lata de ervilha da minha frente, eu juro, palavra, eu juro, por Deus ou sem Deus, QUE ENFIO ISSO AÍ NO TEU RABO, DAQUI ATÉ A LUA!

Mag volta pra cozinha com a lata. e não reaparece.

Duke vai ao armário buscar o casaco e o trabuco. se despede da menina com um beijo. ela tem mais encanto que pele bronzeada no inverno e meia dúzia de cavalos brancos correndo por colinas cobertas de grama. são as comparações que lhe ocorrem; começa a se emocionar. dá o fora apressado. mas fecha a porta devagar.

Mag sai da cozinha.

— Duke já foi – avisa a criança.

— é, eu sei.

— tô ficando com sono, mamãe. lê uma história pra mim.

as duas sentam no sofá.

— mãe, o Duke vai voltar?

— é, o filho da puta vai voltar, sim.

— o que que é filho da puta?

— o que o Duke é. eu amo ele.

— tu ama um filho da puta?

— sim – ri Mag. – amo, sim. vem cá, belezinha. aqui no meu colo.

abraça a criança com força.

— oh, você tá tão quentinha, tá que é um presuntinho, uma rosquinha que acaba de sair do forno!

— não sou NENHUM presuntinho ou ROSQUINHA, tá ouvindo? VOCÊ É QUE É!

— hoje é noite de lua cheia. tá muito claro, demais. fico com medo, morrendo de medo. ah meu deus, eu amo esse cara, ah deus do céu...

Mag pega uma caixa de papelão e tira um livro pra criança dali de dentro.

– mamãe, por que que tem cabelo na casca do coco?
– cabelo na casca do coco?
– é.
– espera, eu tava fazendo café. tô ouvindo daqui o barulho da água. já deve estar fervendo. tenho que ir lá pra apagar o gás.
– tá.
Mag vai à cozinha e Lala fica esperando no sofá.
enquanto Duke, parado na frente de uma loja de bebidas na esquina do Hollywood Bvd. com a Normandie, se pergunta: mas pra quê, pra quê, porra?
aquilo não tá com boa cara, não tá cheirando bem. pode ser até um sacana, nos fundos, de pistola na mão, espiando por algum buraco. foi assim que pegaram o Louie. estouraram com ele, feito pato de barro em tiro ao alvo de parque de diversões. homicídio lícito. o mundo inteiro sacana se safa, boiando na merda do homicídio permitido por lei.
o lugar não inspira confiança. quem sabe um barzinho pequeno? um inferninho de bicha. qualquer coisa fácil, com grana suficiente pra um mês de aluguel.
tô perdendo os culhões, pensa Duke. é só facilitar e não demora sou eu que vou andar sentado por aí, a escutar Shostakovitch.
torna a entrar no Ford preto 61.
e começa a rodar para a zona norte. 3 quarteirões. 4. 6. 12 quarteirões, rumo àquele mundo gélido. enquanto Mag, sentada com a criança no colo, se põe a ler um livro, A VIDA NA FLORESTA...
– a doninha e outros animais da mesma família, o visão, a marta, a chinchila, são seres ágeis, velozes, selvagens. Roedores carnívoros, vivem em contínua e sanguinária competição pela...
de repente a criança pega no sono e a lua cheia aparece no céu.

Na cela do inimigo público número um

estava escutando Brahms em Filadélfia em 1942. numa vitrola pequena. o segundo movimento da 2ª sinfonia. naquela época eu morava sozinho. bebia devagar uma garrafa de vinho do Porto e fumava um charuto ordinário. num quartinho limpo, como se diz. houve uma batida na porta. pensei que fosse alguém pra me entregar o prêmio Nobel ou Pulitzer. eram 2 sujeitos enormes com cara de burros e grossos.

Bukowski?

é.

mostraram o emblema: F.B.I.

nos acompanhe. melhor vestir o casaco. vai se ausentar por uns tempos.

não sabia o que tinha feito. nem perguntei. achei que, de qualquer forma, estava tudo perdido. um deles tirou o Brahms da vitrola. descemos a escada e saímos na rua. cabeças apareciam nas janelas como se todo mundo já estivesse sabendo.

depois a eterna voz de mulher: ah, lá vai aquele homem horrível! prenderam o cafajeste!

simplesmente não dou sorte com elas.

continuei me esforçando pra lembrar o que podia ter feito, e a única coisa que me ocorria é que talvez, de porre, houvesse matado alguém. mas não conseguia entender o que era que o F.B.I. tinha a ver com aquilo.

mantenha as mãos nos joelhos e não mexa com elas!

havia 2 homens no banco da frente e 2 no de trás, de modo que imaginei que devia ter assassinado alguém – decerto algum figurão.

continuamos rodando, de repente esqueci e levantei a mão pra coçar o nariz.

OLHA ESSA MÃO AÍ!!

quando chegamos na delegacia, um dos agentes apontou para uma fileira de fotos nas 4 paredes.

tá vendo estes retratos?, perguntou com dureza.

olhei um por um. estavam bem emoldurados, mas nenhuma das caras me dizia nada.

tô vendo, sim – respondi.

são homens que foram assassinados quando trabalhavam pro F.B.I.

não sei o que ele queria que eu dissesse, por isso continuei calado.

me levaram pra outra sala.

tinha um homem atrás da escrivaninha.

CADÊ O TEU TIO JOHN? – gritou na minha cara.

como? – retruquei.

CADÊ O TEU TIO JOHN?

eu não sabia a quem ele estava se referindo. por um instante cheguei a pensar que quisesse dizer que eu andava por aí carregando alguma arma secreta pra matar gente quando ficava bêbado. me senti todo atrapalhado, não entendendo mais nada.

me refiro a JOHN BUKOWSKI!

ah. ele morreu.

merda, POR ISSO é que a gente não conseguia descobrir onde ele estava!

me levaram lá pra baixo, pra uma cela cor de laranja. era sábado de tarde. pelas grades da janela dava pra ver as pessoas caminhando na calçada. que sorte que tinham! do outro lado da rua havia uma loja de discos. o alto-falante tocava música pra mim. tudo parecia tão calmo e tranquilo lá fora. ficava ali parado, de pé, tentando lembrar o que poderia ter feito. sentia vontade de chorar, mas não saía lágrima alguma. era só uma espécie de tristeza, de náusea, uma mistura de uma com a outra, não existe nada pior. acho que você sabe o que quero dizer. todo mundo, volta e meia, passa por isso. só que comigo é muito frequente, acontece demais.

a Prisão de Moyamensing me lembrava um castelo antigo. 2 vastos portões de madeira se abriram pra me acolher. até hoje me admiro que não tivéssemos que passar por cima de um fosso.

me puseram na cela de um sujeito gordo com cara de perito contador.

sou Courtney Taylor, inimigo público nº 1 – disse ele pra mim.

por que você foi preso? – perguntou.

(a essa altura eu já sabia; tinha perguntado no caminho.)

fui convocado e não me apresentei.

tem 2 coisas que aqui ninguém topa: recruta que não se apresenta

e exibicionista tarado.

código de honra de ladrões, hem? manter o país forte pra continuar com a roubalheira.

mesmo assim, ninguém gosta de convocados omissos.

sou de fato inocente. me mudei e esqueci de deixar o novo endereço na junta de recrutamento. comuniquei aos correios. recebi carta de St. Louis quando já estava aqui, dizendo que tinha que comparecer ao exame médico. respondi que não dava para ir até lá e pedi pra fazer o exame aqui mesmo. botaram os caras atrás de mim e agora tô em cana. não entendo: então, se eu quisesse escapar do recrutamento, ia dar o endereço pra eles?

todos vocês sempre se fazem de sonsos. pra mim isso é conversa mole pra boi dormir.

me estirei no beliche.

passou um carcereiro.

LEVANTA ESSE RABO DE MORTO DAÍ! – berrou comigo.

levantei meu rabo de morto de convocado omisso.

você quer se matar? – perguntou Taylor.

quero – respondi.

então puxa esse cano aí em cima que prende a lâmpada da cela. enche aquele balde com água e coloca o pé dentro. desatarraxa, tira a lâmpada fora e enfia o dedo no encaixe. aí você sai daqui.

fiquei olhando um bocado de tempo pra lâmpada.
obrigado, Taylor, você é um verdadeiro amigão.

as luzes apagaram, me deitei e eles começaram. piolhos.
porra, o que é isto? – berrei.
piolhos – respondeu Taylor. – aqui tem muito.
aposto que tenho mais que você – retruquei.
tá apostado.
dez cents?
dez cents.
comecei a catar e a matar os meus. fui colocando em cima da mesinha de madeira.

por fim demos um basta. Levamos os piolhos pra grade da cela, onde havia luz, e contamos. eu tinha 13 e ele 18. entreguei-lhe a moedinha. só muito mais tarde descobri que ele partia os dele ao meio e depois esticava. era estelionatário. profissional. filho da puta.

fiquei cobra com os dados no pátio de exercício. ganhava todo santo dia e já estava cheio da grana. cheio da grana pra cadeia, bem entendido. fazia 15 ou 20 pratas por dia. o regulamento proibia o jogo de dados e os guardas, lá de cima das torres, apontavam as metralhadoras pra gente e berravam PAREM COM ISSO! mas sempre se dava um jeito de continuar a partida. quem trouxe os dados pra prisão sem ninguém perceber foi um tarado exibicionista. o tipo do tarado que não me agrada. aliás, não gostava de nenhum deles. todos tinham queixo fraco, olhar lacrimoso, bunda magra e jeito viscoso. projetos de homens. acho que não era culpa deles, mas não gostava de olhar pra aquela gente. esse a que me refiro sempre se chegava depois de cada partida.

você tá afiado, tá ganhando uma nota preta, dá um pouco pra mim.

eu largava uns trocados naquela mão de cadáver e ele se afastava, feito cobra, o porco sacana, sonhando com o dia em que pudesse mostrar a pica de novo pra garotinhas de 3 anos. eu dava o dinheiro porque era o único meio de me conter e não bater com o cinto nele, mas quem fazia isso ia pra solitária, um buraco deprimente – não tanto quanto o pão molhado na água que se ficava obrigado a comer. eu via quando os caras saíam de lá: demoravam um mês pra voltar ao seu estado normal. mas todos nós éramos abortos da natureza. eu não fugia à regra. não fugia mesmo. fui muito duro com ele. só conseguia raciocinar direito quando desviava o olhar.

estava rico. depois que apagavam as luzes, o cozinheiro trazia pratos de comida, comida da boa e à beça, sorvete, bolo, torta, café de primeira. Taylor me avisou pra nunca dar mais de 15 cents pra ele, senão seria exagero. o cozinheiro agradecia em voz baixa e perguntava se devia voltar na noite seguinte.

mas nem tem dúvida – respondia eu.

era a mesma comida que levavam para o diretor da prisão, que, evidentemente, gostava de passar bem. os presos andavam todos famintos, enquanto que Taylor e eu desfilávamos pra lá e pra cá, parecendo 2 mulheres no nono mês de gravidez.

gosto desse cozinheiro – comentei –, acho um cara legal.

e ele é – concordou Taylor.

não parávamos de reclamar dos piolhos pro carcereiro, e ele berrava conosco:

ONDE PENSAM QUE ESTÃO? NUM HOTEL? QUEM TROUXE ESSES BICHOS PRA CÁ FORAM VOCÊS MESMOS!

o que, naturalmente, considerávamos um insulto.

os carcereiros eram mesquinhos, os carcereiros eram burros e viviam mortos de medo. sentia pena deles.

finalmente puseram Taylor e eu em celas separadas e fumigaram a que tinha piolhos.

encontrei Taylor no pátio.

me botaram junto com um pirralho – disse Taylor, bobo que só vendo –, tá por fora de tudo. um horror.

fiquei com um velho que não sabia falar inglês e passava o tempo todo sentado no penico, a repetir: TARA BUBA COME, TARA BUBA CAGA! não parava nunca. tinha a vida programada: comer e cagar. acho que se referia a alguma figura mitológica da terra dele. ah, vai ver que era Taras Bulba? sei lá. a primeira vez que saí pra fazer exercício no pátio, o velho rasgou o lençol do meu beliche e fez com ele uma corda;

pendurou as meias e as cuecas naquilo e quando entrei ficou tudo pingando em cima de mim. nunca saía da cela, nem pra tomar banho. não havia cometido crime nenhum, diziam, só queria ficar ali dentro e deixavam. um ato de bondade? fiquei brabo com ele porque não gosto de roçar a pele em cobertor de lã. minha pele é muito sensível.

seu velho sacana – gritava com ele –, já matei um cara e é só você não andar direito que acabo matando dois!

mas ele ficava simplesmente sentado ali no penico, rindo pra mim e dizendo: TARA BUBA COME, BUBA CAGA!

acabei desistindo. mas, seja lá como for, nunca precisei escovar o chão, aquela porra de casa dele vivia sempre úmida e escovada. devia ser a cela mais limpa da América. do mundo. e adorava aquela refeição extra de noite. se adorava.

o F.B.I. resolveu que eu estava inocente da acusação de ter fugido deliberadamente da convocação das forças armadas e me mandou para o centro de recrutamento. tinha uma porção de presos que mandavam pra lá. fui aprovado no exame biométrico e depois tive que falar com o psiquiatra.

você acredita na guerra? – perguntou.

não.

está disposto a lutar?

estou.

(andava com uma ideia meio biruta de sair de uma trincheira e sair caminhando em direção à linha de fogo até que me matassem.)

ficou um bocado de tempo sem falar nada, só escrevendo numa folha de papel. depois levantou os olhos.

a propósito, na próxima quarta-feira à noite vai ter uma festa com médicos, pintores e escritores. queria te convidar. você aceita o convite?

não.

tá certo – retrucou –, não precisa ir.

aonde?

pra guerra.

fiquei só olhando pra ele.

pensou que a gente não ia entender, não é? entregue esta folha de papel ao funcionário da sala ao lado.

era uma longa caminhada. a folha estava dobrada e presa por um clipe no meu cartão. levantei a ponta e espiei: "... possui uma grande sensibilidade dissimulada pela fisionomia impassível..." boa piada, pensei, puta que pariu! eu: sensível!!

e lá se foi Moyamensing. e assim ganhei a guerra.

Cenas da penitenciária

Sempre destacavam novatos pra limpar a sujeira dos pombos, e enquanto a gente ficava limpando os desgraçados voltavam e cagavam de novo no cabelo, na cara e na roupa da gente. Não se ganhava sabão – apenas água e escovão, e tinha-se que fazer muita força pra tirar toda aquela porcaria. Mais tarde mudava-se pra oficina mecânica, onde pagavam 3 cents por hora, mas quando se era novato a primeira coisa que se fazia era limpar merda de pombo.

Eu estava junto quando Blaine teve a ideia. Viu, parado no canto, um pombo que não podia mais voar.

– Escuta – disse ele –, eu sei que esses bichos falam uns com os outros. Vamos fornecer assunto pra aquele ali. A gente dá um jeito nele e joga lá pra cima no telhado, pra contar pros outros o que tá acontecendo aqui embaixo.

– Tá legal – concordei.

Blaine se aproximou e levantou o pombo do chão. Tinha uma pequena gilete enferrujada na mão. Olhou em torno. Estávamos no canto mais escuro do pátio de exercício. Fazia muito calor e havia uma porção de presos por perto.

– Algum dos cavalheiros presentes não gostaria de me auxiliar nesta operação?

Não houve resposta.

Blaine começou a cortar a pata do pombo. Homens fortes viraram as costas. Vi um ou dois, que estavam mais perto, cobrindo a fronte com a mão para não enxergar.

– Porra, caras, o que é que há com vocês? – gritei. – A gente já tá farto de ficar com o cabelo e os olhos cheios de merda de pombo! Vamos dar um jeito neste aqui pra, quando chegar lá em cima no telhado, poder contar pros outros: "Tem uns sacanas desgraçados lá embaixo! Não cheguem perto deles!" Este pombo vai fazer com que os outros parem de cagar na cabeça da gente!

Blaine jogo o pombo pro alto. Não me lembro mais se a coisa deu certo ou não. Só sei que, enquanto esfregava, minha escova bateu naquelas duas patas. Pareciam estranhíssimas, assim soltas, sem estarem ligadas a pombo nenhum. Continuei esfregando e misturei tudo na merda.

II

Na maioria, as celas viviam cheias demais, e ocorreram vários distúrbios raciais. Mas os guardas eram sádicos. Transferiram Blaine da minha pra outra, repleta de negros. Mal ele entra, ouve um deles dizer:

– Taí o meu veado! É isso aí, pessoal, esse cara vai ser meu veado! Aliás, bem que se podia dividir ele entre nós! Você vai tirar a roupa, filhinho, ou quer que a gente te ajude?

Blaine tira toda a roupa e se deita de bruços no chão.

Fica ouvindo passos ao redor.

– Credo! Nunca vi olho de cu mais feio que este!
– Nem dá pra ficar de pau duro, Boyer, palavra, brochei!
– Nossa, parece rosca mofada!

Todos se afastam, Blaine levanta e se veste de novo. Depois me conta no pátio de exercício:

– Tive sorte. Iam me esquartejar!
– Nada como ter cu horrendo – digo eu.

III

Depois teve Sears. Puseram Sears numa cela cheia de negros. Sears olhou em torno e se atracou no maior de todos. O cara caiu no chão. Sears deu um salto e se jogou, com os dois joelhos, em cima do peito do outro. A luta continuou. Sears fez picadinho do negro. O resto se limitou a assistir.

Sears simplesmente nem se abalava. Lá fora, no pátio, se agachava nos calcanhares, fazendo seu baseado, fumando bagana. Olhava pro crioulo. Sorria. Expelia a fumaça.

– Sabe de onde é que eu sou? – perguntava pro preto.

O cara não respondia.

– De Two Rivers, Mississippi.

Tragava, retinha a fumaça, expelia, sorria e rebolava as cadeiras.

– Tu ia gostar daquilo lá.

Aí atirava fora a bagana, levantava, virava as costas e atravessava

o pátio...

IV

Sears atiçava também os brancos. O cabelo dele era gozado. Parecia grudado no crânio, todo eriçado, cor de fogo e sujo. Tinha uma cicatriz de faca no rosto e olho redondo, mas bem redondo mesmo.

Ned Lincoln aparentava 19, mas tinha 22 anos – sempre de boca aberta, corcunda, com uma pelezinha branca encobrindo a ponta da vista esquerda. No primeiro dia do garoto no presídio, Sears deu com ele no pátio.

– EI, CARA! – berrou.

O garoto se virou.

Sears apontou pra ele.

– É TU MESMO! VOU ACABAR COM O TEU COURO, CARA! ACHO BOM FICAR PREPARADO, AMANHÃ EU TE PEGO! VOU ACABAR COM O TEU COURO, CARA!

Ned Lincoln ficou simplesmente parado, sem entender patavina. Sears começou a papear com outro preso, como se nada tivesse acontecido. Mas a gente sabia como ele era. Bastava fazer aquela declaração e pronto.

Um dos companheiros de cela do rapaz falou com ele naquela noite.

– Acho bom você se preparar, meu filho, aquele cara não é de brincadeira. É melhor tu arranjar alguma coisa.

– O quê, por exemplo?

– Ué, você pode fazer uma faquinha tirando a ponta da torneira da pia e depois afiando no cimento do chão. Mas também posso te vender uma faca boa de verdade, por dois paus.

O rapaz comprou a faca, mas no dia seguinte não arredou pé da cela nem apareceu no pátio.
– Aquele merdinha tá com medo – falou Sears.
– Eu também estaria – retruquei.
– Que nada, você aparecia – disse ele.
– Aparecia coisa nenhuma.
– Aparecia, sim – insistiu.
– Tá, então eu aparecia.
Sears, no dia seguinte, acabou com a vida de Ned no chuveiro. Ninguém viu nada. Só o sangue vermelho escorrendo no ralo, misturado com água e sabão.

V

Tem cara que não entrega a rapadura. Nem na solitária. Joe Statz era um. Parecia que nunca mais ia sair de lá. Era o alvo favorito do diretor. Se conseguisse dobrar Joe, teria melhor controle sobre o resto dos presos.

Um dia foi até lá com dois guardas, mandou levantar a tampa da grade, se pôs de joelhos e gritou pra Joe lá embaixo:
– JOE! JOE, COMO É? JÁ CHEGA? QUER SAIR DAÍ, JOE? NÃO QUER APROVEITAR ESTA CHANCE? OLHA QUE TÃO CEDO EU NÃO APAREÇO DE NOVO POR AQUI!

Não houve a menor resposta.
– JOE! JOE! TÁ ME OUVINDO?
– Tô, sim.
– ENTÃO, QUAL É A RESPOSTA, JOE?

Joe pegou o balde, cheio de mijo e merda, e jogou na cara do diretor. Os guardas repuseram a tampa no lugar. Ao que consta, Joe continua ainda lá, mais morto do que vivo. Todo mundo ficou sabendo do que ele fez com o diretor. A gente de vez em quando se lembrava dele. Sobretudo quando as luzes apagavam.

VI

Quando eu sair, pensei, vou esperar um pouco e depois vou voltar pra cá. Vou ficar parado lá fora, sabendo exatamente o que está se passando aqui dentro. E vou olhar bem firme pra estas paredes e tomar a decisão de nunca mais ser preso.

    Mas depois que saí, nunca mais voltei. Nem pra ficar olhando as paredes lá fora. É que nem mulher que não presta. Não adianta voltar. Não dá nem pra olhar pra ela. Mas falar, a gente pode. Fica mais fácil. E foi o que fiz hoje, um pouco. Boa sorte, companheiro, aí dentro ou aqui fora da prisão.

O hospício logo a leste de Hollywood

Achei que tinha escutado uma batida na porta, olhei pro relógio – apenas 1 e meia da tarde, porra; vesti o velho roupão de banho (sempre durmo nu; pijama me parece ridículo) e abri uma das janelas laterais, quebradas, perto da porta.

– Quem é? – perguntei.
Era Jimmy Maluco.
– Tava dormindo?
– Tava, e você?
– Não, eu tava batendo.
– Então entra.
Tinha vindo de bicicleta. E estava de panamá novo.
– Gostou do chapéu? Não acha que me deixou mais bonito?
– Não.
Sentou no sofá e ficou se admirando no espelho grande atrás da minha poltrona, ajeitando o chapéu de um lado pro outro. Trazia duas sacolas de papel pardo. Uma continha a costumeira garrafa de vinho do Porto. Esvaziou a outra em cima da mesinha de centro – facas, garfos, colheres, bonequinhas –, seguidos por um pássaro de metal (azul-claro, de bico quebrado e pintura lascada) e uma miscelânea de bugigangas. Vendia aquela porcaria – toda roubada – nas diversas lojinhas hippies e espeluncas do Sunset e Hollywood Boulevards – quer dizer, na parte mais pobre dessas avenidas onde eu morava, onde todo mundo morava. Isto é, a gente morava ali por perto – em pátios, sótãos e garagens caindo aos pedaços, ou dormindo no chão de abrigos provisórios.

Enquanto isso Jimmy Maluco se considerava pintor, mas eu achava péssimos os quadros que pintava e não escondia essa opinião. Ele também tinha a mesma a respeito dos meus. É bem possível que ambos tivéssemos razão.

Mas o que eu pretendo dizer é que Jimmy Maluco andava mesmo fodido. Os olhos, ouvidos e nariz dele não podiam estar piores. Excesso de cera nos canais esquerdo e direito; membrana mucosa levemente inflamada no nariz. Jimmy Maluco sabia exatamente o que devia roubar pra vender pras tais lojas. Era excelente ladrão de quinquilharias. Mas o seu sistema respiratório, a parte superior dos dois pulmões, estava afetado e congestionado. Quando não fumava cigarro, fazia baseado ou bebia vinho no gargalo. Com sístole de 112, diástole de 78 e 34 de pressão. Funcionava bem com mulheres na cama, mas a percentagem de hemoglobina era muito baixa: 73; não, 72. Como todos nós, quando bebia não comia; e gostava de beber.

Jimmy Maluco não parava mais de ajeitar o panamá diante do espelho e de fazer barulhinhos medonhos. Sorria pra si mesmo. Os dentes estavam em petição de miséria e a membrana mucosa da boca e da garganta também vivia inflamada.

Aí, sempre com aquele panamá idiota na cabeça, tomou um gole de vinho, o que me fez ir buscar duas cervejas pra mim mesmo.

Quando voltei, ele disse:

– Mudei meu nome de "Jimmy Louco" para "Jimmy Maluco". Acho que você tem razão – "Jimmy Maluco" fica muito melhor.

– Mas louco é o que de fato você é, sabia? – retruquei.

– Como é que você foi ficar com esses dois baitas buracos aí no braço direito? – perguntou Jimmy Maluco. – Parece que a carne tá toda queimada. Quase dá pra ver o osso.

– Eu tava alto, tentando ler *Canguru* do D. H. Lawrence deitado na cama. Bati sem querer no fio da tomada, e a lâmpada de cabeceira caiu por cima do braço. Antes que pudesse arrancar aquela porcaria fora, quase me queimo todo. Era uma lâmpada GE de cem watts.

– Não procurou o médico?

– O meu tá uma fera comigo. Passo o tempo todo lá sentado, fazendo o meu próprio diagnóstico, receitando o tratamento que devo seguir, depois saio e pago a consulta pra enfermeira. Ele me irrita. Gosta de ficar lá, em pé, falando da época em que serviu no exército nazista. Você sabe que os franceses pegaram ele e outros nazistas, meteram todos num carro de bois que ia pra um campo de prisioneiros e aí a população daquelas cidadezinhas jogou gasolina, bomba de cheiro e galocha velha cheia de veneno pra formiga nos infelizes inocentes? Porra, já ando de saco cheio dessas histórias que ele vive repetindo...

– Olha! – disse Jimmy Maluco, apontando pra mesinha de centro. – Olha pra esta prataria! Tudo autêntico!

Me entregou uma colher.

– Agora espia só isto aqui!

Apenas olhei de relance para a tal colher.

– Escuta – continuou –, você precisa deixar o roupão aberto desse jeito aí?

Joguei a colher em cima da mesa.

– Que que há? É o primeiro caralho que você vê na vida?

– É o teu saco! Tão grande e cabeludo! Troço horrível!

Não fechei o roupão. Detesto que me deem ordens.

Lá estava ele, de novo, a ajeitar o tal panamá. Aquele panamá idiota e aquelas pontadas no apêndice. A parte inferior do fígado também sensível ao tato. Baço afetado. Tudo afetado e com palpitações. Até na porcaria da bexiga.

– Escuta, dá pra usar o telefone? – perguntou Jimmy Maluco. – Ligação local?

– É, é local, sim.

– Vê lá, hem? Outra noite quase matei quatro caras. Saí de carro atrás deles por toda a cidade. Por fim pararam. Estacionei bem perto e desliguei o motor. Não me dei conta que o deles havia ficado ligado. Mal eu saltei, se mandaram. Fiquei muito decepcionado. Quando consegui arrancar, já tinham sumido de vista.

– Fizeram algum interurbano no teu telefone?

– Não, nem conhecia eles. Foi outra história.

– A minha ligação é local.

– Então a boneca pode fazer.

Terminei a primeira cerveja e quebrei a garrafa vazia atirando dentro da grande caixa de madeira (tamanho ataúde) no meio da sala. Embora o senhorio me fornecesse duas latas de lixo por semana, a única forma de conseguir que tudo coubesse dentro daqueles troços era quebrando as garrafas. Não havia mais ninguém com duas latas de lixo no bairro, mas afinal, como se diz, celebridade não é pra quem quer e sim pra quem pode.

Um pequeno problema, porém: sempre gostei de andar descalço dentro de casa, e os cacos de vidro quebrados ficavam presos no tapete, cravando na sola dos pés. Isso também aporrinhava o meu abnegado médico – tendo que extrair aquilo toda semana, enquanto deixava alguma pobre velhota morrendo de câncer na sala de espera –, de modo que aprendi a tirar sozinho os cacos maiores, deixando os outros na maior liberdade pra fazer o que bem entendessem. Claro que, se não se estiver dopado demais, a gente sente quando pisa em cima e aí tira *na mesma hora*. É a melhor maneira. Arranca-se *imediatamente* o caco fora e o sangue esguicha do corte feito porra. Dá até pra se sentir meio heroico – quer dizer, eu, pelo menos, me sinto.

Jimmy Maluco encarou com expressão esquisita o telefone na mão.

– Não atende.
– Então desliga, pamonha!
– Mas tá dando sinal de desocupado.
– E eu tô te dizendo, pela última vez: desliga!
Desligou.
– ... ontem de noite uma mulher sentou na minha cara. Durante doze horas. No fim espiei lá de baixo daquela bunda e vi que o sol já tava nascendo. Cara, tive impressão que a língua havia partido no meio. Parecia bifurcada.
– O que não seria nada mau.
– Pois é, daria pra chupar duas xotas ao mesmo tempo.
– Evidente. E Casanova, no túmulo, se borraria de inveja.

Ficou brincando com o panamá. Quanto ao reto, havia indícios de tecido hemorroidal. Esfíncter bastante apertado. Kid Panamá. Próstata meio dilatada e sensível ao tato.

De repente o pobre fodido saltou em pé e foi discar, de novo, o mesmo número de telefone.

Ficou ali, girando o panamá na mão.

— Continua dando sinal – disse.

E parou lá, sentado, a ouvir o sinal, com o sistema musculoesqueletal completamente fodido – quero dizer, postura atrofiada (cifose). A 5ª vértebra esquerda apresentava possível anomalia.

Ficou brincando com o panamá.

— Continua dando sinal – disse.

— Claro – retruquei –, tá fodendo com outro.

— Claro. E continua dando sinal.

Fui até lá e desliguei o telefone.

De repente gritei:

— Ah, bosta!

— Que que foi, cara?

— Caco de vidro! Tem caco espalhado por tudo quanto é canto desta sala de merda!

Me apoiei num pé só e retirei o caco da sola do outro. Era bem grande. É mais gostoso que espremer furúnculo. O sangue esguichou logo fora.

Voltei pra poltrona, peguei um trapo velho e pintura que usava pra limpar pincéis e enrolei em torno do calcanhar que sangrava.

— Esse pano aí tá sujo – disse Jimmy Maluco.

— A tua cabeça é que tá – retruquei.

— Por favor, fecha esse roupão!

— Pronto – disse eu –, tá vendo?

— Claro que tô. Foi por isso que pedi pra você fechar.

— Tá legal. Merda.

Com a maior relutância, cobri meus órgãos genitais com o roupão. Qualquer um pode mostrar aquilo de noite. Às duas da tarde já precisa ter muito culhão.

— Ouça – disse Jimmy Maluco –, sabe aquela vez que você inventou de mijar em cima de um carro de polícia em Westwood Village? Onde é que eles estavam?

— A uns cinquenta metros dali, resolvendo não sei o quê.

— No mínimo batendo punheta um no outro.

— Talvez.

— Mas você não se contentou com aquilo. Tinha que voltar e mijar em cima do carro outra vez.

Pobre Jimmy. Todo fodido mesmo. 1ª, 5ª e 6ª cartilagens (pescoço) deslocadas.

Havia também deficiência do anel inguinal.

E ei-lo ali, me recriminando por ter mijado num carro de polícia.

— Tá legal, Jimmy, você pensa que é grande merda, hã? Com essa tua sacolinha de quinquilharias roubadas. Pois vou te dizer uma coisa!

— O quê? – perguntou, se admirando no espelho e ajeitando o panamá outra vez. Depois botou o gargalo da garrafa de vinho na boca.

— Você está sendo processado e não sabe! Não se lembra mais, mas quebrou uma costela da Mary e depois, dois dias mais tarde, voltou e deu-lhe um murro na cara.

— EU, sendo PROCESSADO? NO TRIBUNAL? Ah, não, cara, não vá me dizer que tô sendo processado no TRIBUNAL?!

Espatifei a segunda garrafa de cerveja na vasta caixa de madeira do meio da sala.

— É, meu filho, você tá doido de atar, precisa de ajuda. E a Mary tá te processando por agressão...

— Mas o que vem a ser isso?

Fui buscar mais duas cervejas (pra mim) e voltei.

— Você sabe muito bem o que é, seu babaca! Tu não nasceu ontem!

Olhei pra ele. A pele meio ressequida, com perda da elasticidade normal. Também sabia que tinha um pequeno tumor na nádega esquerda (no centro).

— Mas não entendo esse negócio de TRIBUNAL! O que vem a ser isso, porra? Claro, nós tivemos uma pequena discussão. Por isso é que eu fui lá pra casa do George no deserto. Ficamos bebendo vinho do Porto um mês inteirinho. Quando voltei, ela se parou AOS GRITOS comigo! Precisava ter visto! Não fiz por querer. Só lhe dei um pontapé naquela baita bunda e nas tetas...

– Ela tá apavorada contigo, Jimmy. Tu é um cara doente. Fiz um estudo aprofundado de você. Tu sabe que não ando socando punheta nem me dopando com droga nenhuma e sim lendo livros, tudo quanto é espécie de livros. Você tá demente, meu caro.

– Mas éramos tão bons amigos. Ela, inclusive, queria foder com você, e só não fodeu de tanto que gosta de mim. Foi o que ela me disse.

– Mas, Jimmy, isso já era. Você não faz ideia de como as coisas mudam. Mary é uma ótima criatura. Ela...

– Ah, deus do céu! Fecha esse roupão! POR FAVOR!

– Opa! Desculpa.

Pobre Jimmy. O sistema genital – o canal deferente esquerdo e até certo ponto o direito – parece que tinha uma cicatriz ou tecido aderente. Provavelmente causado por alguma patologia anterior.

– Vou telefonar pra Anna – disse –, a Anna é a maior amiga da Mary. Ela deve saber. Por que é que a Mary haveria de querer me processar?

– Telefona então, boneca.

Jimmy arrumou o panamá na frente do espelho, depois discou.

– Anna? É o Jimmy. O quê? Não, não é possível! O Hank acabou de me contar. Escuta, eu não gosto de brincadeiras. O quê? Não, não quebrei a costela dela! Só dei pontapé na bunda e nas tetas. Quer dizer que ela vai mesmo me processar? Pois eu não vou no tribunal. Vou pra Jerome, Arizona. Aluguei uma casa. Duzentos e vinte e cinco mensais. Acabo de ganhar doze mil dólares num grande negócio imobiliário... Ah, cala a boca, puta que pariu, para de falar nessa história de TRIBUNAL! Sabe o que eu vou fazer agora mesmo? Vou lá pra casa da Mary e JÁ! Vou dar um beijo nela de desentupir pia! Vou comer todos os pentelhos daquela buceta! Tô me lixando pra tribunal! Vou meter no cu dela, debaixo do sovaco, entre as mamicas, na boca, na...

Jimmy me olhou.

– Desligou.

– Jimmy – comecei –, tu devia fazer uma lavagem no ouvido. Tá com sintomas de enfisema. Precisa praticar exercícios e parar de fumar. Fazer terapia raquidiana. Pra tua deficiência de anel inguinal é bom tomar cuidado ao levantar peso, ao fazer força no vaso...

– Que papagaiada é essa?
– O tumor na nádega parece ser verrugoso.
– O que vem a ser isso?
– Uma verruga, boneca.
– Verruga e boneca é a vovozinha.
– Pois é – retruquei. – Onde conseguiu a bicicleta?
– É do Arthur. Ele tá com um estoque enorme de erva. Vamos até lá pra fumar um pouco.
– Não gosto do Arthur. É um desses merdinhas, todo delicado. Tem uns que eu até gosto. Do Arthur, não.
– Semana que vem ele viaja pra passar meio ano no México.
– A maioria desses merdinhas delicados está sempre viajando. O que que é? Uma bolsa?
– É, uma bolsa. Só que ele não sabe pintar.
– Eu sei disso. Mas tem as esculturas – lembrei.
– Nao gosto das esculturas que ele faz – disse o Kid Panamá.
– Escuta aqui, Jimmy. Eu posso não gostar do Arthur, mas sou vidrado nas esculturas dele.
– Mas é sempre a mesma coisa batida – aquela baboseira grega, mulher de teta e bunda grande, com túnica esvoaçante. Caras lutando, uns agarrados ao caralho e à barba dos outros. Que diabo de porra é essa?

Portanto, leitor, vamos deixar o Jimmy Maluco um pouco de lado e tratar do Arthur – o que não constitui grande problema. O que eu quero dizer também se aplica ao meu jeito de escrever: posso saltar de uma coisa para outra e você pode vir junto que não faz a mínima diferença, como já se verá.

Ora, o segredo do Arthur é que ele fazia esculturas simplesmente descomunais. Muito, mas muito impressionantes mesmo. Todo aquele cimento de merda. O menor homem ou mulher que esculpia ficavam com mais de três metros de altura à luz do sol, do luar ou da poluição, dependendo do momento em que se chegasse.

Uma noite tentei entrar lá, pelos fundos da casa, e dei com toda aquela gente feita de cimento, todo mundo parado ali, do lado de fora. Algumas chegavam a alcançar 4 e até 5 metros de altura. Seios, xotas, paus, bagos enormes, por tudo quanto era lugar. Tinha acabado de ouvir o *Elixir de Amor* de Donizetti. Não adiantou nada. Ainda me senti uma espécie de pigmeu no meio do inferno. Fiquei ali fora, gritando: "Arthur, Arthur, acode!" Mas ele estava cheio de maconha ou coisa que o valha, ou talvez quem estivesse fosse eu. Seja lá como for, comecei a sentir um puta medo daquilo.

Bom, tenho um metro e oitenta de altura e peso quase 120 quilos, de modo que simplesmente atirei um pedaço de cabeça que achei no chão contra o maior filho da puta que havia por lá.

Peguei pelas costas, quando ele não estava olhando. E caiu de cara no chão, e COMO! Deu pra ouvir em toda a cidade.

Aí, só por curiosidade, rolei a escultura de lado, e claro que tinha lhe quebrado o caralho, um bago, enquanto o outro havia se partido bem no meio; um pedaço do nariz também se esfacelou todo, e quase a metade da barba.

Me senti assassino.

Aí Arthur veio lá de dentro e disse:

– Hank, que bom ver você!

E eu retruquei:

– Desculpa a barulhada, Art, mas tropecei num desses teus bichinhos de estimação aí fora, aquela porcaria desmoronou e se partiu em mil pedaços.

– Não tem importância – disse ele.

De modo que entrei e ficamos fumando aquele troço a noite inteira. E, quando vi, o sol já ia alto e eu estava dentro do carro lá pelas 9 da manhã – desrespeitando tudo quanto era sinal amarelo e vermelho. Consegui, inclusive, estacionar a um quarteirão e meio de distância da casa onde morava.

Mas quando cheguei diante da porta, descobri que tinha trazido o tal caralho de cimento no bolso. Aquela droga devia ter, no mínimo, meio metro de comprimento. Desci a escada e enfiei o negócio na caixa de correspondência da minha senhoria;

só que não coube tudo; um bom pedaço ficou de fora, arqueado e imorredouro, culminado por aquela cabeça imensa e relegado ao critério do carteiro.

Tudo bem. Mas voltando ao Jimmy Maluco:

– Mas será – insistiu ele – que eles querem mesmo que eu compareça no TRIBUNAL? Pra ser PROCESSADO?

– Ouça, Jimmy, você realmente precisa de ajuda. Vou te levar de carro até Patton ou Camarillo.

– Ah, já tô farto dessa sacanagem de tratamento de choques... Barrrrrr!!! Barrrrrr!!!

Chacoalhou o corpo todo na cadeira, como se estivesse recebendo choque outra vez.

Depois ajeitou o panamá diante do espelho, sorriu, levantou e foi telefonar de novo.

Discou o número, me olhou e disse:

– Continua dando sinal.

Simplesmente desligou e tornou a discar.

Todos viviam indo lá. Até o meu médico ligava pra mim.

– Cristo foi o maior psiquiatra e o mais vaidoso de todos – pretendendo ser o Filho de Deus. Expulsando os tais vendilhões do templo. Foi, naturalmente, o Seu grande erro. Não descansaram enquanto não o pegaram pelo rabo. Inclusive pediram pra Ele cruzar os pés, pra economizar prego. Tremenda babaquice.

Todos viviam indo lá. Tinha um cara, chamado Ranch ou Rain, qualquer coisa assim, que sempre aparecia com o saco de dormir e uma história de fazer chorar. Zangava entre Berkeley e Nova Orleans. Pra lá e pra cá. De dois em dois meses. E compunha rondós péssimos, completamente gagás. E cada vez que aparecia (ou, como eles gostam de dizer, "pintava por lá") era uma nota de cinco e/ou umas pratas que se iam, sem falar em tudo o que comia e bebia. Mas não faz mal, dinheiro pra mim é o mesmo que pica: foi feito pra gastar. Só que essa gente tem que entender que eu também enfrento certos problemas pra sobreviver.

De modo que lá estava o Jimmy Maluco. E eu.

Ou lá estava Maxie. É o tal que vai acabar com todos os esgotos de Los Angeles pra ajudar a Causa do Povo. Bem, não se pode negar que é um gesto bonito pra caralho. Mas, Maxie, meu filho, eu dizia, me avisa quando você for acabar com todos os esgotos. Sou a favor do Povo. Há muito tempo que somos amigos. Mas quero sair da cidade com uma semana de antecedência.

O que Maxie não compreende é que Causas e Merda são coisas que não se misturam. Posso muito bem passar fome, mas não entupam minha merda e/ou o lugar de cagar. Nunca me esqueço de uma vez em que o meu senhorio saiu da cidade e foi passar duas ótimas semanas de férias no Havaí.

Pois bem. No dia em que ele viajou, o vaso entupiu. Eu também tinha desentupidor, pois vivo com medo de merda, mas por mais que fizesse não dava resultado. Pode-se imaginar como fiquei.

Então telefonei pra tudo quanto era amigo que eu tinha, e não sou do tipo que tem muitos amigos, ou, quando tenho, são eles que não têm vaso, que dirá telefone... o mais provável, até, é que não tenham porra nenhuma.

De modo que liguei pra um ou dois que tinham vaso. Foram muito simpáticos.

– Evidente, Hank, pode vir cagar aqui em casa a hora que você quiser!

Não aceitei os convites. Talvez por causa do modo como foram feitos. Portanto, lá estava o meu senhorio no Havaí, vendo as garotas dançar hula-hula, enquanto aqueles cagalhões de merda ficavam ali boiando em cima da água, ou redemoinhando e olhando pra mim.

De modo que todas as noites eu tinha que cagar e depois tirar os cagalhões de dentro d'água, colocar num papel encerado e aí passar pra uma sacola de papel pardo, entrar no meu carro e sair rodando pela cidade à procura de um lugar pra jogar aquilo fora.

E então, estacionado em fila dupla, com o motor ligado, simplesmente atirava a porra daqueles cagalhões por cima de um muro qualquer, não importa qual. Fazia o possível pra não ter preferências, mas havia um Asilo de Velhos que parecia especialmente tranquilo e acho que lhes dei a minha sacolinha parda cheia de cagalhões no mínimo três vezes.

Tinha ocasiões em que apenas ia rodando, baixava o vidro e praticamente jogava depressa os cagalhões como se fossem, digamos, cinzas de cigarro ou meia dúzia de charutos queimados.

E por falar em merda, prisão de ventre sempre me assustou mais do que câncer. (Já voltaremos a Jimmy Maluco. Olha que eu avisei que o meu jeito de escrever era assim mesmo.) Se passo um dia sem cagar, não consigo sair nem fazer coisa alguma, fico tão desesperado que muitas vezes tento até chupar o meu próprio caralho só pra ver se dá pra tirar a rolha do intestino e esvaziar tudo de novo. E quem já tentou chupar a própria pica sabe perfeitamente o esforço tremendo que isso exige dos ossos da coluna, da nuca, de tudo quanto é músculo, enfim.

A gente bate aquilo até ficar o mais comprido que pode, depois é preciso dobrar o corpo de fato feito qualquer desgraçado suspenso num pau de arara, com as pernas passando por cima da cabeça e presas à cabeceira da cama, o cu se retorcendo como pardal morrendo na geada, espremendo ao máximo o barrigão repleto de cerveja, todo o revestimento dos músculos quase estourando em frangalhos, e o que mais dói é que não se fracassa por trinta ou sessenta centímetros – mas por coisa de milímetros: a ponta da língua quase tocando na cabeça da pica, mas o tempo que se leva e a distância que não se alcança poderiam equivaler tanto a uma eternidade como a cinquenta quilômetros. Deus, ou seja lá a porra que for, sabia muito bem o que estava fazendo quando nos criou.

Mas, voltando aos loucos.

Jimmy simplesmente ficou discando o mesmo número, sem parar, da uma e meia até as seis horas da tarde, quando então perdi a paciência. Não, já eram seis e meia quando perdi a paciência. Que diferença faz? Portanto, depois do 749º telefonema, não me preocupei mais com o roupão, dei dois passos na direção dele, arranquei-lhe o fone da mão e decretei: "Agora chega".

Estava escutando a *Sinfonia 102* de Haydn. Tinha cerveja suficiente pro resto da noite. E Jimmy Maluco já havia me enchido. Era um grosso, um mosquito borrachudo, um rabo de jacaré, merda de cachorro no calcanhar.

Olhou pra mim.

– Processo? Quer dizer que ela pretende me processar? Ah, não, não dá pra acreditar no que as pessoas são capazes de fazer...

Lugares-comuns. E com cera no ouvido.

De modo que bocejei e liguei pra Izzy Steiner, o melhor amigo dele, e que tinha me jogado aquela bomba. Izzy afirmava que era escritor. E eu dizia que ele não sabia escrever. Era bem possível que um de nós estivesse certo, ou errado. Sabe como são essas coisas.

Izzy era um jovem e imenso judeu, com apenas l,60m de altura e pesando nada menos que 100 quilos – braço e pulso de halterofilista, pescoço taurino, e lelé da cuca; olhinhos pequenos e boca muito antipática –, apenas um furinho na cabeça que passava o tempo todo apregoando o gênio de Izzy Steiner e comendo sem parar: asas de galinha, patas de peru, bisnagas de pão, esterco de aranha – qualquer coisa, tudo que ficasse o tempo suficiente parado para ele saltar em cima.

– Steiner?

– Hã?

Andava estudando, com a maior relutância, pra ser rabino. A única coisa que lhe interessava era comer e engordar cada vez mais. Se a gente saía um instante pra mijar, voltava e encontrava a geladeira vazia ou então ele parado, com a porta entreaberta e aquela expressão de glutão encabulado, engolindo o último pedaço. Quando Izzy aparecia, a gente só se salvava da calamidade total porque não comia carne crua – gostava de malpassada, crua não.

– Steiner?

– Galp...

– Olha, termina de comer. Tenho uma coisa pra te dizer.

Fiquei ouvindo ele mastigar. Parecia uma dúzia de rabinos fodendo em cima de palha.

– Escuta, cara. O Jimmy Maluco tá aqui. Ele é tua cria. Veio de bicicleta pra cá. Não aguento mais. Quero que você venha logo. Depressa. Tô avisando. Tu é amigo dele. O único amigo que ele tem. Acho bom vir correndo. Pra tirar ele daqui e levar pra bem longe de mim. Se demorar muito, não me responsabilizo por nada.

Desliguei.

– Tava falando com o Izzy? – perguntou Jimmy.

– Tava. É o único amigo que você tem.

– Ah, puta merda – exclamou.

E começou a guardar tudo o que era colher, bugiganga e bonequinha de madeira na sacola, depois correu lá fora e escondeu na cestinha de arame da bicicleta.

O coitado do Izzy estava a caminho. O tanque de combate. A boca de chupa-ovo sugando tudo o que viesse pela frente. Fissurado sobretudo em Hemingway, Faulkner e uma mistura secundária de Mailer e Mahler.

Aí então, de repente, ei-lo. Nunca caminhava. Simplesmente parecia irromper porta adentro. Quer dizer, andava correndo sobre bolinhas de ar – faminto e praticamente indestrutível, o maldito.

Deparou logo com Jimmy Maluco e a garrafa de vinho.

– Tô precisando de grana, Jimmy! Levanta daí!

Izzy virou com violência os bolsos de Jimmy pelo avesso e não encontrou nada.

– Que que tu tá fazendo, cara? – perguntou Jimmy Maluco.

– Da última vez que a gente brigou, Jimmy, você me rasgou a camisa, cara. E a calça também. Você me deve 5 pratas pela calça e 3 pela camisa.

– Vai te foder, cara, não rasguei tua camisa porra nenhuma.

– Cala essa boca, Jimmy, eu tô prevenindo!

Izzy correu lá fora na bicicleta e começou a remexer na sacola pendurada na cestinha de trás. Voltou só com o pacote de papel encerado. Largou em cima da mesinha de centro.

Colheres, facas, garfos, bonecas de borracha... imagens esculpidas em madeira.

– Esta bugiganga não vale uma titica!

Izzy correu de novo até a bicicleta e procurou melhor nas sacolas de papel.

Jimmy Maluco se aproximou da mesa e começou a enrolar toda aquela porcaria no papel encerado.

– Só esta prataria vale vinte paus! Tá vendo o idiota que ele é?

– Tô.

Izzy reapareceu.

– Jimmy, não tem porra nenhuma naquela bicicleta! Tu tá me devendo oito pratas, cara. Ouça, da última vez que te dei uma surra, você me rasgou toda a roupa!

– Vai à merda, veado!

Jimmy tornou a ajeitar o panamá novo diante do espelho.

– Espia só! Olha que bonito que estou!

– Ah, tô vendo – disse Izzy.

E então avançou, pegou o chapéu e rasgou um baita furo na aba. Depois fez o mesmo com o outro lado e enfiou de novo na cabeça de Jimmy. Agora não podia mais dizer que estava bonito.

– Me arranja uma fita durex – pediu Jimmy –, preciso consertar o chapéu.

Izzy procurou, encontrou um rolo de durex, colou tiras enormes no furo, depois passou um pedaço inteiro em cima do rasgão, deixando fora a maior parte, e no fim a tira maior ficou caída na frente da aba, pendurada diante do nariz de Jimmy.

– Por que é que estou sendo processado? Não gosto de brincadeira! Que diabo de história é essa?

– Tá, Jimmy – disse Izzy –, vou te levar lá pra Patton. Tu tá doente! Precisa de ajuda! Me deve 8 pratas, quebrou a costela da Mary, deu-lhe um soco na cara... Você tá ruim pra caramba!

– Vai à merda, veado!

Jimmy Maluco levantou, tentou esmurrar Izzy, errou o golpe e caiu no soalho. Izzy se curvou, juntou o corpo do chão e se pôs a rodeá-lo no ar feito hélice de avião.

– Para, Izzy – gritei –, assim você acaba com ele. Tem muito caco de vidro espalhado por aí.

Izzy soltou o corpo em cima do sofá. Jimmy Maluco se levantou correndo com o pacote de papel encerado na mão, socou dentro da sacola de papel e aí se parou a berrar feito doido.

– Izzy, você me roubou a garrafa de vinho! Tinha outra aqui na sacola! Tu roubou, seu sacana! Me devolve, aquela garrafa me custou 54 cents. Quando comprei, tinha 60. Agora só me restam seis cents.

– Olha aqui, Jimmy, então o Izzy ia pegar a tua garrafa de vinho? O que é aquilo ali do teu lado? No sofá?

Jimmy pegou. Espiou pelo gargalo da garrafa.

– Não, não é esta. Tem outra, que o Izzy escondeu.

– Mas, Jimmy, o teu amigo não gosta de vinho. Ele não quer a tua garrafa. Por que você não para de delirar e te arranca com essa bicicleta pro raio que te parta?

– Também já tô cheio contigo, Jimmy – disse Izzy –, agora te manda. Fim pra ti.

Jimmy parou na frente do espelho, ajeitando o que restava do panamá. Depois saiu, pegou a bicicleta de Arthur e se foi pedalando sob a luz da lua. Fazia horas que estava lá em casa. Já era noite.

– Pobre louco cretino – exclamei, vendo Jimmy sumir ao longe. – Chega a dar pena.

– É – concordou Izzy.

Aí passou a mão por baixo de umas folhagens e tirou a garrafa de vinho. Entramos em casa.

– Vou buscar os copos – disse eu.

Voltei e ficamos sentados ali, bebendo vinho.

– Você já tentou chupar o teu próprio pau? – perguntei.

– Vou experimentar quando chegar lá em casa.

– Eu acho que não dá – disse eu.

– Se der, te aviso.

– Ficou faltando só uns milímetros. O tipo da coisa brochante.

Acabamos o vinho, depois fomos até o Shakey's, pra tomar cerveja preta em canecão e assistir a lutas antigas – vimos Louis ser derrubado pelo holandês; o terceiro encontro entre Zale e Rocky G.; Braddock versus Baer; Dempsey versus Firpo, todas elas, e depois passaram fitas velhas, do Gordo e o Magro... tinha uma em que os cretinos brigavam por causa de cobertores no carro-leito de um trem. Só eu achava graça naquilo. O pessoal ficava me olhando na cara. Eu ia quebrando cascas de amendoim e continuava dando risada. De repente Izzy também começou a rir. Aí todo mundo caiu na gargalhada, vendo os dois brigando pelos cobertores no trem. Me esqueci por completo de Jimmy Maluco e, pela primeira vez em muitas horas, me senti uma criatura humana. A vida era fácil – bastava se deixar levar. E ter um pouco de grana. Que outros fossem pra guerra, ou então pra cadeia.

Só fomos embora quando o bar fechou e então Izzy se mandou pra casa dele e eu pra minha.

Tirei a roupa, espumei bem a pica, cravei os dedões na cabeceira da cama e arqueei bem o corpo. Não deu outra coisa – ficaram faltando apenas milímetros. Paciência, não se pode ter tudo. Estendi a mão, abri o volume no meio e recomecei a ler *Guerra e Paz*, do Tolstói. Não tinha mudado nada. Continuava sendo um péssimo livro.

Você aconselharia alguém a ser escritor?

O bar. Lógico. Dava para a rampa do portão de embarque. Sentamos ali, mas o garçom fingiu que não viu. Garçons de bar de aeroporto, concluí, são esnobes que nem os carregadores de bagagem nos trens de antigamente. Sugeri a Garson que, em vez de gritar com o cara, como ele (o garçom) queria, pegássemos uma mesa. E foi o que fizemos.

Estávamos cercados por gatunos bem-vestidos, com ar tranquilo e entediado, de bebidinha na mão, conversando em voz baixa e esperando a chamada do voo. Garson e eu sentamos e olhamos pras garçonetes.

– Que merda – disse ele –, olha só, o vestido delas é feito de um jeito que não dá pra enxergar a calcinha.

– Hummm hum – retruquei.

Aí ficamos comentando as duas. Uma não tinha bunda. As pernas da outra eram finas demais. E ambas davam a impressão de serem burras e de se julgarem as tais. A sem bunda veio nos atender. Eu disse pra Garson escolher o que queria e depois pedi uísque com soda. Ela foi buscar a bebida e voltou. Os preços não eram mais caros que em qualquer bar, mas acontece que teria que lhe dar uma boa gorjeta por ter visto a calcinha – ainda mais de perto assim.

– Tá sentindo medo? – perguntou Garson.

– Tô – respondi –, mas do quê?

– De andar de avião pela primeira vez.

– Pensei que fosse sentir. Mas agora, vendo esses... – indiquei as mesas vizinhas – já não faz diferença...

— E das leituras?

— Das leituras eu não gosto. É o tipo da bobagem. Que nem abrir vala. Só serve pra sobreviver.

— Pelo menos tá fazendo uma coisa de que você gosta.

— Não – retruquei –, estou fazendo o que você gosta.

— Tá bom, então pelo menos as pessoas vão ficar contentes com o que você faz.

— Tomara. Não gostaria nem um pouco de ser linchado por ter lido um soneto.

Peguei a sacola de viagem, coloquei entre as pernas e enchi o copo de novo. Tomei tudo, depois pedi outra dose pra nós dois.

A que não tinha bunda, de calcinha com babadinho: será que usava outra por baixo? Terminamos os drinques. Dei uma nota de 5 ou de dez a Garson pela corrida e subimos a escada pra marcar meu lugar no avião. Mal me sentei no último assento livre bem lá trás e ele começou a rodar na pista. Por pouco...

Parecia levar um tempo inacabável para decolar. O lugar da janela, a meu lado, estava ocupado por uma velhota, aparentemente calma, que morria de tédio. No mínimo viajava 4 ou 5 vezes por semana de avião, pra cuidar de uma rede de puteiros. Não consegui prender direito o cinto de segurança, mas como não havia mais ninguém se queixando, deixei o meu meio frouxo. Preferia ser jogado fora do assento do que passar pelo constrangimento de perguntar pra aeromoça como se apertava aquilo.

Já estávamos voando e eu nem tinha gritado. Era mais tranquilo que viajar de trem. Nenhum movimento. Um saco. Parecia que andávamos a 50 quilômetros por hora; as montanhas e as nuvens passavam sem a menor pressa. Duas aeromoças iam e vinham pelo corredor sorrindo, sorrindo, sem parar. Uma até que não era nada má, mas tinha veias grossas enormes no pescoço. Pena. A outra não tinha bunda.

Comemos e depois chegou a vez da bebida. Um dólar. Nem todos queriam beber. Cagalhões esquisitos. Aí comecei a torcer pra que o avião quebrasse uma asa e então sim, daria pra ver a cara que as aeromoças fariam. Eu sabia que a das veias iria gritar feito doida. A sem bunda – ora, sabe-se lá? Eu ia pegar a das veias pra estuprar na descida pra morte. Bem rapidinho. Atracados, afinal, em mútuo orgasmo, pouco antes de nos espatifarmos no solo.

O avião não caiu. Tomei o segundo drinque que me era permitido, depois surrupiei outro bem nas barbas da velhota. Ela nem se abalou. Eu sim. O copo inteiro. De um gole só. E sem água.

De repente já estávamos lá. Em Seattle...

Deixei que todos saíssem na frente. Que remédio. Agora não conseguia abrir o cinto de segurança.

Chamei a das veias grossas no pescoço.

– Senhorita! Senhorita!

Ela veio vindo pelo corredor.

– Olha, desculpe... mas como é que se... abre essa porra?

Não quis tocar no cinto nem se aproximar de mim.

– O senhor tem que virar o fecho pro outro lado.

– Ah é?

– Faça pressão nessa chapinha da parte de trás...

E se afastou. Apertei a tal chapinha. Nada. Continuei fazendo pressão. Ah, que merda!... de repente cedeu.

Agarrei a sacola de viagem e me esforcei pra me comportar normalmente.

Ela sorriu na porta de desembarque.

– Uma boa tarde pro senhor e até à vista.

Desci a rampa. Um rapaz louro de cabelo comprido estava me esperando.

– Mr. Chinaski? – perguntou.

– Sim, e você é o Belford?

– Fiquei cuidando os rostos... – explicou.

– Tudo bem – retruquei –, vamos dar o fora daqui.

– Ainda temos algumas horas livres antes da leitura.

– Ótimo.

Estavam reformando o aeroporto. Precisava-se pegar um ônibus pra chegar ao estacionamento. Faziam o pessoal esperar. Havia uma verdadeira multidão na fila do ônibus. Belford saiu caminhando na direção dela.

– Espera aí! Espera! – pedi. – Eu simplesmente não posso ficar ali parado no meio de toda aquela gente, porra!

– Mas eles não conhecem o senhor, Mr. Chinaski.
– Como se eu não soubesse. Acontece, porém, que eu conheço eles. Vamos esperar aqui. Quando o ônibus aparecer, a gente sai correndo. Enquanto isso, que tal uma bebidinha?
– Não, obrigado, Mr. Chinaski.
– Ouça, Belford, me chama de Henry.
– Meu nome também é Henry – disse ele.
– Ah é, esqueci...
Ficamos ali parados e eu bebi.
– Lá vem o ônibus, Henry!
– Tá, Henry!
E saímos correndo...
Dali pra frente decidimos que eu seria "Hank" e ele "Heery". Tinha um endereço na mão. O chalé de um amigo. Podíamos ficar lá até a hora da leitura. O amigo estava viajando. A leitura só começaria às 9 da noite. Não sei como, mas Henry não conseguia localizar o tal chalé. A paisagem era bonita. Claro. Pinheiros e mais pinheiros, com lagos, e mais pinheiros. Ar puro. Sem trânsito. Morri de tédio. Aquela beleza toda não me dizia nada. Não sou um cara muito simpático, pensei. Eis aí a vida como deveria ser e me sinto como se estivesse na prisão.
– Bonita paisagem – comentei –, mas desconfio que um dia também vão chegar aqui.
– Sem sombra de dúvida – disse Henry. – Precisava ver quando tem neve.
Graças a deus, pensei, pelo menos dessa eu escapei...

Belford parou na frente de um bar. Entramos. Tenho verdadeiro pavor de bares. Já escrevi histórias e poemas demais sobre eles. Belford pensava que estava me fazendo um grande favor.
Entrei atrás dele. Já conhecia as pessoas que estavam numa das mesas. Oi, aquele ali é professor de não sei o quê. E aquele outro também leciona, o que mesmo? E patati e patatá. A mesa estava repleta dessa espécie de gente. Algumas mulheres. Elas, por incrível que pareça, tinham cara de margarina. Todo mundo sentado em torno de vastos canecões de cerveja com todo o jeito de veneno – e verde, ainda por cima.

Botaram um desses canecões na minha frente. Levantei a bebida, prendi a respiração e tomei um trago longo.

– Sempre gostei de sua obra – declarou um dos profes. – Você me lembra o...

– Com licença – pedi –, eu já volto...

Saí correndo para a latrina. Fedia, naturalmente. Um lugarzinho sobre o bonitinho esquisito.

O que eu tinha bebido... vinha subindo!

Não deu nem tempo pra abrir a porta de alguma privada. Teve que ser no mictório mesmo. Um pouco mais longe estava parado o palhaço do bar. O "prefeito" local. De boné vermelho. O engraçadinho. Bosta.

Vomitei tudo, lancei-lhe o olhar mais safado que pude, aí então ele foi embora.

Depois saí e sentei diante do canecão de cerveja verde.

– Você vai ler hoje à noite no... ? – perguntou um deles.

Não respondi.

– Todo o pessoal que está aqui vai estar lá.

– É bem provável que eu também vá.

Tinha que ir mesmo. Já tinha recebido e gastado o cheque que me haviam enviado. O outro lugar, no dia seguinte, talvez fosse possível evitar.

A única coisa que queria era voltar pro meu quarto em L. A., fechar todas as persianas, beber COLD TURKEY, comer ovos cozidos com páprica, de rádio ligado, torcendo pra que tocassem alguma coisa de Mahler...

9 da noite... Belford foi abrindo o caminho. Havia umas mesinhas redondas, com pessoas sentadas em torno. E um palco.

– Quer que te apresente? – perguntou Belford.

– Não – respondi.

Achei os degraus que davam acesso ao palco. Tinha uma cadeira e uma mesa. Larguei a sacola de viagem em cima da mesa e comecei a tirar coisas de dentro.

– Meu nome é Chinaski – disse –, e isto aqui é uma cueca, um par de meias, uma camisa, uma garrafa de uísque e uns livros de poemas.

Deixei o uísque e os livros sobre a mesa. Retirei o celofane da garrafa e tomei um gole.

– Alguma pergunta?

Silêncio absoluto.

– Muito bem, então é melhor começar.

Primeiro me concentrei na velharia. Cada vez que bebia um gole, o poema seguinte soava melhor – pra mim. Seja lá como for, estudante universitário até que é legal. Só faz questão de um troço – que não se minta deliberadamente pra ele. Acho justo.

Consegui completar os primeiros 30 minutos, pedi uma pausa de dez, desci do palco com a garrafa na mão e fui pra uma mesa com Belford e 4 ou 5 outros universitários. Uma garota se aproximou com um dos meus livros. Puta que pariu, minha filha, pensei, eu autografo tudo o que você quiser!

– Mr. Chinaski?

– Claro – respondi, com gesto flórido de gênio.

Perguntei o nome dela. Depois escrevi qualquer coisa. Desenhei um cara pelado perseguindo uma mulher nua. Pus a data.

– Muito obrigada, Mr. Chinaski!

Quer dizer então que ficava por isso? Quanto papo furado.

Arranquei minha garrafa da boca de um cara.

– Olha aqui, boneca, esse foi o segundo que você tomou. Eu ainda tenho que suar meia hora ali em cima. Não me toque mais nesta garrafa.

Estava sentado no meio da mesa. Aí bebi um gole e larguei a garrafa de novo.

– Você aconselharia alguém a ser escritor? – me perguntou um estudante.

– Tá querendo me gozar? – retruquei.

– Não, não, falo sério. Aconselharia, como carreira?

– Escritor já nasce feito, não é conselho que vai resolver.

Com essa me livrei dele. Tomei outro gole, depois subi de novo pro palco. Sempre deixo por último o que mais me agrada. Era a primeira vez que lia para uma plateia de universitários, mas tinha me preparado com um porre de duas noites consecutivas numa livraria de L. A. Reservar o melhor pro fim. É o que se faz quando criança. Li tudo o que queria, depois fechei os livros.

Os aplausos me surpreenderam. Foram calorosos e não paravam mais. Fiquei até meio sem jeito. Os poemas não eram tão bons assim. Deviam estar aplaudindo por outro motivo. Quem sabe o fato de eu ter terminado?...

Houve festa em casa de um professor. O sujeito era a cara escarrada do Hemingway. Claro que Hemingway já tinha morrido. O professor, praticamente, também. Só sabia de literatura e escritores – essa papagaiada toda. Aonde eu ia, o desgraçado vinha atrás. Me seguiu por tudo quanto foi canto, menos no banheiro. Cada vez que me virava, lá estava ele...

– Ah, Hemingway! Pensei que você já tivesse morrido!
– Sabia que o Faulkner também vivia bêbado?
– Sabia.
– O que você acha do James Joyce?

O coitado era doente: nunca ia se curar.

Encontrei Belford.

– Ouça, rapaz, a geladeira tá vazia. Esse Hemingway não é de guardar muita bebida, hem?...

Dei-lhe uma nota de 20.

– Escuta, você conhece alguém capaz de ir comprar um pouco mais de cerveja, ao menos?
– Conheço, sim.
– Então ótimo. E uns charutos também.
– De que marca?
– Qualquer uma serve. A que for mais barata. De dez ou quinze cents. E obrigado, viu?

Tinha umas 20 ou 30 pessoas por lá e eu já havia renovado o estoque da geladeira uma vez. Quer dizer, então, que é assim que essa porra funciona?

Escolhi a dedo a mulher mais espetacular da festa e resolvi fazer com que me odiasse. Fui encontrá-la na copa, sentada sozinha a uma mesa.

– Minha filha – disse –, esse porra do Hemingway é um cara doente.

— Eu sei – disse ela.

— Compreendo que ele queira ser simpático, mas não afrouxa, só fala de literatura. Puta merda, que assunto mais chato! Sabe que nunca conheci um escritor de que eu tivesse gostado? São uns sujeitos que não valem nada, umas verdadeiras bostas humanas...

— Eu sei – repetiu –, eu sei...

Puxei-lhe a cabeça pro lado e sapequei-lhe um beijo na boca. Não ofereceu resistência. Hemingway entrou na copa, nos viu e passou adiante. Ei! O velhote até que tinha um pouco de classe! Fantástico!

Belford voltou com as compras, espalhei um bocado de garrafas de cerveja em cima da mesa e fiquei ali falando horas a fio, bolinando a moça. Foi só no dia seguinte que descobri que era a mulher do Hemingway...

Acordei sozinho na cama num segundo andar, não sei onde. Provavelmente ainda na casa do Hemingway. Desta vez a ressaca foi braba. A claridade me feria a vista. Virei a cabeça pro lado e fechei os olhos de novo.

Alguém me sacudiu.

— Hank! Hank! Acorda!

— Merda. Vai embora.

— Já tá na hora de ir! Você tem que fazer a leitura ao meio-dia. Fica longe daqui. Mal dá tempo de chegar de carro.

— Então não vale a pena ir.

— Nós temos que ir. Você assinou um contrato. Tão te esperando. Vai passar na televisão.

— Na televisão?

— É.

— Deus do céu. Sou bem capaz de vomitar diante da câmara...

— Hank, a gente tem que ir.

— Tá bom, tá bom.

Levantei da cama e olhei pra ele.

— Você foi legal, Belford, cuidando de mim e aguentando a onda que eu faço. Por que não se irrita, me xinga ou qualquer coisa no gênero?

— Você é o meu poeta vivo predileto – disse ele.

Dei risada.

– Porra, vai ver que eu podia tirar a pica pra fora e te dar uma mijada pelo corpo todo...

– Não – retrucou –, eu estou interessado é nas tuas palavras, não no teu mijo.

Bem feito, tinha toda razão de arrasar comigo e eu só podia concordar com isso. Consegui, afinal, fazer o que precisava fazer e Belford me ajudou a descer a escada. Lá estavam Hemingway e a mulher dele.

– Puxa, você está com uma cara horrível! – disse Hemingway.

– Desculpa o que eu fiz ontem à noite, Ernie. Só fiquei sabendo que era a tua mulher depois que...

– Deixa pra lá – atalhou –, que tal um pouco de café?

– Ótimo – retruquei –, preciso tomar alguma coisa mesmo.

– E um pouco de comida?

– Obrigado. Não como.

Sentamos em torno da mesa, tomando o café em silêncio. Aí Hemingway falou qualquer coisa. Não me lembro o quê. Sobre James Joyce, acho.

– Ah, puta merda! – exclamou a mulher. – Você não vai mais calar essa boca?

– Olha aqui, Hank – disse Belford –, é melhor a gente ir. Fica muito longe daqui.

– Tá – concordei.

Levantamos e fomos saindo. Apertei a mão do Hemingway.

– Acompanho você até o carro – insistiu.

Belford e H. se dirigiram pra porta. Me virei pra ela.

– Passe bem – disse eu.

– Passe bem – disse ela.

E então me beijou. Jamais fui beijado daquele jeito. Simplesmente se entregou, deu tudo o que tinha. Nunca fui fodido assim, tampouco.

Depois saí. Apertei de novo a mão do Hemingway. Aí fomos embora e ele voltou para dentro de casa, para a mulher dele...

— Ele leciona Literatura — disse Belford.

Estava me sentindo mal à beça.

— Não sei se vou conseguir. Não tem o menor cabimento fazer uma leitura ao meio-dia em ponto.

— É a única hora que a maioria dos estudantes tem pra te ver.

Continuamos rodando e foi então que percebi que não tinha escapatória. Sempre haveria alguma coisa que precisava ser feita, senão te riscavam do mapa. Era duro reconhecer, mas fiz questão de anotar, perguntando-me se algum dia encontraria um meio de me livrar daquilo.

— Você não tá com cara de quem vai conseguir — disse Belford.

— Para ali mais adiante. Vamos comprar uma garrafa de uísque.

Ele entrou com o carro numa dessas lojas estranhíssimas do estado de Washington. Comprei meio litro de vodca pra me refazer e um litro de uísque pra leitura. Belford disse que o pessoal pra onde estávamos indo era meio conservador e que seria melhor comprar uma garrafa térmica pra botar o uísque dentro. Portanto compramos.

Fizemos uma parada pra tomar o café da manhã num lugar qualquer. Era simpático, mas não dava pra se ver a calcinha das garçonetes.

Puta que pariu, tinha mulher por tudo quanto era canto e mais da metade parecia ser boa de cama, e não havia nada que se pudesse fazer — a não ser ficar olhando. Quem será que bolou um troço horrível desses? E no entanto não havia muita diferença entre uma e outra — descontando-se uma gordurinha aqui, uma falta de bunda lá —, simplesmente uma porção de papoulas desabrochando no campo. Qual que se ia escolher? E por qual seria escolhido? Que importância tinha? Era tudo tão triste. E depois que as escolhas estavam feitas, jamais dava certo, pra ninguém, por mais que afirmassem o contrário.

Belford pediu panquecas pra dois e um prato de ovos fritos. Coisa rápida.

A garçonete. Olhei os peitos, as cadeiras, os lábios e os olhos. Coitadinha. Coitadinha, uma ova. No mínimo, a única coisa que lhe passava pela ideia era depenar um pobre filho da puta de toda a grana que tinha...

Consegui engolir a maior parte das panquecas, depois voltamos pro carro.

Belford só se lembrava da leitura. Rapaz compenetrado.

– Aquele sujeito que bebeu duas vezes no gargalo da tua garrafa no intervalo...

– É. Tava querendo procurar sarna pra se coçar.

– Todo mundo tem medo dele. Foi reprovado na faculdade, mas não sai mais de lá. Vive tomando LSD. É doido varrido.

– Tô me lixando pra isso, Henry. Mulher qualquer um pode me roubar, mas uísque, não.

Paramos pra pôr gasolina, depois continuamos. Já tinha colocado todo o uísque na garrafa térmica e estava tentando acabar com a vodca.

– Estamos chegando – anunciou Belford –, já dá pra enxergar as torres da universidade. Veja!

Olhei.

– Senhor, tende piedade! – pedi.

Mal avistei as tais torres, tive que botar a cabeça pra fora do carro pra vomitar. Marcas de vômito deslizavam e grudavam na parte lateral do carro vermelho de Belford. E ele ali, firme na direção, todo compenetrado. Não sei como, mas tinha certeza de que eu ia conseguir, como se vomitar fosse uma espécie de piada. Só que aquilo não parava mais.

– Me desculpa – dei um jeito de dizer.

– Tudo bem – retrucou. – Já é quase meio-dia. Ainda temos uns 5 minutos. Ainda bem que chegamos a tempo.

Estacionamos o carro. Peguei a sacola de viagem, saltei e vomitei no estacionamento.

Belford saiu feito bólido na minha frente.

– Espera aí – pedi.

Me encostei num pilar e vomitei de novo. Uns universitários que iam passando olharam pra mim: o que é que esse velho tá fazendo ali?

Segui Belford pra cá e pra lá... subindo aqui, descendo ali. A Universidade Americana – vegetação, alamedas e papagaios à beça. Vi meu nome num cartaz – HENRY CHINASKI, LENDO POEMAS NO...

Sou eu, pensei. Quase caí na gargalhada. Fui empurrado pra dentro de uma sala. Tinha gente por tudo quanto era lado. Carinhas pálidas. De panquecas, por sinal.

Me fizeram sentar numa cadeira.

– Quando eu der o sinal com a mão – avisou o cara por trás da câmara de tevê –, o senhor pode começar.

Vou vomitar, pensei. Tentei encontrar uns volumes de poemas. Fiquei fazendo hora. Aí Belford se pôs a explicar pra plateia quem eu era... como nos tínhamos divertido juntos no grande noroeste do Pacífico...

O cara deu o sinal com a mão.

Comecei.

– Meu nome é Chinaski. O primeiro poema se chama...

Depois de 3 ou 4 poemas fui me servindo da garrafa térmica. As pessoas riam. Nem dei bola. Bebi mais um pouco e comecei a me descontrair. Sem intervalo, desta vez. Olhei num monitor lateral e vi que fazia 30 minutos que estava lendo com uma longa mecha de cabelo caída no meio da testa e virada pro lado do nariz. Não sei por quê, achei engraçado; depois afastei a mecha e prossegui na leitura. Parece que me saí bem. Os aplausos foram sonoros, mas não tão calorosos como na vez anterior. Que importância tinha? Só queria sair vivo dali. Muita gente tinha meus livros e veio pedir autógrafo.

Hum hum, hum, pensei, quer dizer que é assim que essa joça funciona...

Quase mais nada. Assinei o recibo dos meus cem paus e fui apresentado à chefe do departamento de Literatura. Era toda sexy. Vou violentar essa mulher, pensei. Ela disse que talvez aparecesse mais tarde no tal chalé das colinas – a casa de Belford –, mas é óbvio que, depois de escutar meus poemas, nunca mais foi vista. Fim da festa. Ia voltar pro meu pátio coberto de mofo e loucura, mais uma loucura minha, afinal. Belford e um amigo dele me levaram de carro ao aeroporto e sentamos no bar. Paguei as bebidas.

– Que engraçado – comentei –, devo estar enlouquecendo. Continuo com a sensação de que tem alguém chamando por mim.

E tinha razão. Quando chegamos na rampa, meu avião já estava decolando no fim da pista. Tive que voltar e entrar numa sala especial, onde me submeteram a um interrogatório. Me senti feito moleque na escola.

– Está bem – disse o cara –, o senhor vai embarcar no nosso próximo voo. Mas tome cuidado pra não perder o avião.

– Tá legal – retruquei –, eu embarco no próximo.

De repente me lembrei que poderia perder o tal próximo voo pra sempre. E teria que voltar e falar com o mesmo sujeito. E cada vez seria pior: ele mais irritado; eu sempre a pedir desculpas. Por que não? Belford e o amigo sumiriam de vista. Chegaria mais gente. Iam acabar levantando fundos pra mim...

– Mamãe, que fim levou o papai?

– Morreu numa mesa de bar do aeroporto de Seattle, quando tentava pegar o avião pra Los Angeles.

Garanto que você não vai acreditar, mas por pouco não perdi o tal segundo voo. Mal me sentei e o avião começou a rolar na pista. Não consegui entender. Por que era sempre tão difícil? Seja lá como for, estava a bordo. Tirei a tampa da garrafa. A aeromoça me pegou em flagrante. Era contra o regulamento.

– Sabe, o senhor poderia ter que se retirar do avião.

O comandante acabava de comunicar que estávamos voando a 15 mil metros de altitude.

– Mamãe, que fim levou o papai?

– Ele era poeta.

– Poeta? O que é isso, mamãe?

– Ele também dizia que não sabia. Agora anda, lava essas mãos, o jantar tá na mesa.

– Ele não sabia?

– Exatamente, não sabia, não. Agora anda, eu disse que era pra lavar essas mãos...

O grande casamento zen-budista

Eu estava no banco traseiro, espremido entre o pão romeno, o patê de fígado, a cerveja e os refrigerantes; de gravata verde, a primeira que usava desde a morte de meu pai, uma década atrás. Ia ser padrinho de um casamento zen-budista, com Hollis dirigindo a 120 por hora e a barba descomunal de Roy me batendo na cara. Era no meu Cometa 62, o único carro que não podia guiar – não estava no seguro, com duas multas por embriaguez, e já meio alto. Fazia três anos que Roy morava com Hollis, sem serem casados, e vivia às custas dela. Eu sentado ali atrás, bebendo cerveja pelo gargalo, enquanto Roy ia descrevendo, um por um, os parentes de Hollis. Ele se defendia muito bem com a babaquice intelectual. Ou com a língua. As paredes da casa dos dois estavam cheias de fotos de caras com a cabeça aninhada entre as coxas de uma mulher, fazendo minete.

Havia também um instantâneo de Roy chegando ao orgasmo com uma punheta. Tinha tirado a foto sozinho. Quer dizer, fixou a câmara. Sem ninguém ajudar. Um pouco de corda. De arame. Alguns preparativos. Disse que precisou bater seis bronhas pra conseguir o instantâneo perfeito. Um dia inteiro de trabalho: ali estava: aquela paçoca leitosa: uma obra de arte. Hollis desviou da estrada. Já estávamos perto. Tem gente rica com alamedas de mais de um quilômetro de comprimento. Essa até que não era das piores: uns 400 metros. Descemos do carro. Jardins tropicais. Quatro ou cinco cachorros. Umas feras imensas, pretas e peludas, escorrendo baba pela boca. Nem conseguimos chegar bem na porta – lá estava ele, o ricaço, parado lá em cima no terraço, de copo na mão.

– Oi, Harvey, seu sacana, que bom ver você! – gritou Roy cá de baixo.

Harvey fez um sorrisinho amarelo.

– Que bom ver você também, Roy!

Um dos imensos pretos peludos se atracou na minha perna esquerda.

– Manda este teu cachorro parar de me morder, Harvey, seu sacana, que bom ver você! – berrei.

– Aristóteles, PÁRA com isso, JÁ!

Aristóteles largou a minha perna na mesma hora. Por um triz.

E então.

Começamos a subir e descer escada com salames, escabeche húngaro de bagre, camarões. Lagostas. Bisnagas de pão. Cuzinhos moídos de pomba.

Depois já estávamos com tudo lá dentro. Sentei e peguei uma cerveja. Era o único que usava gravata. E também o único que se lembrou de levar um presente de casamento. Escondi ele entre a parede e a perna mordida por Aristóteles.

– Charles Bukowski...

Levantei.

– Ah, Charles Bukowski!

– Hum hum.

E depois:

– Este aqui é o Marty.

– Olá, Marty.

– E esta aqui é a Elsie.

– Olá, Elsie.

– É fato – perguntou Elsie – que você quebra móveis, vidraças, corta as mãos, tudo isso, quando bebe?

– Hum hum.

– Tá meio velho pra isso.

– Olha, Elsie, não vem com besteira pro meu lado...

– E esta aqui é a Tina.

– Olá, Tina.

Nomes! Fiquei casado dois anos e meio com a minha primeira mulher. Uma noite chegaram visitas. Eu disse pra ela: "Este aqui é o Louie, que é meio bobão, e esta é a Marie, a Rainha da Chupada Relâmpago, e este aqui é o Nick, que é meio rengo". Depois virei pra eles e disse: "Esta é a minha mulher... a minha mulher... esta é a..." Por fim tive que me virar pra ela e perguntar: "PORRA, COMO É MESMO O TEU NOME?".

"Bárbara."

"Esta é a Bárbara", terminei...

O sacerdote budista ainda não havia chegado. Fiquei ali sentado, tomando cerveja.

Aí chegou mais gente. Subindo e subindo degraus. A família de Hollis em peso. Até parecia que Roy não tinha parentes. Coitado. Jamais trabalhou um só dia na vida. Peguei outra cerveja.

Era gente que não acabava mais: ex-presidiários, espertalhões, aleijados, especialistas em tudo quanto é tipo de vigarice. A família e amigos. Às dúzias. Sem presente de casamento. Nem gravata.

Me encolhi ainda mais no meu canto.

Tinha um cara que estava todo fodido. Levou quase meia hora pra subir a escada. Andava com muletas feitas sob medida, coisas de aspecto bem resistente, com suporte redondo pros braços. Alças especiais aqui e ali. De alumínio e borracha. Nada de madeira pro boneco. Saquei logo: droga adulterada com água ou tapeação no pagamento. Tinha levado chumbo grosso na clássica cadeira de barbearia, com a toalha quente e úmida em cima do rosto. Só que não acertaram em certos pontos vitais.

Havia outros. Um que dava aulas na UCLA. E um que fazia contrabando com barcos de pesca chineses no porto de San Pedro.

Me apresentaram os maiores assassinos e vigaristas do século.

Quanto a mim, andava à procura de emprego.

Aí Harvey se aproximou.

– Bukowski, você não quer um pouco de uísque com água?

– Claro, Harvey, lógico.

Fomos pra cozinha.

– Pra que a gravata?

– A parte de cima do fecho da calça emperrou. E a cueca está muito apertada. A ponta da gravata serve pra cobrir os pentelhos salientes, logo acima do meu pau.

– Na minha opinião você é o maior contista moderno. Não tem ninguém que se compare a você.

– Lógico, Harvey. Onde está o uísque?

Harvey mostrou a garrafa.

– Passei a beber só desta marca depois que você mencionou em seus contos.

– Mas já mudei de marca, Harv. Descobri outras muito melhores.

– Como é que se chama?

– Porra, pensa que me lembro?

Encontrei um copo grande, enchi a metade de uísque e o resto de água.

– Pros nervos – expliquei. – Sabia?

– Claro, Bukowski.

Tomei tudo de um gole.

– Que tal outra dose?

– Mas claro.

Peguei o copo cheio de novo e voltei ao salão. Fui sentar no meu canto. A todas essas, o maior rebu: o sacerdote budista havia CHEGADO!

O sacerdote budista vestia um traje pra lá de extravagante e andava de olhos franzidos. Ou quem sabe seriam assim mesmo?

Ele precisava de mesas. Roy corria de um lado pro outro tentando encontrar.

A todas essas, o sacerdote mantinha-se imperturbável, todo cortês. Esvaziei o copo e fui buscar outra dose. Voltei.

Uma criança de cabelo louro entrou correndo na sala. Teria uns onze anos.

– Bukowski, li alguns dos seus contos. Acho que você é o maior escritor que eu conheço!

Cabelo comprido, crespo e louro. De óculos. E corpo magrinho.

– Tá, meu bem. Cresce e aparece. Aí a gente casa. Pra viver da tua grana. Vá, tô ficando meio cansado. Você pode sair por aí, me exibindo numa espécie de jaula de vidro, com furinhos pra eu poder respirar. Deixo a rapaziada transar com você. Sou capaz até de assistir.

– Bukowski! Não sou menina! Meu nome é Paul! Já fomos apresentados! Não se lembra?

Mas o garoto até que foi legal:

– Não faz mal, Bukowski! Pra mim você ainda é o maior escritor que já li! Papai permitiu que eu lesse algumas das histórias que você escreveu...

De repente as luzes se apagaram. Era o que o garoto merecia por ser linguarudo...

Mas surgiu vela por tudo quanto foi lado. Todo mundo se pôs à procura, andando pra lá e pra cá.

– Besteira, é só o fusível. Basta trocar – lembrei.

Alguém discordou, disse que não, que devia ser outra coisa, aí desisti e enquanto prosseguia a busca de velas fui buscar mais uísque na cozinha. Porra, lá estava o Harvey, parado perto da geladeira.

– Você tem um belo filho, Harvey. O menino, o Peter...

– Paul.

– Desculpe. É a Bíblia.

– Compreendo.

(Os ricos compreendem; só que não tomam nenhuma providência.)

Harvey tirou a rolha de outra garrafa. Conversamos sobre Kafka. Dos. Turgeniev, Gógol. Toda essa baboseira chatérrima. Aí já tinha vela por tudo quanto era lado. O sacerdote budista queria continuar com a cerimônia. Roy havia me dado as alianças. Apalpei. Ainda estavam no bolso. Todo mundo esperava por nós. E eu que Harvey caísse estatelado no chão com todo aquele uísque. Enquanto eu bebia um, ele tomava dois, e continuava firme. O que não é nada normal. Já tínhamos esvaziado a metade da garrafa em dez minutos de claridade. Saímos ao encontro do pessoal aglomerado no salão. Entreguei as alianças a Roy. O sacana, dias antes, havia comunicado ao sacerdote budista que eu era bêbado – indigno de confiança – por fraqueza ou maldade – e portanto, durante a cerimônia, nada de pedir alianças ao Bukowski, que talvez nem esteja por perto. Ou então nem se lembra onde deixou. Ou está vomitando. Ou, simplesmente, tomou chá de sumiço.

De modo que ei-las ali, finalmente. O sacerdote budista começou a folhear o livrinho preto. Não parecia ser muito grosso. Umas 150 páginas, no máximo.

– Por favor – pediu –, não bebam nem fumem durante a cerimônia.

Esvaziei o copo. Me coloquei à direita de Roy. No salão só se via gente aproveitando até a última gota.

Foi então que o sacerdote budista fez aquele sorrizinho de besta.

O rito nupcial cristão eu, infelizmente, já sabia de cor e salteado, por experiência própria. E a cerimônia budista, na verdade, era bem parecida, só que com um pouco mais de frescuras. A certa altura acendiam-se três varetas. O sacerdote tinha uma caixa cheia delas – duzentas ou trezentas. Depois de acesas, colocavam uma no meio de um vaso de areia. Era a do oficiante. Aí ele pedia pra Roy botar a dele, também acesa, de um lado, e pra Hollis botar a dela do outro.

Mas as varetas não ficaram direito. O sacerdote, sorrindo de leve, precisou se aproximar pra endireitá-las pra que chegassem a novas profundezas e elevações.

Depois tirou do bolso um colarzinho de contas escuras e entregou a Roy.

– Agora? – perguntou Roy.

Puta merda, pensei, o Roy sempre foi tão metido a sabido. Como é que não sabe nada do seu próprio casamento?

O sacerdote se adiantou e pôs a mão direita de Holli espalmada na esquerda de Roy. E assim ambas ficaram unidas pelo colarzinho de contas.

– Você, Roy, aceita...
– Sim..
(Isso é que é Zen?, pensei.)
– E você, Hollis...
– Sim...

Enquanto isso, à luz de velas, tinha um imbecil tirando centenas de fotos da cerimônia. Fui ficando nervoso. Podia ser o F.B.I.

– Plict! Plict! Plict!

Claro que todos ali eram inocentes. Mas ao mesmo tempo aquilo irritava, pela falta de precauções.

Foi então que reparei, sempre à luz de velas, nas orelhas do sacerdote budista. Eram transparentes, como se feitas do mais fino papel higiênico.

O tal sacerdote tinha as orelhas mais delicadas de homem que já havia visto. Era isso que tornava ele santo! Precisava conseguir aquelas orelhas pra mim! Pra usar na carteira, dar pro gato lá em casa ou guardar de lembrança. Ou botar embaixo do travesseiro.

Claro que sabia que era tudo efeito de muito uísque com água e cerveja, mas, por outro lado, não sabia de nada disso.

Não parava de olhar, hipnotizado pelas orelhas do sacerdote budista.

E as palavras também continuavam.

– ...e você, Roy, promete não tomar droga nenhuma enquanto durar seu relacionamento com Hollis?

Houve uma hesitação constrangedora. Depois, com as mãos presas pelo colarzinho de contas, Roy respondeu:

– Prometo...

De repente tudo acabou. Ou pareceu acabar. O sacerdote budista permaneceu impassível, sorrindo só com o canto da boca.

Bati no ombro de Roy.

– Parabéns.

Depois me curvei. Peguei a cabeça de Hollis e beijei aquela boca bonita.

Mesmo assim ninguém se mexeu. Um país de retardados mentais.

Todo mundo continuava imóvel no mesmo lugar. As velas brilhavam como se fossem também debiloides.

Me aproximei do tal sacerdote. Apertei-lhe a mão:

– Obrigado. Você oficiou muito bem a cerimônia.

Pareceu realmente satisfeito, o que me deixou um pouco mais tranquilo. Mas o resto daqueles gângsteres – a velha confraria da corrupção política e a Máfia: eram muito orgulhosos e bestas demais pra apertar a mão de um asiático. Só teve um que beijou Hollis. E outro que apertou a mão do sacerdote budista. Dava impressão de um casamento na polícia. Com toda aquela família! Bom, eu seria o último a ficar sabendo ou a quem contariam.

Agora que a cerimônia tinha terminado, o ambiente ali dentro parecia de puro gelo. Ficaram simplesmente sentados, olhando uns pros outros. Jamais conseguiria entender a raça humana, mas alguém tinha que bancar o palhaço. Arranquei a gravata do colarinho e sacudi no ar:

– EI! SEUS CHUPADORES DE PIROCA! NINGUÉM ESTÁ COM FOME?

Me aproximei da mesa e comecei a pegar queijo, pata de porco apimentada e xota de galinha. Um punhado de pernósticos se animou, veio vindo e, sem saber o que fazer, se atracou na comida.

Deixei todos lá, mordiscando, e saí à cata de uísque e água.

Enquanto estava na cozinha, me reabastecendo, ouvi o sacerdote budista dizer:

– Agora tenho que ir.

– Oooh, não vá...

Era a voz de uma velha esganiçada, presente à maior reunião de gângsteres dos últimos tempos. E mesmo ela não me parecia sincera.

O que é que eu estava fazendo ali, no meio daquela gente? E o profe da UCLA? Essa não, seu lugar era ali mesmo.

Tinha que haver um pouco de contrição. Ou algo equivalente. Qualquer coisa que humanizasse o lance.

Quando ouvi o sacerdote budista fechar a porta da frente, esvaziei o copo de uísque de um gole. Atravessei correndo o salão cheio de velas e de tagarelas cretinos, achei a porta (o que não me pareceu por um instante nada fácil), abri, tornei a fechar, e eis-me do lado de fora... a uns 15 passos de distância de "mestre" Zen. Faltavam mais 40 ou 50 pra chegar ao estacionamento.

Fui diminuindo a distância, mal me equilibrando direito – enquanto ele dava um passo, eu avançava dois:

Gritei:

– Ei, mestre!

"Mestre" Zen se virou.

– Pois não, meu velho?

Velho?

Ficamos os dois parados, olhando um pro outro, na escadaria em forma de S, naquele jardim tropical enluarado. Dir-se-ia o momento ideal pra se iniciar um relacionamento maior.

Então exigi:

– Você tem que me dar essas orelhas de sacana ou essa porra de traje – esse roupão de letreiro luminoso que tá usando!

– Meu velho, você enlouqueceu!

– Pensei que um zen-budista não fosse chegado a esse tipo de declaração categórica implacável. Você tá me decepcionando, "mestre"!

Zen uniu as mãos espalmadas e levantou os olhos pro céu.

Repeti:

– Você tem que me dar essa porra de traje ou essas orelhas sacanas!

Continuou de mãos postas, olhando pro céu.

Mergulhei escada abaixo, saltando degraus, mas mesmo assim que nem raio, o que impediu que rachasse o crânio, e enquanto caía na direção dele procurei apoio, mas era puro ímpeto, como algo que rebenta sem rumo. "Mestre" Zen me pegou e segurou em pé com firmeza.

– Meu filho, meu filho...

Estávamos frente a frente. Larguei-lhe o braço. Acertei quase em cheio. Chegou a silvar feito cobra. Recuou um passo. Desfechei outro murro. Errei o alvo. Fui parar bem à esquerda dele, em cima de umas plantas importadas do quinto dos infernos. Levantei. Me aproximei dele de novo. E, com a claridade da lua, enxerguei a parte da frente da minha calça – salpicada de sangue, pingos de vela e vômito.

– Encontrou o teu mestre, seu crápula! – anunciei, avançando contra ele.

Ficou esperando. Todos aqueles anos trabalhando de pau pra toda obra não tinham me amolecido a musculatura por completo. Apliquei-lhe um violento soco na boca do estômago, com a força total dos meus 120 quilos.

"Mestre" Zen soltou um leve suspiro, implorou outra vez aos céus, murmurou qualquer coisa naquela língua oriental dele e me desfechou um rápido golpe de karatê, de misericórdia, que me lançou sobre uma série de cactos mexicanos insensíveis e no que, a meus olhos, pareceram plantas carnívoras das matas brasileiras. Fiquei repousando ao luar até que uma flor roxa foi se aproximando do meu nariz e começou, delicadamente, a me prender a respiração.

Porra, aquilo devia ter levado 150 anos, no mínimo, pra ser catalogado pela Universidade de Harvard. Não havia outra saída: me desvencilhei daquele troço e comecei a me arrastar de novo pela escada acima. Quando já estava quase lá no alto, me pus de pé, abrindo a porta, e entrei. Ninguém notou. Continuavam dizendo besteiras. Desabei no meu canto. O golpe de karatê tinha aberto um corte na sobrancelha esquerda. Achei o lenço.

– Porra! Preciso de um trago! – berrei.

Harvey apareceu de copo na mão. Cheio de uísque. Esvaziei logo. Por que será que o zun-zum das criaturas humanas tem que ser tão insensato? Reparei que a mulher que me havia sido apresentada como mãe da noiva agora estava mostrando um bocado de coxas, bem aproveitáveis, por sinal, com todo aquele nylon e os caríssimos sapatos de salto agulha, sem falar na pontinha cravejada de joias, perto dos dedões do pé. Qualquer idiota seria capaz de ficar de pau duro, e não fugi à regra.

Levantei, cheguei perto da mãe da noiva, ergui-lhe a saia até as coxas, beijei depressa os joelhos bonitos e comecei a abrir caminho com a língua.

A luz das velas propiciava. Tudo.

– Ei! – acordou, de repente –, que que você pensa que está fazendo?

– Vou te foder até arrancar as tripas, vou te foder até te arrancar merda do rabo! Que que acha da ideia?

Ela me empurrou e caí de costas no tapete. Depois estiquei o corpo, me debatendo, tentando levantar.

– Amazona de merda! – gritei-lhe.

Por fim, três ou quatro minutos mais tarde, consegui me pôr de pé. Alguém soltou uma gargalhada. Aí então, sentindo os pés apoiados de novo no chão, saí rumo à cozinha. Enchi o copo e esvaziei. Depois enchi outra vez e voltei pro salão.

Lá estavam eles: toda aquela porrada de parentes.

– Roy ou Hollis? – perguntei. – Por que vocês não abrem o presente que dei pra vocês?

– Claro – disse Roy –, por que não?

O pacote tinha sido embrulhado em 45 metros de papel prateado. Roy não parava mais de desembrulhar. Afinal conseguiu tirar tudo.

– Feliz casamento! – gritei.

Todo mundo viu. O salão ficou num silêncio de morte.

Era um pequeno caixão de defunto, fabricado à mão pelos melhores artesãos espanhois. Tinha até forro de feltro cor-de-rosa. A cópia fiel de um ataúde de tamanho normal, com a única diferença, talvez, de ter sido feito com maior carinho.

Roy me fulminou com um olhar homicida, arrancou o cartão com instruções sobre a conservação do verniz da madeira, jogou dentro do caixão e fechou a tampa.

O silêncio continuava sinistro. O único presente não havia sido digerido direito por aquele pessoal. Mas logo se refizeram e começaram a dizer besteira de novo.

Fiquei calado. Havia me orgulhado tanto do meu caixãozinho. E passado horas a fio à procura de um presente. A ponto de quase enlouquecer. Aí então, de repente, deparei com ele na prateleira de uma loja, completamente esquecido. Passei a mão por fora, virei de um lado pro outro, e por fim olhei dentro. O preço era caro, mas estava pagando pelo acabamento perfeito. Pela madeira. Pelas minúsculas dobradiças. Por tudo, enfim. Ao mesmo tempo, precisava de um spray inseticida. Descobri umas latas de Bandeira Preta nos fundos da loja. As formigas tinham feito um formigueiro embaixo da minha porta da frente. Havia uma garota atendendo no balcão. Coloquei tudo diante dela. Apontei pro esquife.

– Sabe o que é isto?
– O quê?
– É um caixão de defunto!
Abri a tampa e mostrei.
– Aquelas formigas tão me deixando maluco. Sabe o que vou fazer?
– O quê?
– Vou matar todas, botar neste caixão, e depois enterro!
Deu uma risada.
– Essa me salvou o dia!

Não adianta a gente querer impressionar essa juventude de hoje; pertence a uma raça completamente superior. Paguei e dei o fora de lá...

Mas agora, no casamento, ninguém achou graça. Uma panela de pressão, enfeitada com fita vermelha, teria deixado todo mundo contente. Ou será que não?

Harvey, o ricaço, afinal, foi o mais amável. Talvez porque pudesse se dar a esse luxo. Então me lembrei de uma coisa que tinha lido, uma ideia dos antigos chineses·

– O que é que você prefere, ser rico ou artista?
– Prefiro ser rico, pois parece que o artista está sempre sentado diante da porta dos ricos.

Bebi no gargalo e não me preocupei mais com nada. Não sei como foi, mas quando dei por mim a festa tinha acabado. Estava no banco traseiro do meu carro, com Hollis dirigindo de novo e a barba de Roy me batendo na cara. Bebi no gargalo.

– Escuta aqui, vocês botaram fora o meu caixãozinho? Eu amo vocês dois, sabiam?! Por que é que vocês jogaram fora o meu caixãozinho?
– Olha, Bukowski! O teu caixão tá aqui!

Roy levantou o esquife e mostrou pra mim.
– Ah, que bom!
– Quer que te devolva?
– Não! Não! Dei pra vocês! O único presente que ganharam! Guardem! Por favor!
– Tá legal.

O resto do percurso transcorreu em relativo silêncio. Eu morava na entrada de um pátio perto de Hollywood (lógico).

O estacionamento estava difícil. Aí encontram espaço a meio quarteirão do meu endereço. Pararam e me entregaram as chaves. Vi então os dois atravessarem a rua e entrarem no carro deles. Me virei e comecei a andar na direção de casa, mas enquanto olhava pros dois e segurava o resto da garrafa de Harvey tropecei na bainha da calça e me estatelei no chão. Como caí de costas, o meu primeiro impulso instintivo foi proteger o que sobrava daquele ótimo uísque pra não se espatifar na pedra da calçada (a mãe com o filhinho no colo) e por isso tentei atenuar a queda com os ombros, mantendo a cabeça e a garrafa erguidas. Salvei a garrafa, mas bati com a nuca na calçada, e foi aquele ESTRONDO!

Os dois lá, parados, assistiram tudo. Fiquei atordoado, quase a ponto de não sentir coisa alguma, mas consegui gritar pra eles no outro lado da rua:

– Roy! Hollis! Me ajudem até lá na porta de entrada, por favor! Eu me machuquei!

Hesitaram um pouco, olhando pra mim. Depois entraram no carro, ligaram o motor, se recostaram no assento e simplesmente foram embora.

Estava sendo castigado por alguma coisa. O esquife? Seja lá o que fosse – o uso do meu carro, ou eu bancando o palhaço e/ou padrinho... compensavam de sobra. A raça humana sempre me causou nojo. Intrinsecamente, o que torna tudo nojento é a morbidez do relacionamento familiar, o que abrange casamento, intercâmbio de poder e auxílio, e isso, feito ferida, uma lepra, transforma-se então: no vizinho de porta, na redondeza, no bairro, na cidade, no município, no estado, no país... em todo mundo, um agarrado ao cu do outro, na colmeia da sobrevivência pela imbecilidade de um medo animalístico.

Compreendi tudo, ali caído no chão, enquanto me deixavam implorando em vão.

Mais cinco minutos, pensei. Se conseguir ficar mais cinco minutos aqui, sem ser importunado, eu me levanto, vou até a porta e entro. Era o último dos proscritos. Billy The Kid não levava vantagem sobre mim. Mais cinco minutos. Me deixem ao menos chegar lá no meu antro. Eu me recupero.

Da próxima vez que for convidado pra uma das funções deles, eu digo onde é que eles podem enfiar. Cinco minutos. É só o que eu preciso.

Duas mulheres iam passando. Se viraram e olharam pra mim.

– Olha, espia só. Que será que houve com ele?

– Tá bêbado.

– Não estará doente, não?

– Não, vê só como se agarra naquela garrafa. Como se fosse uma criança de colo.

Ah! porra. Gritei pras duas:

– VOU CHUPAR A BUCETA DE VOCÊS DUAS ATÉ SECAR ESSAS XOTAS, SUAS VACAS!

– Ooooooh!

Saíram correndo para o apartamento no alto prédio todo de vidro. Pela porta de vidro também. E eu ali fora, sem poder me levantar, padrinho de um troço qualquer. Só precisava chegar em casa – a 30 passos dali, uma distância que parecia a três milhões de anos-luz. Trinta passos de uma porta da frente alugada. Mais dois minutos e conseguiria. Cada vez que tentava, ficava mais forte. O bêbado veterano sempre dá um jeito, é só ter tempo suficiente. Um minuto. Mais um minuto. Podia ter conseguido.

Aí eles apareceram. Parte da desvairada estrutura familiar do Mundo. Loucos, na verdade, que nem questionavam os motivos que os levavam a agir como agiam. Deixaram as duas luzes vermelhas acesas quando estacionaram. Depois desceram do carro. Um trazia lanterna.

– Bukowski – disse o da lanterna –, parece que não há jeito de você não se meter em enrascada, não é?

Sabia o meu nome de algum lugar. De outras vezes.

– Olha aqui – expliquei –, eu apenas tropecei. Bati com a cabeça. Nunca perco a lucidez nem a coerência. Não sou perigoso. Por que não me ajudam a chegar lá em casa? Fica a 30 passos daqui. Me deixem apenas cair na cama e ferrar no sono. Não acham, mesmo, que seria a coisa mais decente que se podia fazer?

– Duas senhoras reclamaram que você tentou violentá-las.

— Cavalheiros, eu jamais tentaria violentar duas senhoras ao mesmo tempo.

O guarda continuava assestando aquela luz idiota da lanterna na minha cara. Dava-lhe uma grande sensação de superioridade.

— Apenas 300 passos pra Liberdade! Será que vocês não compreendem?

— Você é o espetáculo mais engraçado da cidade, Bukowski. Precisa arrumar um álibi melhor do que esse.

— Bom, então vamos ver — esta coisa que veem aqui esticada na calçada é o resultado final de um casamento, de um casamento zen-budista.

— Tá querendo dizer que alguma mulher quis realmente casar com você?

— Comigo não, seu idiota...

O guarda da lanterna bateu com ela no meu nariz.

— Nós exigimos respeito com os representantes da lei.

— Desculpem. Por um instante esqueci.

O sangue escorreu pelo pescoço e depois sobre a camisa. Me senti exausto – de tudo.

— Bukowski – perguntou o que acabara de usar a lanterna –, por que você insiste em se meter em enrascadas?

— Corta esse papo furado – retruquei –, e vamos logo pro distrito.

Colocaram as algemas e me jogaram no banco de trás. A mesma cena triste de sempre.

Saíram rodando sem pressa, falando de várias coisas possíveis e malucas – por exemplo, uma reforma pra ampliar a varanda da frente da casa, ou uma piscina, ou um quarto extra nos fundos pra Vovó. E quando se tratava de esportes – eram homens de verdade –, os Dodgers ainda tinham chance, mesmo com dois ou três outros times em pé de igualdade. De volta ao espírito familiar – a vitória dos Dodgers seria deles também. Se o homem chegava na lua, eles também chegavam. Mas fosse um faminto pedir-lhe uma esmola – nada de identificação, foda-se, cabeça de bagre. Quando andavam à paisana, bem entendido. Ainda está pra nascer o cara faminto que se atreva a pedir grana pra *guarda*. Nossa ficha está limpa.

Eis-me ali, mais uma vez, nesse tipo de fila interminável dos que têm culpa no cartório. Os mais moços nem sabiam o que vinha pela frente. Se atrapalhavam com esse negócio de CONSTITUIÇÃO e com os seus DIREITOS. Os guardas calouros, tanto do corpo policial urbano como do municipal, faziam treinamento com bêbados. Tinham que provar habilidade no cargo. Enquanto fiquei observando, meteram um cara no elevador, subiram e desceram com ele, pra baixo e pra cima, e quando ele saiu mal dava pra reconhecer quem era ou o que tinha sido – um negro clamando pelos Direitos Humanos. Depois pegaram um branco, que gritava qualquer coisa a respeito de DIREITOS CONSTITUCIONAIS; quatro ou cinco guardas pegaram ele e levaram tão rápido pelos ares que os pés mal encostavam no chão; e quando voltaram com o cara, encostaram o infeliz na parede e ele ficou simplesmente ali, tremendo, com aqueles vergões vermelhos pelo corpo todo – ficou ali tremendo, arrepiado da cabeça aos pés.

Tiraram meu retrato de tudo quanto foi ângulo de novo. E as impressões digitais também.

Me levaram lá pra baixo, pra cela dos bêbados. Abriram a porta. A partir daí, a questão se limitava a encontrar lugar no chão entre 150 homens detidos. Uma única latrina. Vômito e mijo por todos os lados. Tinha encontrado uma posição entre meus semelhantes. Me chamava Charles Bukowski, constava dos arquivos literários da Universidade da Califórnia em Santa Bárbara. Alguém lá me considerava genial. Me estendi no soalho. Ouvi uma voz juvenil. De garoto.

– Moço, posso te chupar a pica por 25 cents!

A polícia devia confiscar todos os trocados, notas, carteira de identidade, chaves, canivetes, etc., além dos cigarros, e depois entregar o recibo. Que se perdia, vendia ou roubavam da gente. Mesmo assim sempre havia dinheiro e cigarro por lá.

– Sinto muito, meu filho – retruquei –, me deixaram sem dinheiro nenhum.

Quatro horas depois consegui dormir.

Ali.

Padrinho de um casamento zen-budista; e aposto que os dois, a noiva e o noivo, nem sequer foderam naquela noite. Mas alguém se fodeu.

Reencontro

Saltei do ônibus na Rampart, voltei a pé um quarteirão até a Coronado, subi a ladeirinha, os degraus que levam à entrada da vila e passei pelo pátio superior que vai dar na minha porta. Fiquei ali parado um bocado de tempo, sentindo o sol em meus braços. Achei então a chave, abri a porta e comecei a subir a escada.

– Olá?

Era a voz de Madge.

Não respondi. Continuei subindo, devagar. Estava muito pálido e me sentindo meio fraco.

– Olá? Quem está aí?

– Não precisa ter medo, Madge, sou eu.

Permaneci imóvel no alto da escada. Estava sentada no sofá com um vestido velho de seda verde. Tinha um copo de vinho do Porto na mão, com cubos de gelo, bem como gostava.

– Filhote!

Saltou ao meu encontro. Parecia feliz, me beijando.

– Oh, Harry, você voltou mesmo?

– Talvez. Se der pra aguentar. Tem alguém no banheiro?

– Deixa de ser bobo! Quer uma bebida?

– Dizem que não devo. Tenho que comer galinha ensopada e ovos quentes. Me deram uma lista.

– Ah, que cretinos. Mas te senta. Não quer tomar banho? Comer alguma coisa?

– Não, quero só ficar um pouco sentado.

Atravessei o quarto e sentei na cadeira de balanço.

– Quanto dinheiro ainda tem? – perguntei.
– Quinze dólares.
– Você gastou depressa, hem?
– Ué...
– Quando é que vence o aluguel?
– Daqui a duas semanas. Não consegui arranjar emprego.
– Sei. Escuta, onde tá o carro? Não tava lá fora.
– Ah, meu Deus, más notícias. Emprestei pra alguém. Amassaram a parte da frente. Estava torcendo pro conserto ficar pronto antes de você voltar. Tá lá na garagem da esquina.
– O carro ainda anda?
– Anda, mas eu quis consertar a parte da frente pra você.
– A gente pode sair com ele mesmo com a parte da frente quebrada. Não faz diferença, basta o radiador estar em ordem e os faróis funcionarem.
– Puxa, vida! Eu apenas tentei fazer o que me pareceu mais certo!
– Eu já volto – avisei.
– Harry, aonde é que você vai?
– Vou ver o carro.
– Por que não espera até amanhã, Harry? Você não está com boa cara. Fica aqui junto comigo. Vamos conversar.
– Eu não demoro. Você me conhece. Não gosto de deixar nada pela metade.
– Ah, que merda, Harry!
Comecei a descer a escada. De repente subi de novo.
– Me dá os quinze dólares.
– Ah, que merda, Harry!
– Escuta, alguém vai ter que segurar essa barra pro barco não afundar. E nós sabemos que não há de ser você.
– Juro por Deus, Harry, não fiquei me coçando. Levantava cedo todos os dias enquanto você teve fora. Não consegui encontrar porra nenhuma.
– Me dá os quinze dólares.
Madge pegou a bolsa e olhou dentro.
– Escuta, Harry, me deixa uns trocados pra comprar uma garrafa de vinho pra logo mais, esta aqui tá quase no fim. Quero festejar a tua chegada.

— Eu sei que você quer, Madge.

Enfiou a mão na bolsa e tirou uma nota de dez e quatro de um. Arranquei a bolsa das mãos dela e virei pra baixo, em cima do sofá. Caiu tudo quanto era porcaria que guardava ali dentro. E mais umas moedas, uma garrafinha de vinho do Porto, uma nota de um dólar e outra de cinco. Tentou pegar a de cinco, mas fui mais rápido, endireitei o corpo e dei-lhe uma bofetada.

— Seu canalha! Continua o mesmo filho da puta nojento, não é?

— É, e foi por isso que não morri!

— Bate em mim outra vez e eu me mando daqui!

— Você sabe que não gosto de bater em você, filhinha.

— É, em mim você bate, mas num homem eu quero ver, né?

— Porra, o que é que o cu tem a ver com as calças?

Peguei a nota de cinco e desci a escada de novo.

A garagem ficava logo na esquina. Quando entrei no galpão, tinha um japonês passando tinta prateada numa grade recém-colocada. Parei pra olhar.

— Puta merda, você tá deixando isso aí que é um Rembrandt — comentei.

— É o seu carro, moço?

— É. Quanto lhe devo?

— Setenta e cinco dólares.

— Quanto?!

— Setenta e cinco dólares. Foi uma senhora que veio trazer.

— Uma puta, isso sim. Agora ouça, esse carro todo não vale setenta e cinco dólares. Nunca valeu. Você comprou essa grade aí por cinco paus no ferro velho.

— Escute aqui, moço, a tal senhora disse...

— Quem?

— Bom, a tal mulher disse...

— Não sou responsável por nada do que ela disse, cara. Acabo de ter alta do hospital. Agora, eu pago o que lhe devo quando puder, mas estou desempregado e preciso deste carro pra arrumar emprego. E vai ter que ser já. Se conseguir emprego, eu posso pagar. Se não, nada feito. Agora, se você não confia em mim, simplesmente terá que ficar com o carro. Eu lhe dou a via rosa do recibo. Sabe onde eu moro. Eu vou até lá e busco, se você topar.

– Quanto pode deixar de sinal?

– Cinco pratas.

– É muito pouco.

– Já lhe disse, acabo de sair do hospital. Assim que arrumar emprego, reembolso você. Se não quiser, fique com o carro.

– Tá legal – concordou –, vou confiar em você. Me dê os cinco.

– Você não sabe o duro que tive que dar pra conseguir estes cinco.

– O que é que você quer dizer com isso?

– Deixa pra lá.

Pegou os cinco e eu peguei o carro. Liguei o motor. O tanque estava pela metade. Nem me preocupei com o óleo e a água. Dei umas voltas no quarteirão só pra ver a sensação de dirigir carro outra vez. Era ótima. Depois parei na frente da loja de bebidas.

– Harry! – exclamou o velhote de avental branco encardido.

– Oh, Harry! – ecoou a mulher dele.

– Onde você andou? – perguntou o velhote do avental encardido.

– No Arizona. Transando um negócio de terras.

– Viu, só? – disse a velha. – Eu sempre te falei que ele era esperto. Tem cara de inteligente.

– Tá bom – atalhei –, me dá duas caixas de meia dúzia de garrafas de Miller, na conta.

– Ei, espera aí – disse o velhote.

– O que foi? Não pago sempre minha conta? Que onda é essa?

– Ah, com você, Harry, tudo bem. É ela. Fez uma conta de... deixa eu ver aqui... são mil e trezentos e setenta e cinco dólares.

— Mil e trezentos e setenta e cinco dólares é pouca coisa. Já tive uma que chegou a dois mil e oitocentos paus e paguei tudo, não foi?

— Sim, Harry, mas...

— Mas, quê? Quer que vá abrir crédito noutro lugar? Que deixe de pagar esta conta? Não vai confiar mais em mim por causa de uma porcaria de duas caixas de cerveja depois de todos esses anos?

— Tá legal, Harry – disse o velhote.

— Ok, pode pôr na sacola. E um maço de Pall Mall e dois Dutch Masters.

— Tá, Harry, tá...

De repente estava subindo a escada de novo. Cheguei lá em cima.

— Oh, Harry, você trouxe cerveja! Não bebe, Harry. Não quero que você morra, filhote!

— Eu sei que você não quer, Madge. Mas os médicos nunca entendem de porra nenhuma. Agora abre uma garrafa pra mim. Estou cansado. Andei fazendo coisas demais. Só faz duas horas que saí daquele troço.

Madge voltou com a cerveja e um copo de vinho pra ela. Tinha posto os sapatos de salto alto e cruzou as pernas, mostrando tudo. Continuava em forma. Pelo menos de corpo.

— Pegou o carro?

— Peguei.

— Aquele japonesinho é legal, né?

— Tinha que ser.

— Como assim? Não consertou o carro?

— Consertou. Ele é legal. Andou vindo aqui?

— Harry, não recomeça com besteira, tá? Eu não fodo com japonês!

Se levantou. Ainda não tinha barriga. As ancas, cadeiras e o rabo estavam no ponto exato. Que puta. Esvaziei metade da garrafa e me aproximei dela.

— Sabe que sou louco por você, Madge, meu bem? Seria até capaz de matar por tua causa, você sabe, não é?

Estava bem perto. Ela me sorriu, de leve. Joguei a cerveja longe, depois tirei-lhe o copo de vinho da mão e emborquei de um trago. Estava me sentindo um ser humano de verdade pela primeira vez em várias semanas. Ficamos bem juntinhos. Ela franziu os lábios vermelhos berrantes. Aí dei-lhe um empurrão, com toda a força, com ambas as mãos. Caiu sentada no sofá.

– Sua puta! Você fez uma conta de mil trezentos e setenta e cinco pratas no Goldbarth, não fez?

– Sei lá.

O vestido estava repuxado lá em cima nas coxas.

– Sua puta!

– Para de me chamar de puta!

– Mil e trezentos e setenta e cinco!

– Sei lá do que você tá falando aí!

Montei nela, puxei-lhe a cabeça pra cima e comecei a beijá-la, apalpando-lhe os seios, as coxas, os quadris. Começou a chorar.

– Para... de me chamar... de... puta... para, para... Tu sabe que eu te amo, Harry!

Aí me levantei de um salto e parei no meio do tapete.

– Vou te fazer sofrer à beça, filhinha!

Madge só deu uma risada.

Então me aproximei, levantei-a nos braços, levei pro quarto e joguei em cima da cama.

– Harry, você acaba de sair do hospital!

– O que significa que você vai receber algumas semanas de porra acumulada!

– Não diz bandalheira!

– Vai te foder!

Pulei em cima da cama, já livre da roupa.

Fui tirando a dela, beijando e bolinando. Era carnuda de montão.

Baixei-lhe a calcinha. Depois, como nos bons tempos, já estava lá dentro.

Meti oito ou dez vezes, das boas, bem lentas, sem problema. Aí ela falou:

– Tu não tá pensando que eu ia foder com nenhum japonês sacana, tá?

– Eu te acho capaz de foder com qualquer sacana.

Recuou o corpo e o meu pau caiu fora.

– Que babaquice é esta? – berrei.

– Eu te amo, Harry, você sabe que eu te amo; fico magoada quando você me fala desse jeito!

– Tá legal, filhinha, eu sei que você não ia foder com nenhum japonês sacana. Tava só brincando.

As pernas de Madge se abriram e tornei a meter.

– Ai, paizinho, quanto tempo que faz!

– Faz mesmo?

– Que que você quer dizer? Já tá vindo com besteira de novo.

– Não tô, não, filhinha! Eu amo você, baby.

Levantei a cabeça e beijei-a na boca, sempre a cavalo.

– Harry – disse ela.

– Madge – disse eu.

Tinha razão.

Já fazia muito tempo.

Eu devia mil e trezentos e setenta e cinco dólares, e mais duas caixas de meia dúzia de cervejas, charutos, cigarros, à loja de bebidas, 225 dólares ao Hospital de Clínicas do Município de L.A. e 70 dólares ao japonês sacana, sem falar noutras contas referentes a miudezas. Nos abraçamos com força e as paredes se fecharam sobre nós.

Gozamos.

Vulva, Kant, e uma casa feliz

Jack Hendley pegou a escada rolante para ir nas tribunas. pegou não é bem o termo – apenas subiu por aquela porra.

53º programa de corridas. noite. comprou o folheto no velhinho – 40 cents, gritando na capa – páreo de 2.000 metros, prêmio de 2.500 dólares ao vencedor – um cavalo estava saindo mais barato que carro novo.

Jack saltou da escada rolante e esbarrou na lata de lixo mais próxima. porra, essas noites de porre estavam arrasando com ele. devia ter pedido as vermelhinhas pra Eddie antes de ter ido embora da cidade. mas, de qualquer forma, a semana havia sido ótima, uma semana de 600 dólares, uma grande diferença dos 17 paus semanais que ganhava, em Nova Orleans, em 1940.

mas perdeu a tarde inteira com um cara que foi bater lá na porta. Jack levantou da cama e deixou que entrasse – um ninquinho de gente – e o tal ninquinho passou 2 horas sentado no sofá – a falar sobre a VIDA, só que não entendia absolutamente nada do assunto, o veado apenas falava e nem se preocupava em viver.

o ninquinho, mesmo assim, encontrou jeito de beber a cerveja de Jack, fumar tudo que havia pra fumar e impedir que se ocupasse com o Programa, atrapalhando os preparativos que deveria ter feito antes das corridas.

o próximo cara que me incomodar, palavra de honra, o próximo que me torrar a paciência, aplico-lhe uma em regra, do contrário passam a perna na gente, aos poucos, um após outro, até liquidar por completo, pensou. Não sou nenhum malvado, mas eles são, aí é que está.

resolveu tomar café. lá estavam os mesmos velhos de sempre, paquerando e dizendo gracinhas pras garçonetes do balcão. que bando mais infeliz e solitário de brochas.

Jack acendeu um fumo, se engasgou e jogou o cigarro longe. encontrou lugar nas tribunas, bem na frente, ninguém por perto. com sorte e sem nenhum chato pra encher, talvez conseguisse aprontar as apostas. mas – sempre havia os desocupados, caras sem nada pra fazer a não ser matar o TEMPO – por fora de tudo, sem programa (o programa dos páreos vinha anexo ao folheto); só pensando em bisbilhotar e se intrometer. chegavam com horas de antecedência, apáticos, distraídos, e ficavam simplesmente zanzando por lá.

o café estava ótimo, quente. ar límpido, limpo, frio. nem sinal de neblina. Jack começou a se sentir melhor. tirou a caneta do bolso e se concentrou no primeiro páreo. talvez ainda desse. aquele filho da puta desperdiçando-lhe a tarde inteira com papo furado lá no sofá, aquele filho da puta tinha estragado tudo. ia ficar muito, muito difícil – dispunha de apenas uma hora pra preparar toda a cartela. nos intervalos nem pensar – a aglomeração de gente atrapalhava demais e tinha que se ficar de olho na colocação do placar.

começou a marcar o primeiro páreo. até aí – tudo bem. de repente ouviu. um desocupado. Jack já tinha visto aquele abelhudo olhando lá pro lado do estacionamento, enquanto descia a escada em busca de um canto sossegado. agora farto de brincar "de olhar pros carros" vinha vindo na direção de Jack, detendo-se em cada degrau, um cara já meio velhusco, de sobretudo. de olho morto, sem vibração alguma. rocha. um desocupado de sobretudo.

o sujeito se aproximou devagar. um ser humano, como qualquer outro, pois sim. fraternidade, aqui, ó. Jack ouviu as pisadas. chegava num degrau e estacava. depois descia mais um.

Jack se virou e olhou pro cretino. estava ali parado, em pé, de sobretudo. não havia outra pessoa numa extensão de cem metros, mas o desgraçado tinha que cismar de vir meter o bedelho naquele canto.

guardou a caneta no bolso. aí o sujeito se colocou bem por trás dele, pra espiar o programa por cima do ombro. Jack xingou, fechou o folheto, levantou e foi sentar a 30 metros de distância, perto da outra escada.

abriu o programa e recomeçou o trabalho, pensando ao mesmo tempo na multidão que se reúne nos hipódromos – uma fera imensa, imbecilizada, gananciosa, solitária, malévola, mal-educada, bronca, hostil, egoísta e viciada. o mundo, infelizmente, vivia infestado de bilhões de criaturas que não têm nada pra fazer a não ser matar o tempo e matar a gente.

já estava na metade da marcação do primeiro páreo, sublinhando os prováveis vencedores, quando ouviu de novo. os passos lentos se aproximando. olhou ao redor. inacreditável. o mesmo sujeito!

Jack fechou o folheto e se levantou.

– o que é que o senhor tá querendo comigo? – perguntou.

– como assim?

– que história é essa de vir espiar por cima do meu ombro? isto aqui tem quilômetros de espaço vazio e o senhor sempre acaba parado do meu lado. portanto, que que tá querendo, porra?

– nós estamos num país livre, eu...

– não estamos, não senhor. é um país onde tudo se compra, se vende e se possui.

– o que eu quero dizer é que posso andar onde bem entender.

– claro que pode, contanto que não venha sacanear a minha intimidade. o senhor está sendo mal-educado e idiota. como o pessoal costuma dizer, "você tá ENCHENDO", cara.

– paguei ingresso pra entrar. não pode me dar ordens.

– tá, o problema é seu. vou mudar outra vez de lugar. estou fazendo tudo pra me controlar. mas se vier pro meu lado pela TERCEIRA VEZ, garanto que lhe viro a mão na cara!

Jack mudou de lugar de novo e viu o sujeito sair à cata de outra vítima. mas não conseguiu tirar o desgraçado da ideia. subiu até o bar e pediu uísque com água. quando voltou, os cavalos já estavam na pista se aquecendo pro primeiro páreo. tentou retomar o programa, mas não conseguiu, de tanta gente que tinha. um cara bêbado, com voz de alto-falante, berrava que não faltava um único sábado nas corridas desde 1945, um debiloide irrecuperável. mas boa-praça. esperem só por uma noite de cerração pra ver se ele não se tranca pra uma bronha na privada. bom, pensou Jack, tô ferrado. basta a gente ser paciente pra terminar crucificado na cruz. aquele filho da puta lá no sofá, a falar em Mahler e Kant e vulva e revolução, e não entendendo absolutamente porra nenhuma daquilo.

teria que desistir do primeiro páreo. 2 minutos pra largada. um minuto. foi empurrando aquela gente toda, o dobro da frequência diurna. largaram. "aí vêm eles!", gritou o locutor. alguém pisou-lhe os dois pés. por pouco não era perfurado por uma cotovelada, um batedor de carteira se esgueirou pelo lado esquerdo.

malta de cão e gato. começou a torcer por Windale Ladybird. porra, a favorita do apronto. tiro e queda. já estava perdendo a cabeça de saída.

Kant e vulva. cachorros.

Jack foi-se adiantando e terminou bem no fim das tribunas. o carro empurrava os portões de partida e os cavalos já se aprontavam para o início dos 2.000 metros.

ainda nem tinha sentado quando surgiu outro desocupado. em estado de transe. de olho fixo em qualquer coisa lá pelas arquibancadas. o corpo vindo certeiro em sua direção. não havia outra saída. uma colisão. quando os dois se chocaram, Jack ergueu e fincou o cotovelo com força naquela barriga mole. o cara saiu na disparada, gemendo.

quando conseguiu sentar, Windale Ladybird tinha se distanciado com 4 corpos de vantagem na última curva, antes da reta de chegada. Bobby Williams ia tentar ultrapassar os 1.200 metros. mas, pra Jack a montaria não parecia animada. depois de 15 anos de carreiras, era capaz de adivinhar, instintivamente, pelo avanço, se o cavalo corria solto ou preso. Ladybird fazia força – 4 corpos de vantagem, mas devia estar rezando pra sair vencedora.

3 na frente, na reta de chegada. aí Hobby's Record começou a ganhar terreno. vinha pisando a areia com agilidade e firmeza. Jack morreu. na frente da reta de chegada, com 3

corpos, morreu. a 15 metros da fita, Hobby's Record tomou a dianteira pelo que parecia ser um corpo e meio de vantagem. boa alternativa de 7-2.

Jack rasgou 4 pules de cinco dólares cada uma. Kant e a vulva. devia ir embora. guardar o resto da bolada. esta é uma daquelas noites.

o 2º páreo, de 1.600 metros, por acaso era simples. não precisava analisar tempo e categoria. o pessoal apostava em Ambro Índigo, por causa de uma colocação por dentro, que facilitava a largada, e por ser Joe O Brien o jóquei. o outro rival, Gold Wave, largaria por fora, no 9º posto, com o pouco conhecido Don Mc Ilmurray. se tudo fosse tão fácil assim, há anos estaria morando em Beverly Hills. mas contudo, mesmo com o péssimo resultado do primeiro páreo, e todo aquele Kant e a vulva, Jack arriscou 5 pules no vencedor.

aí Good Candy virou o favorito na última hora da apuração total das apostas e todo o pessoal veio correndo pra apostar nele. Candy tinha caído de um apronto de 20 pra 9. agora estava em 8. o pessoal ficou doido. Jack achou que aquilo não estava cheirando bem e foi tratando de dar o fora. de repente um MASTODONTE veio correndo – o filho da puta devia ter quase 3 metros de altura – de onde podia ter saído? Jack nunca tinha visto aquele cara mais gordo.

o MASTODONTE queria CANDY e só enxergava o guichê na sua frente, e o carro estava levando os portões de partida para a faixa da largada. o sujeito era moço, alto, corpulento, parvo, estourando as tábuas na direção dele. Jack procurou se abaixar. tarde demais. o mastodonte deu-lhe uma cotovelada na fronte que o jogou a 5 metros de distância. clarões vermelhos, azuis, amarelos e roxos explodiram no ar.

– ei, seu filho da puta! – gritou Jack.

mas o mastodonte, debruçado no guichê, comprava pules perdedoras. Jack voltou pro seu lugar.

Gold Wave apareceu na curva com 3 corpos de vantagem na dianteira da reta. e avançando com a maior facilidade. ia ser uma barbada, de 4-1. mas Jack só tinha apostado 5, o que lhe dava um lucro de 6.50 dólares. ora, era sempre melhor que varrer bosta.

perdeu o 3º, o 4º e o 5º páreos, fisgou Lady Be Fast, 6-1 no 6º, apostou em Beautiful Handover, 8-5 no 7º, deu certo e ficou reduzido a apenas 30 pratas, por puro instinto, depois pôs 20 em Propensity no 8º, 3-1, e não é que Propensity cai logo de saída? acabou-se o que era doce.

mais uísque com água. essa história de não ter tempo pra analisar as corridas dava no mesmo que atarraxar bola de praia em privada escura. vai pra casa – morrer agora estava um pouco mais fácil com uma pausa pra refrescar, de vez em quando, em Acapulco.

Jack olhou pras garotas mostrando tudo lá, nas cadeiras junto à parede. esse negócio de tribuna era bonito e limpo, bom de olhar. mas estava ali pra tirar a grana dos ganhadores. permitiu-se paquerar as pernas das garotas por alguns instantes. depois virou pro placar. sentiu pressão de uma perna encostada. um roçar de seio, o mais suave dos perfumes.

– escute, moço, com licença.
– pois não.

encostou-se ainda mais. bastava pronunciar as palavras mágicas e podia dar uma trepada de 50 dólares. só que não conhecia nenhuma que valesse isso.

– sim? – perguntou.
– qual é o cavalo nº 3?
– May Western.
– acha que pode ganhar?
– não contra esses aí. talvez da próxima vez, num lugar um pouco melhor.
– só quero cavalo que dê grana. qual você acha que vai dar?
– você – respondeu Jack, dando o fora dali.

vulva, Kant e uma casa feliz.

ainda estavam apostando em May Western e Brisk Risk caía de cotação.

CORRIDA DE 1.600 METROS, POTRANCAS E ÉGUAS, NÃO VENCEDORAS DE 10 MIL DÓLARES EM 1968. cavalo ganha mais que a maioria dos homens, só que não pode gastar.

passou uma maca móvel transportando uma velha de cabelo grisalho debaixo do lençol.

o placar girou. Brisk Risk caiu outra vez. May Western aumentou um ponto.

– ei, moço! – uma voz de homem atrás dele. Jack estava concentrado no placar.

– sim?

– me dá 25 cents aí!

Jack nem se virou. tirou a moeda do bolso, deixou na palma da mão e ofereceu por cima do ombro. sentiu a pressão da ponta dos dedos pegando o dinheiro.

nem chegou a ver o cara. o placar marcou zero.

– aí vêm eles!

ah, porra.

chegou no guichê de dez dólares, apostou uma pule em PIXIE DEW, 20-1, e duas em CECILIA, 7-2. nem sabia o que estava fazendo. existe uma determinada maneira de fazer as coisas, de enfrentar touros na arena, fazer amor, fritar ovos, tomar água, beber vinho, que quando a gente não faz direito se engasga ou então acaba morrendo.

Cecília tomou a dianteira e saiu perseguida pelos demais na reta oposta. Jack reparou bem na pernada do cavalo. havia chance. ainda não estava dando tudo o que tinha e o jóquei segurava a rédea com leveza. bem razoável, por enquanto. mas o que vinha logo em seguida parecia melhor. Jack conferiu no programa. Kimpam, nº 12 na linha de largada, partiu com 25, o pessoal nem quis saber dele. o cavalo levava Joe O'brien na charrete, mas Joe tinha perdido com a mesma montaria, 9-1, dois páreos antes. cego feito morcego. Lighthill saiu em carreira desabalada contra Cecília, que, exposta, diminuiu de velocidade, Lighthill tinha que arriscar ou perder. havia chance. vinha com 4 corpos de vantagem na dianteira da reta final. O'Brien deixou Lighthill cobrir a diferença. aí se curvou e soltou Kimpam por completo. porra, não, não a 25-1, pensou Jack. não deixa essa égua passar na frente, Lighthill. estamos com 4 de vantagem. vamos de uma vez. 20 pratas a 7-2 podem dar 98. e a noite estará salva.

olhou Cecília. as patas não levantavam até o joelho. vulva, Kant e Kimpam. Cecília diminuiu o ritmo, quase parando na metade da reta. O'Brien passou voando com seus 25-1, sacolejando na charrete, afrouxando a rédea, conversando com o cavalo.

aí Pixie Dew veio correndo por fora, Ackerman dando rédea solta aos 20-1 e recorrendo ao chicote – 20 vezes dez, 200 paus, fora os trocados. Ackerman reduziu a diferença pra um corpo em relação a O'Brien, e foi assim que chegaram – O'Brien mantendo aquele espaço aberto, incentivando o cavalo, passando feito barco à vela sorrindo de leve, como é seu costume, e acabou. Kimpam, égua de pelo castanho, nº 4, filha de Irlandês e Meadow Wick. Irlandês? e O'Brien? porra, era dose. as desvairadas senhoras de grampo de chapéu dos manicômios do inferno tinham, finalmente, conseguido uma vítima.

os guichês que pagavam pule de dois dólares ficaram apinhados de velhotas sustentadas pela previdência social, com meia garrafa de gim na bolsa.

Jack desceu pela escada. as rolantes estavam abarrotadas de gente. passou a carteira pro lado esquerdo do paletó pra despistar os punguistas. metiam a mão no bolso traseiro da calça 5 ou 6 vezes por noite, mas a única coisa que lhe tinham conseguido roubar era um pente desdentado e um lenço velho.

entrou no carro, saiu entre a multidão, conseguiu não amassar o para-choque, a cerração já estava bem baixa. mas não encontrou problema pra rumar pra zona norte, só que perto de casa, apesar da neblina, viu uma coisa gostosa, moça, vestido curto, pedindo carona, ah, minha nossa, freou, a perna era possante, mas quando conseguiu reduzir a marcha já estava a 50 metros além dela, com outros carros vindo logo atrás. ah, paciência. que fosse currada por um idiota qualquer. ele é que não ia procurar retorno nenhum.

verificou se havia luz em casa. não tinha ninguém. ótimo. guardou o carro, sentou na sala e abriu o programa no meio com o polegar. tirou a tampa da garrafa de uísque, de uma lata de cerveja também e mergulhou no trabalho. não fazia 5 minutos que estava ali quando o telefone começou a tocar. ergueu os olhos, fez com o indicador o gesto clássico, mandando o aparelho se foder e se inclinou de novo em cima do programa. velho profissional não brinca em serviço.

dali a duas horas não havia nem rastro das 6 latas de cerveja e do meio litro de uísque – já estava deitado, dormindo, na cama, com a cartela do dia seguinte completamente preenchida e um sorrisinho de segurança no rosto. há dezenas de maneiras de se enlouquecer.

Adeus, Watson

é depois de um dia de azar no hipódromo que a gente se dá conta de que nunca vai conseguir, chegando em casa com as meias fedendo, uns dólares amarrotados na carteira, sabendo que o milagre nunca há de acontecer e, o que é pior, lembrando da aposta realmente péssima que se fez no último páreo no número onze, um cavalo que não podia ganhar, a maior aposta de babaca com placar 9-2, ignorando todo o conhecimento acumulado anos a fio, e indo ao guichê de dez pratas e pedindo: "onze, placês", e o velhote que atende, repetindo, incrédulo: "onze?", ele sempre pergunta de novo quando escolho um que não tem a menor chance. Pode ser que não saiba qual será o vencedor, mas de babaca ele entende. e me lança o mais pesaroso dos olhares e pega a nota de vinte. depois sair dali e ir olhar o desgraçado perdendo do início até o fim, sem sequer se esforçar, num trote de malandro, enquanto o cérebro da gente começa a dizer: "ah, que merda, eu devo estar louco".

já discuti isso com um amigo meu que tem muitos anos de hipódromo. com ele acontece frequentemente a mesma coisa, que denomina de "vontade de morrer", o tipo do troço antigo. hoje a gente faz troça do termo, mas, por estranho que pareça, ainda há um fundo de verdade nisso. o cara realmente cansa, à medida que os páreos se sucedem, e não resta dúvida de que EXISTE uma certa tendência de jogar tudo pela janela. há uma sensação que pode sobrevir, independente de ganhar ou perder, e é aí que se começa a apostar mal. Mas, a meu ver, o verdadeiro problema é que NA VERDADE a gente gostaria de estar noutro lugar – sentado numa poltrona, lendo Faulkner ou desenhando com os lápis de cor de um filhinho. o hipódromo, em última análise, não passa de outro EMPREGO, por sinal externamente. quando me dou conta disso e estou em boa forma, simplesmente volto pra casa; mas se noto e não me sinto lá muito legal, continuo apostando mal. outra coisa que se deve entender, de uma vez por todas, é que é DIFÍCIL ganhar, seja lá no que for; perder é fácil. É ótimo ser o Grande Perdedor Americano – está ao alcance de qualquer um; quase não há quem não seja.

um homem capaz de ganhar dinheiro com cavalos pode fazer, praticamente, tudo aquilo que quer. seu lugar não é no hipódromo. deveria estar na Rive Gauche diante de um cavalete de pintura ou no East Village compondo uma sinfonia vanguardista. ou então fazendo a felicidade de qualquer mulher, ou morando numa gruta de montanha.

mas frequentar o hipódromo ajuda a compreender como a gente, e também o resto da humanidade, é. hoje em dia virou moda pichar gratuitamente o Hemingway, sobretudo entre os críticos que não sabem escrever, dizendo que o velho barba de rato entrou em decadência da metade pro fim, quando a cabeça dele começou a afrouxar os parafusos e, mesmo assim, ainda deixou os outros feito colegiais que têm que levantar a mão pra pedir licença pra fazer um pipizinho literário. eu sei por que o Ernie ia às touradas – nada mais simples: ajudavam a escrever. o Ernie tinha qualquer coisa de mecânico: gostava de consertar frases no papel. as touradas serviam de prancheta pra tudo: Aníbal cobrindo a montanha de bosta de elefante ou algum borracho surrando a mulher em quarto sórdido de hotel vagabundo. e quando Hem ia pra máquina, escrevia em pé. usava como arma. feito metralhadora. o que via nas touradas se amoldava a tudo. ficava tinindo na memória que nem sol na manteiga: era só ir escrevendo.

quanto a mim, as corridas de cavalo revelam logo onde sou fraco e onde sou forte, como estou me sentindo naquele dia e como a gente muda, o tempo TODO, e o pouco que se sabe a respeito disso.

e o strip-tease da multidão é o filme de terror do século. TODOS perdem. basta olhar. se tiver forças pra tanto. um dia no hipódromo pode ensinar mais que quatro anos de universidade. se me convidarem pra dar aulas de formação literária, uma das condições prévias será obrigar o aluno a assistir corridas de cavalo uma vez por semana e apostar pelo menos 2 dólares em cada páreo. não pra se exibir. quem joga pra se exibir NO FUNDO quer ficar em casa, só que não sabe.

meus alunos ficariam, automaticamente, melhores escritores, embora a maioria passasse a se vestir mal e talvez até tivesse que ir a pé pra faculdade.

já me vejo no papel de professor.

– então, Miss Thompson, como é que foi?
– perdi 18 dólares.
– em que cavalo apostou no páreo principal?
– Coringa Caolho.
– aposta de otário. esse cavalo estava perdendo quase 3 quilos de peso, o que atrai os apostadores, mas também implica uma melhoria de categoria dentro de condições permitidas. a única ocasião em que a troca de categoria dá vitória é quando os prognósticos desfavorecem o cavalo. Coringa Caolho apresentava o melhor índice de velocidade. outra atração pros apostadores. mas o índice se baseava no apronto de 1.200 metros, onde a velocidade é sempre maior, comparativamente, do que nas corridas mais importantes. além disso, o cavalo fechou em 6, de modo que o pessoal imaginou que venceria o páreo de 1.100 metros. Coringa Caolho não participou de nenhuma corrida de 2 curvas nos últimos 2 anos. não é nenhum acaso. é um foguete, mas em distâncias curtas. ninguém devia se admirar de ter chegado por último.

– como é que foi?
– perdi cento e quarenta dólares.
– em que cavalo o senhor apostou no páreo principal?
– no Coringa Caolho. terminou a aula.

antes de frequentar hipódromos e antes da existência irreal e esterilizadora do sugador cerebral da televisão, eu trabalhava como empacotador numa fábrica gigantesca que produzia milhares de luminárias pra cegar o mundo e, sabendo como as bibliotecas são inúteis e os poetas eternos queixosos farsantes, fazia meus estudos nos bares e lutas de boxe.

que noites aquelas, nos bons tempos do Olympic. havia um carequinha irlandês que servia de locutor (será que se chamava Dan Tobey?) e que tinha classe, sabia das coisas, talvez até houvesse testemunhado o que se passava nos teatro flutuantes quando criança, e, se não fosse tão velho assim, pelo menos o encontro de Dempsey com Firpo. parece que ainda estou vendo ele estender a mão pra puxar o fio e trazer, devagar, o microfone pra baixo. quase todos nós já estávamos de porre antes da primeira luta, mas a bebida nos pegava logo, fumando charuto, sentindo a luz da vida, esperando que colocassem 2 garotões ali na arena, o que era cruel, mas o que é que se podia fazer? também haviam feito o mesmo conosco e nem por isso tínhamos morrido. ah, e sim, a maioria acompanhada de uma ruiva ou loura oxigenadas. inclusive eu. o nome dela era Jane, com uma porção de 10 assaltos entre nós dois, sendo que um eu perdi por nocaute. e ficava todo prosa quando ela voltava do toalete das damas e a galera em peso começava a bater com os pés, a assobiar e uivar feito lobo enquanto rebolava aquele rabo espetacular na saia bem justa – e era um rabo mágico. podia deixar o sujeito paralisado e boquiaberto, berrando palavras de amor pra um céu de concreto. aí descia a escada pra sentar do meu lado e eu erguia a garrafa de uísque como se fosse um diadema, passava pra ela, que tomava um traguinho, devolvia, e eu comentava o rebu na galera: "ainda mato esses punheteiros cretinos que estão se esgoelando aí em cima".

e ela, olhando o programa, perguntava:

– quem é que você escolhe na primeira?

eu tinha sorte na escolha – acertava em média 90 por cento – mas queria ver antes. sempre preferia o cara que menos se exibia, que dava impressão de lutar relutante. e se um deles fazia o sinal da Cruz antes de tocar o sino, já se sabia quem seria o vencedor – o que não tinha feito o sinal. mas em geral uma coisa ia com a outra. o cara que ficava boxeando sozinho e pulando pra lá e pra cá quase sempre era o mesmo que fazia o sinal da Cruz e se enrabava que dava gosto de ver.

naquela época quase não havia luta sem graça e quando havia era mais ou menos como hoje – só entre pesos-pesados. mas ninguém assistia de braços cruzados – a gente demolia o ringue, tacava fogo no estádio ou então rebentava as cadeiras. quem apresentava as piores era a Hollywood Legion e ninguém botava os pés lá. até o pessoal de Hollywood sabia que o fino estava no Olympic. Raft e outros volta e meia apareciam, e todas as candidatas a estrela atulhavam aqueles lugares na fila do gargarejo. a rapaziada da galera ficava maluca, os pugilistas caprichavam na luta, o lugar se enchia da fumaça azulada dos charutos, e como a gente gritava! baby baby! e se atirava dinheiro pro ar e bebia uísque. e quando acabava, ia-se pro drive-in, os motéis da época, com a velha cama do amor, com nossas mulheres oxigenadas e depravadas. metia-se com gosto, depois se ferrava no sono feito anjo embriagado. quem precisava da biblioteca pública? quem precisava do Ezra? do T.S.? e.e.? D.H.? H.D.? qualquer um dos Eliots? ou dos Sitwells?

nunca hei de esquecer a primeira noite em que vi o jovem Enrique Balanos. na época eu costumava torcer por um negrinho legal. sempre subia no ringue com uma ovelhinha branca no colo, que abraçava antes da luta. parece sentimentalismo barato, mas era duro na queda e a um sujeito assim se permitem certas frescuras, não é?

seja lá como for, era meu ídolo e o nome dele poderia ter sido algo assim como Watson Jones. Watson tinha boa escola e aptidão – ágil, rápido rápido rápido, e aquele SOCO, e gostava do que fazia. mas aí, uma noite, sem o menor aviso, alguém meteu esse tal de Balanos lá em cima, na frente dele, e Balanos era bamba, não se afobou, foi derrubando Watson aos poucos, até que tomou conta e deixou a cara dele em frangalhos perto do final. o meu ídolo. não podia acreditar. se não me engano, Watson foi vencido por nocaute, o que tornou aquela noite, de fato, extremamente amarga pra mim. eu, com a minha garrafinha de uísque, clamando por piedade, por uma vitória que simplesmente não ia acontecer. Balanos, não resta dúvida, possuía tudo o que era necessário pra ser campeão – o sacana tinha uns braços que mais pareciam cobras e nem sequer se mexia –, deslizava, escorregava, se contraía feito aranha malévola, mas não arredava pé, e esmurrava pra valer. Naquela noite vi logo que seria preciso um sujeito excepcional pra derrotar Balanos e que Watson já podia pegar a ovelhinha e se mandar pra casa.

foi só bem no fim, quando o uísque dentro de mim se assemelhava a um mar, depois de brigar com minha mulher, e xingar por estar ali sentada, mostrando aquelas coxas magníficas, que fui forçado a reconhecer que o melhor adversário tinha vencido.

– Balanos. boas pernas. não pensa. só reage. é melhor não pensar. esta noite o corpo derrota a alma. como quase sempre, aliás. adeus, Watson, adeus, Central Avenue, tá tudo acabado.

espatifei o copo na parede, atravessei a sala e agarrei aquela mulher. me sentia magoado. era linda. fomos pra cama. me lembro de uma chuvinha que entrava pela janela. deixamos que caísse em cima da gente. estava ótimo. tão bom, que repetimos a dose e quando pegamos no sono dormimos com a cara virada pra janela. ficamos completamente encharcados e de manhã os lençóis estavam úmidos e levantamos da cama espirrando e morrendo de rir. "puta merda! puta merda!" foi engraçado e o coitado do Watson caído num canto qualquer, com a cara partida e inchada, enfrentando a Verdade Eterna, as lutas de 6 assaltos, as de 4, depois voltando pra fábrica comigo, matando 8 ou 10 horas por dia a troco de uma mixaria de salário, sem chegar a nenhum resultado, esperando a Morte, tendo que desistir da inteligência, perdendo o ânimo aos poucos, indo tudo pras cucuias, e nós espirrando, "puta merda!", foi engraçado. e ela disse: "tu tá todo roxo, tu ficou todo ROXO! minha nossa, te olha no espelho!", e eu morrendo de frio, ali parado na frente do espelho, e estava mesmo todo ROXO! ridículo! uma caveira esquelética de merda! comecei a rir, a dar tanta risada que acabei caindo no tapete e ela se atirou em cima de mim. e aí nós rimos, rimos, mas rimos tanto, tanto, que, puta merda, até pensei que tínhamos enlouquecido. e então tive que me levantar, me vestir, pentear o cabelo, escovar os dentes, nauseado demais pra comer; senti ânsias de vômito quando escovei os dentes, saí pra rua e caminhei na direção da fábrica de luminárias; só o sol se sentia bem, mas a gente tinha que se conformar com o que tinha.

Os grandes poetas morrem em penicos fumegantes de merda

deixa eu falar sobre ele. outro dia, com uma ressaca danada, saí me arrastando do meio dos lençóis pra tentar ir ao supermercado comprar umas coisas, botar um pouco de comida no estômago e trabalhar no emprego que odeio. muito bem. lá estava eu no tal supermercado quando me entra esse merdinha de gente (devia ter a minha idade, só que talvez mais tranquilo, burro e idiota), um esquilo cheio de nove-horas e SALAMALEQUES e sem a menor consideração por coisa alguma, a não ser pela *sua* maneira de sentir, pensar ou se exprimir... um verdadeiro esquilo com cara de hiena, uma preguiça. uma lesma. não parava de olhar pra mim. de repente disse:

– EI!

chegou mais perto e ficou ali, me encarando.

– EI! – repetiu. – EI!

tinha os olhos bem redondos e não saía mais da minha frente, me encarando com aqueles olhos redondos. o fundo deles parecia uma piscina suja – sem brilho. eu só dispunha de poucos minutos, estava com pressa. já havia faltado ao trabalho na véspera e sido repreendido – sabe deus quantas vezes – por excesso de faltas. queria realmente me esquivar do sujeito, mas me sentia muito zonzo pra raciocinar direito. fazia lembrar o síndico de um prédio de apartamentos onde morei alguns anos atrás. um daqueles que está sempre parado no corredor quando se chega com uma mulher desconhecida.

como não parava mais de encarar, falei:

– NÃO CONSIGO ME LEMBRAR DE VOCÊ. DESCULPE, MAS SIMPLESMENTE NÃO CONSIGO. NÃO DOU MUITO PRA ESSE NEGÓCIO DE ADIVINHAR.

a todas essas, pensava, por que não vai embora? por que tem que *estar* aqui? *não gosto* de você.

– ESTIVE EM SUA CASA – insistiu. – LÁ DAQUELE LADO – apontou.

se virou e indicou o lado sul e leste, onde nunca morei. trabalhei, mas nunca morei. ótimo, pensei, é maluco. não conheço ele. jamais conheci. me safei. posso me livrar dele.

– SINTO MUITO – continuei –, MAS VOCÊ SE ENGANOU – EU NÃO CONHEÇO VOCÊ. NUNCA MOREI POR AQUELES LADOS. DESCULPA, CARA.

e comecei a empurrar o carrinho.

– BEM, TALVEZ NÃO LÁ. MAS CONHEÇO VOCÊ. ERA UMA CASA DE FUNDOS, VOCÊ MORAVA NO SEGUNDO ANDAR. HÁ MAIS OU MENOS UM ANO.

– LAMENTO – retruquei –, MAS BEBO DEMAIS. ESQUEÇO AS PESSOAS. MOREI DE FATO NUMA CASA DE FUNDOS, NO SEGUNDO ANDAR. MAS JÁ FAZ CINCO ANOS. ESCUTA AQUI, TENHO IMPRESSÃO QUE VOCÊ ESTÁ CONFUSO. ESTOU COM MUITA PRESSA, MESMO. PRECISO IR ANDANDO, NÃO POSSO DEMORAR MAIS.

e segui com o carrinho pra seção de carnes.
saiu correndo no meu encalço.

– SEU NOME É BUKOWSKI, NÃO É?

– É, SIM.

– EU ESTIVE LÁ. SÓ QUE VOCÊ NÃO SE LEMBRA. ESTAVA BEBENDO.

– PORRA, QUEM FOI QUE TE LEVOU LÁ?

– NINGUÉM. FUI SOZINHO; ESCREVI UM POEMA SOBRE VOCÊ. VOCÊ NÃO ESTÁ LEMBRADO. MAS NÃO GOSTOU DO POEMA.

– HUM – fiz eu.

– UMA VEZ FIZ TAMBÉM UM POEMA PRA AQUELE CARA QUE ESCREVEU "O HOMEM DO BRAÇO DE OURO". COMO É QUE ELE SE CHAMA MESMO?

– ALGREN. NELSON ALGREN – respondi.
– POIS É – disse. – FIZ UM POEMA PRA ELE. MANDEI ATÉ PRA UMA REVISTA; O EDITOR ACONSELHOU QUE EU ESCREVESSE PRA ELE. O ALGREN RESPONDEU, MANDOU UM BILHETE NO VERSO DE UM PROGRAMA DE CORRIDAS DE CAVALO. "ISTO É A MINHA VIDA", ESCREVEU.
– ÓTIMO – retruquei –, MAS COMO É QUE VOCÊ SE CHAMA?
– NÃO INTERESSA. MEU NOME É "LEGIÃO".
– MUITO ENGRAÇADO – sorri.

continuamos andando, depois paramos. estendi a mão e peguei uma caixa de hambúrgueres. aí resolvi me descartar do sujeito. peguei a caixa, meti na mão dele e então sacudi, dizendo:
– BEM, TÁ LEGAL, FOI UM PRAZER TE ENCONTRAR, CARA, MAS AGORA TENHO QUE IR REALMENTE.

e acelerei o passo, empurrando o carrinho pra longe dali. rumo ao balcão da padaria. mas não me largou.
– CONTINUOU TRABALHANDO NOS CORREIOS? – perguntou, caminhando ao meu lado.
– INFELIZMENTE.
– DEVIA DAR O FORA DAQUILO. É UM LUGAR PAVOROSO. O PIOR QUE PODERIA ENCONTRAR.
– TAMBÉM CONCORDO. ACONTECE, PORÉM, QUE NÃO POSSO FAZER NADA, NÃO TIVE NENHUM TREINAMENTO ESPECIAL.
– MAS VOCÊ É UM GRANDE POETA, CARA.
– OS GRANDES POETAS MORREM EM PENICOS FUMEGANTES DE MERDA.
– MAS JÁ FOI CONSAGRADO POR TODO ESSE PESSOAL ESQUERDISTA. SERÁ QUE NÃO TEM ALGUÉM QUE POSSA FAZER QUALQUER COISA POR VOCÊ?

pessoal esquerdista? o cara *estava* maluco. seguimos andando.

– CONSAGRADO EU FUI. PELOS MEUS CUPINCHAS LÁ DO CORREIO. CONSAGRADO COMO BEBERRÃO E VICIADO EM CORRIDAS DE CAVALO.

– NÃO DÁ PRA CONSEGUIR UMA SUBVENÇÃO OU COISA PARECIDA?

– TENTEI NO ANO PASSADO. PRA LETRAS. A ÚNICA COISA QUE CONSEGUI FOI UMA CARTA DE RECUSA TIPO FORMULÁRIO IMPRESSO.

– MAS TUDO QUANTO É IDIOTA VIVE DE SUBVENÇÃO NESTE PAÍS.

– ATÉ QUE ENFIM VOCÊ DISSE ALGUMA COISA.

– VOCÊ NÃO FAZ LEITURAS EM UNIVERSIDADES?

– ANTES NÃO FIZESSE. CONSIDERO UMA PROSTITUIÇÃO. A ÚNICA COISA QUE ELES QUEREM É...

não me deixou terminar.

– GINSBERG – atalhou –, O GINSBERG LÊ EM UNIVERSIDADES. E O CREELEY, O OLSON, O DUNCAN, O...

– EU SEI.

estendi a mão e peguei meu pão.

– EXISTEM VÁRIAS FORMAS DE PROSTITUIÇÃO – disse ele.

agora estava ficando profundo. puta que pariu. me precipitei para a seção de legumes.

– OUÇA, DARIA PRA TE VISITAR DE NOVO, QUALQUER DIA DESTES?

– ANDO MUITO OCUPADO. PALAVRA, QUASE SEM TEMPO PRA NADA.

encontrou uma caixa de fósforos.

– OLHA, ESCREVE AQUI O ENDEREÇO.

ah, merda, pensei, como é que a gente cai fora sem ferir a suscetibilidade alheia? escrevi o endereço.

– QUEM SABE O NÚMERO DO TELEFONE TAMBÉM? – sugeriu. – ASSIM VOCÊ SABE COM ANTECEDÊNCIA QUANDO É QUE EU VOU.

– NÃO, NADA DE NÚMERO DE TELEFONE.

devolvi a caixa.

– QUAL É A MELHOR HORA?

– SE TIVER QUE IR MESMO, APARECE QUALQUER SEXTA-FEIRA À NOITE DEPOIS DAS 10.

– VOU LEVAR MEIA DÚZIA DE CERVEJAS. E MINHA MULHER VAI TER QUE IR JUNTO. SOMOS CASADOS HÁ 27 ANOS.

– QUE PENA, NÉ?

– AH, NÃO. É O ÚNICO JEITO.

– COMO É QUE VOCÊ SABE QUE É? NÃO CONHECE NENHUM OUTRO.

– EVITA CIÚMES E BRIGAS. VOCÊ DEVIA EXPERIMENTAR.

– NÃO EVITA, NÃO, SÓ AUMENTA. JÁ EXPERIMENTEI, POR SINAL.

– AH, É, AGORA ME LEMBRO DE TER LIDO NUM DOS TEUS POEMAS. UMA RICAÇA.

chegamos nos legumes. congelados.

– MOREI NO VILLAGE NA DÉCADA DE 30. CONHECI BODENHEIM. UMA COISA HORRÍVEL. MORREU ASSASSINADO. CAÍDO LÁ POR AQUELES BECOS. ASSASSINADO POR CAUSA DE UMA VAGABUNDA QUALQUER. EU NA ÉPOCA MORAVA NO VILLAGE. ERA BOÊMIO. NUNCA FUI BEATNIK NEM HIPPIE. VOCÊ LÊ O "FREE PRESS"?

– ÀS VEZES.

– PAVOROSO.

queria se referir aos hippies. e bancar o displicente profundo.

– TAMBÉM PINTO. VENDI UM QUADRO PRO MEU PSIQUIATRA. US$ 320. TUDO QUANTO É PSIQUIATRA NÃO REGULA BEM DA CACHOLA.

mais profundezas de 1933.

– LEMBRA AQUELE POEMA QUE VOCÊ ESCREVEU A RESPEITO DE IR À PRAIA, DESCENDO DAS PEDRAS PRA AREIA E VENDO TODOS AQUELES AMANTES POR LÁ, QUANDO VOCÊ ESTAVA SOZINHO E QUIS LOGO DAR O FORA, E SE MANDOU TÃO

DEPRESSA QUE DEIXOU OS SAPATOS PERTO DELES. FOI UM POEMA FANTÁSTICO SOBRE A SOLIDÃO.

o poema queria exprimir a DIFICULDADE de conseguir FICAR só, mas preferi não dizer.

peguei um pacote de batatas congeladas e fui pro caixa. continuou andando ao meu lado.

– EU FAÇO CARTAZES. NOS SUPERMERCADOS. US$ 154 POR SEMANA. SÓ PASSO PELO ESCRITÓRIO UMA VEZ POR SEMANA. TRABALHO DAS 11 DA MANHÃ ÀS 4 DA TARDE.

– TÁ TRABALHANDO AGORA?

– AH, SIM, AGORA ESTOU FAZENDO CARTAZES PRA ESTE AQUI. QUEM DERA QUE TIVESSE UM POUCO DE INFLUÊNCIA PRA TE ARRUMAR EMPREGO AQUI.

o rapaz do caixa começou a registrar as compras.

– EI! – gritou meu amigo. – NÃO VÁ FAZER ELE PAGAR ESTAS COMPRAS! É UM POETA!

o rapaz era legal. não fez comentários. simplesmente continuou registrando.

– EI! ELE É UM GRANDE POETA! – repetiu, aos gritos, o meu amigo. – NÃO FAZ ELE PAGAR PELO QUE COMPROU!

– ELE GOSTA DE CONVERSAR – disse o caixa.

era um cara legal. paguei e peguei a sacola.

– OLHA AQUI, EU TENHO QUE IR – disse ao meu amigo.

fosse qual fosse o motivo, não podia se afastar do supermercado. por medo, talvez. queria se manter no bom emprego. maravilha. que reconfortante vê-lo ali parado, perto do caixa. em vez de andar sempre ao meu lado.

– A GENTE SE VÊ – disse ele.

me livrei com um aceno de mão por baixo da sacola.

do lado de fora, no estacionamento, as pessoas andavam pra lá e pra cá. nenhuma delas lia, comentava ou escrevia poemas. pela primeira vez tive uma impressão favorável das massas. cheguei no meu carro, joguei as compras lá dentro e fiquei um instante imóvel no assento. uma mulher saiu do carro ao lado, repuxou a saia pra cima e mostrou clarões de coxa branca acima das meias. uma das maiores obras de arte que existe no mundo: uma mulher de pernas bonitas descendo de um automóvel. levantou e a saia caiu no lugar. sorriu rapidamente pra mim, depois se virou e saiu mexendo com tudo aquilo, gingando, se equilibrando e tremendo toda, em direção ao supermercado. liguei o motor e dei marcha a ré. tinha quase esquecido o meu amigo. mas ele não ia me esquecer. logo mais estaria dizendo:

– MEU BEM, ADIVINHA QUEM VI HOJE NO SUPER? NÃO MUDOU QUASE NADA, TALVEZ ESTEJA MENOS INCHADO. E AGORA USA UMA COISINHA NO QUEIXO.

– DE QUEM TU TÁ FALANDO?

– DO CHARLES BUKOWSKI.

– QUEM É ESSE CARA?

– UM POETA. MEIO DECADENTE. NÃO ESCREVE MAIS TÃO BEM COMO ANTES. MAS JÁ ESCREVEU COISAS SENSACIONAIS. POEMAS SOBRE A SOLIDÃO. É REALMENTE UM SUJEITO MUITO SOLITÁRIO, SÓ QUE NÃO SABE. NA SEXTA-FEIRA À NOITE A GENTE VAI FAZER UMA VISITA PRA ELE.

– MAS NÃO TENHO ROUPA PRA IR.

– ELE NEM VAI REPARAR. NÃO GOSTA DE MULHER.

– NÃO GOSTA DE MULHER?

– NÃO GOSTA, NÃO. ELE ME DISSE.

– ESCUTA AQUI, GUSTAV. O ÚLTIMO POETA QUE FOMOS VISITAR ERA UMA PESSOA HORROROSA. NEM FAZIA UMA HORA QUE TÍNHAMOS CHEGADO E ELE FICOU BÊBADO E COMEÇOU A JOGAR GARRAFAS DE UM LADO PRA OUTRO DA SALA E XINGAR TODO MUNDO.

– ERA O BUKOWSKI. SÓ QUE NEM SE LEMBRA MAIS DA GENTE.

– PUDERA.

– MAS ELE ANDA MUITO SOLITÁRIO. DEVÍAMOS IR VISITÁ-LO.

– JÁ QUE VOCÊ QUER, TUDO BEM, GUSTAV.

– OBRIGADO, AMORECO.
você também não gostaria de ser Charles Bukowski? sei pintar, inclusive. levantar pesos. e a minha filhinha pensa que sou Deus.

mas tem outras horas em que não vale a pena.

Breve temporada no chalé dos poetas

pra quem estiver interessado em loucura, seja lá de quem for, posso falar um pouco da minha. me hospedei no chalé dos poetas na Universidade do Arizona, não por já estar consagrado, mas porque ninguém, a menos que se trate de um bobo alegre ou rato de igreja, se lembra de visitar ou se hospedar em Tucson durante o verão. enquanto andei por lá, a temperatura foi, em média, de mais de 40 graus. não se tinha nada pra fazer além de beber. sou um poeta que sempre insistiu em espalhar que não faz leituras em público. e que também se comporta feito idiota quando cai no porre. e como ao ficar sóbrio não tenho nada a dizer, não houve muitas batidas na porta do chalé dos poetas. e nem me importei. só que tinha ouvido dizer que havia uma empregadinha de cor, muito, mas muito bem feitinha de corpo que volta e meia aparecia por lá, de modo que fui fazendo planos na moita pra dar uma curra nela, mas ela decerto também tinha ouvido falar em mim e não deu as caras. e assim escovei a minha própria banheira; joguei as minhas garrafas vazias numa grande lata de lixo que dizia, na tampa pintada de preto: UNIV. DO ARIZ. em geral vomitava bem em cima da tampa, depois de largar as garrafas lá pelas 11 horas da manhã. aí era mais uma questão de voltar pra cama depois da primeira cerveja matutina e tentar curar a ressaca. poeta-residente? convenhamos, pau-d'água-residente seria mais adequado. bebia cerca de 4 ou 5 pacotes de meia dúzia de cervejas por dia.

ora, o sistema de ar-condicionado não era dos piores e com os bagos apenas começando a se soltar, o estômago a se recuperar, o caralho com ideia fixa na tal empregadinha de cor, e a alma ainda sofrendo ânsias de vômito por ter de cagar na latrina que os Creeley, etc. tinham usado, além de dormir na mesma cama que eles – a essa altura o telefone inventava de tocar. quem sabe seria o grande editor?...

Bukowski?

é. é. acho que sim.

não gostaria de tomar café?

tomar *o quê?*

café.

é. foi o que imaginei que você tinha dito.

minha mulher e eu estamos aqui perto. não quer se encontrar com a gente no bar da universidade?

no bar da universidade?

é, vamos ficar te esperando. você só tem que sair na direção oposta da pista de alta velocidade e ir perguntando a todo mundo que encontrar pelo caminho ONDE FICA O BAR DA UNIVERSIDADE? é só perguntar a quem você encontrar, ONDE FICA O BAR DA UNIVERSIDADE?

aiiiii, porra...

que foi? você só tem que perguntar pra todo mundo que encontrar ONDE FICA O BAR DA UNIVERSIDADE? a gente toma café junto.

ouça, vamos deixar pra outra ocasião. hoje não.

então tá, buk, apenas achei que, já que a gente andava por aqui...

claro, obrigado.

depois de umas 3 ou 4 cervejas, de tomar banho e me esforçar pra ler alguns livros de poemas que tinha por lá e, naturalmente, achar que não estavam bem escritos, pegava no sono com eles: Pound, Olson, Creeley, Shapiro. havia centenas de volumes e revistas velhas. nenhuma das minhas obras se encontrava por lá, não naquele chalé, de modo que o lugar era muito morto. quando acordava, lá vinha outra cerveja e uma caminhada de 8 ou 10 quarteirões, num calor de rachar, até a casa do grande editor. em geral parava no caminho e pegava umas caixas de cerveja. os dois não bebiam. estavam ficando velhos e enfrentando tudo quanto é tipo de problema de saúde. era triste. pra eles e pra mim. mas o pai dela, que tinha 81 anos, quase me derrubava em matéria de cerveja. simpatizávamos um com o outro.

eu andava por lá pra gravar um disco, mas quando o profe da U. do Ariz. encarregado dessas coisas soube que ia chegar na cidade acabou baixando no hospital St. Mary's com úlcera. no dia em que deveria ter alta, telefonei para falar pessoalmente com ele já meio embriagado e ele teve que esperar mais dois dias pra poder sair. de modo que não havia mais nada pra fazer além de beber com um velho de 81 anos e esperar que acontecesse algo: uma empregadinha, um incêndio, ou o fim do mundo. comecei a discutir com o grande editor e fui pro quarto dos fundos e me sentei lá com o Papai pra assistir a um programa de tevê onde todas as mulheres dançavam de minissaia. fiquei lá sentado, com um baita tesão. bem, de qualquer modo com tesão. quanto a Papai, não sei.

mas uma noite, quando vi, estava do outro lado da cidade. em companhia de um sujeito descomunal, com a cara coberta de barba. Archer, ou Archnip, ou sei lá o quê, se chama. bebemos a mais não poder e fumamos – Chesterfields. não parávamos mais de falar, a plenos pulmões e só com a roupa de baixo. e aí o sujeito descomunal de cara felpuda, o Archnip, desabou em cima da mesa e comecei a bolinar as pernas da mulher dele. foi deixando. deixando. tinha os pelinhos mais finos e brancos naquelas pernas – calma! não teria mais que 25 anos! – só quero dizer que pareciam meio brancos à luz das lâmpadas naquelas pernonas f.d.p. e não parava de repetir, não tô com vontade de trepar com você, mas se conseguir dar um jeito, pode transar comigo. bom, isso é mais do que a maioria costuma dizer. e continuei bolinando as pernas dela e procurando dar um jeito, mas os Chesterfields e a cerveja me deixaram meio sem ação, de modo que a única coisa que pude fazer foi pedir que fugisse comigo pra Los Angeles, onde podia trabalhar de garçonete e me sustentar.

não sei por quê, mas não pareceu nada interessada. e afinal, todo aquele papo com o marido dela, onde dissequei o

Direito, a História, o Sexo, a Poesia, o Romance, a Medicina...
e ainda dei corda, levando pra um bar e fazendo ele tomar 3
rápidos uísques com soda, um em cima do outro. A única coisa
que ela me disse foi que *estava* interessada em Los Angeles.
mandei ela à merda e que esquecesse. devia ter ficado no bar.
Uma garota tinha saído de um canto na parede e dançava em
cima do balcão; não parava de sacudir aquela calcinha vermelha
na minha cara, mas vai ver que era apenas uma conspiração
comunista; então não interessava, porra.

no dia seguinte, consegui voltar de carona com um cara
mais baixo e de barba menor. me deu um Chesterfield.

que que você faz, pitoco – perguntei –, tá com todo esse
pelo aí na cara, que que você faz?

pinto – respondeu.

por isso, quando chegamos lá no chalé, abri umas cervejas e resolvi revelar pra ele o que era pintura. também pinto.
expliquei-lhe a minha fórmula secreta pra saber se o quadro
presta ou não presta. também mostrei a diferença que existe
entre pintar e escrever e as vantagens de uma em relação à
outra. quase não abriu a boca. depois de algumas cervejas,
resolveu ir embora.

obrigado pela carona – agradeci.

tá certo.

quando o grande editor telefonou pra me convidar pra
tomar café junto com ele, tive que recusar mais uma vez, mas
lhe falei no cara que me levou pra casa.

simpático – disse eu –, bom rapaz.

como era mesmo o nome dele?

eu disse.

ah – fez o editor –, é o professor......., ele dá aulas de
pintura na U. do Arizona.

ah – fiz eu.

não havia nenhum programa de música clássica no radi-
nho AM, de modo que tive que escutar outro tipo de música;
espatifava as garrafas de cerveja e ouvia, uma loucura: *if you
come to San Francisco, wear a flower in your hair; hey hey, live
for today;* não sei mais o que e assim por diante. numa estação
tinha um concurso ou porra parecida – pediam pra pessoa dizer

em que mês havia nascido. agosto, respondi. você nasceu em novembro? cantarolava a mulher. o senhor desculpe, mas acaba de perder, anunciava o locutor. ah é? retruquei. ah é? o cara desligava. primeiro tinha que coincidir o mês do nascimento com o disco que estava tocando. depois, se desse certo, tinha que se tentar também o dia, isto é, o dia 7, dia 19, etc., aí, se a gente tinha a sorte de que tudo combinava, ganhava-se UMA VIAGEM GRÁTIS PARA LOS ANGELES ONDE SE DEVIA HOSPEDAR EM DETERMINADO MOTEL, COM TUDO PAGO. filhos-da-puta trapaceiros. é tudo marmelada, pensei comigo mesmo. fui à geladeira. o calor já passa de 40 graus, anunciou o locutor.

no meu último dia na cidade, a empregadinha de cor ainda não havia aparecido, por isso comecei a fazer as malas. o grande editor me disse o horário dos ônibus. bastava andar 3 quarteirões ao norte, depois pegar o que fosse pra leste, na esquina de Park Av. com a Elm.

se chegar cedo demais no ponto, não fique simplesmente parado lá. entre na drogaria e espere. tome uma coca ou qualquer coisa assim.

bem, arrumei tudo e saí caminhando pro ponto do ônibus naquele calor de mais de 40 graus. nem sinal do desgraçado. porra, pensei. comecei a andar pro lado leste, apressado. a birita saía por todos os poros feito as quedas do Niágara. passei a mala pra outra mão. podia ter pegado um táxi perto do chalé para ir pra estação ferroviária, mas o grande editor queria me dar uns livros, um troço chamado CRUCIFIXO NAS MÃOS DA MORTE, que precisava na mala. ninguém tinha carro. mal cheguei no tal ponto e abri uma cerveja quando eis que me chega o profe, vindo do hospital, dirigindo seu próprio carro, pra se certificar, acho eu, que ia mesmo embora da cidade. entrou.

estou vindo lá do chalé – disse.

por pouco você encontrava o buk – disse o editor. – o buk sempre se dá mal porque quer. não gosta de tomar café no bar da universidade. aí eu mandei ele ESPERAR NA DROGARIA SE O ÔNIBUS SE ATRASASSE. sabe o que ele fez? veio a pé até aqui, com todo este calor e carregando a mala na mão.

puta merda, será que você não entende? – disse eu pro editor. – não gosto de drogarias! não gosto de ficar esperando nessas sorveterias que tem nelas. a gente fica ali sentado, olhando pro mármore daquele balcão circular, esperando pra ser atendido. passa uma formiga, ou então um inseto qualquer tá morrendo ali, na frente da gente, com uma asa ainda mexendo e a outra parada. ninguém te conhece. 2 ou 3 pessoas de cara obtusa e paciente ficam olhando pra cara da gente. aí surge, enfim, a garçonete. não seria capaz de deixar a gente cheirar o fedor da calcinha dela, e no entanto é medonha de feia e nem sabe. anota, com a maior má vontade, o pedido que se faz. uma coca. a bebida vem num copo de papel morno e dobrado. dá pra perder o ânimo, mas a gente bebe. o inseto continua vivo. o ônibus não tem jeito de chegar. o mármore da sorveteria está coberto de pó pegajoso. é tudo uma farsa, será que não entende? se você vai na cigarraria e tenta comprar um maço, passam 5 minutos antes de alguém aparecer. a gente se sente violentado 9 vezes antes de sair de lá.

não há nada de errado com as drogarias, buk – diz o editor.

e eu conheço outro cara que diz que "não há nada de errado com a guerra". mas, puta que pariu, eu preciso continuar alimentando as minhas neuroses e preconceitos porque é só o que tenho para me defender. Não gosto de drogarias, nem de bares de universidade, de pôneis Shetland, da Disneylândia, de guardas que andam de moto, de iogurte, dos Beatles, do Charlie Chaplin, de persianas e daquela baita mecha de cabelo maníaco-depressivo que cai na testa do Bobby Kennedy... puta merda – me virei pro profe –, este cara aqui edita meus livros há dez anos, centenas de poemas, e NEM SEQUER SABE QUEM EU SOU!

o profe deu uma risada; já era alguma coisa.

o trem atrasou 2 horas, então o profe nos levou de carro para a casa dele nos morros. começou a chover. um grande janelão de vidro descortinando aquela cidade fétida. que nem nos filmes. mas me vinguei do grande editor. a mulher do profe sentou ao piano e se esgoelou com um pouco de Verdi. constatei, finalmente, que o editor estava sofrendo. TAVA COM

ELE NA MINHA DROGARIA. aplaudi e instiguei a coitada a cantar outra ária. não que fosse propriamente má cantora, a voz tinha ressonância, mas usada sem critério – um excesso contínuo de volume, sem variação de tonalidade. fiz o que pude pra que cantasse ainda mais, mas como era o único a insistir, ela, como verdadeira dama, desistiu.

me levaram até lá embaixo na estação com os bolsos recheados de garrafinhas – conhaque de pêssego, coisas do gênero. entreguei a mala no balcão e deixei todos aglomerados lá, à espera do trem. saí caminhando até o fim da plataforma de bagagens e sentei num baú, debaixo da chuva, e passei a me dedicar ao conhaque de pêssego. era uma chuva quente que secava assim que batia no corpo; tinha muita semelhança com suor. fiquei ali sentado, à espera do trem que me levaria pra Los Angeles, a única cidade do mundo que existe pra mim. quer dizer, sim, estava mais cheia de panacas que qualquer outra e por isso, justamente, ficava tão engraçada. era a *minha* cidade. *o meu conhaque de pêssego.* chegava quase a amá-la. ei-la ali, vindo finalmente na minha direção. terminei o conhaque de pêssego e saí ao encontro de seus braços, à procura do número do vagão, 110. só que não havia nenhum com esse número. no fim o 110 era 42. entrei no meio de índios, mexicanos, loucos e punguistas. tinha uma garota de vestido azul com um rabo simplesmente divino. era doida. conversava com uma boneca como se fosse criança de colo. sentou na minha frente, conversando com a tal boneca. você podia transar com ela, velhão, se quisesse, pensei comigo mesmo. mas isso só serviria pra deixá-la infeliz. melhor esquecer, porra. e se contentar em olhar, feito tarado. de modo que virei pro lado e fiquei tirando uma linha daquelas pernas maravilhosas pela vidraça enluarada do trem. L. A. vinha vindo em minha direção. os mexicanos e os índios roncavam. eu encarava as pernas enluaradas, ouvindo a conversa com a boneca. o que é que o grande editor esperava agora de mim? o que teria feito Hem? Dos Passos? Tom Wolfe? Creeley? Ezra? as pernas enluaradas começaram a perder significado. virei pro outro lado e fiquei de frente pras montanhas azuladas. talvez lá também tivesse buceta. e Los Angeles avançando em minha direção, cheia de bucetas. e naquele chalé dos poetas, agora que Bukowski tinha partido, já dava pra ver a tal empregadinha de cor, se curvando, levantando, se curvando, suando, ouvindo o rádio – *if you go to San Francisco be sure to wear a flower in your hair* – a tal empregadinha de cor, estalando de amor sem ninguém lá por perto. meti a mão no bolso e abri outra garrafinha. de não sei o quê, não sei o quê, e fui chupando, chupando pelo gargalo, e aí vem L. A., melhor esquecer, porra.

Cristos metidos a besta

Só três homens juntos conseguiam levantar a massa de borracha pra colocar na máquina, que ia recortando de acordo com as várias utilidades a que se destinava; esquentava, talhava e aprontava a mixórdia do produto final: pedais de bicicleta, toucas de banho, bolsas de água quente... era preciso muito cuidado ao se pôr aquele troço na máquina, pois sempre havia o risco de decepar um braço. quando se estava de ressaca, então, a precaução redobrava. durante os últimos três anos, dois sujeitos ficaram manetas: Durbin e Peterson. o primeiro foi aproveitado no Departamento de Pessoal – podia-se vê-lo lá sentado, com uma das mangas vazia. pra Peterson, deram vassoura e esfregão: limpava latrinas, esvaziava cestas de papel, pendurava papel higiênico e por aí afora. todo mundo se espantava como Peterson fazia bem tudo isso com um braço só.

agora as oito horas estavam chegando ao fim. Dan Skorski ajudou a erguer a última massa de borracha. tinha trabalhado esse tempo todo com uma das piores ressacas de sua vida. os minutos pareciam horas, e cada segundo se arrastava feito lesma. e sempre que olhava lá pra cima, deparava com aqueles 5 caras sentados no escritório envidraçado. bastava levantar a cabeça pra dar com aqueles dez OLHOS fixos na gente.

Dan se virou, pronto pra ir bater o ponto, quando um sujeito incrivelmente magro, que mais parecia um charuto, apareceu na sua frente. os pés do charuto nem sequer encostavam no chão. o nome dele era Mr. Blackstone.

– porra, aonde é que você pensa que vai? – perguntou pra Dan.

– dar o fora, ora essa.

– SERÃO – disse Mr. Blackstone.

– O quê?!

– SERÃO, eu disse. olha aí em volta. temos que tirar todo esse troço daqui.

Dan olhou em volta. até onde a vista alcançava, havia pilhas e pilhas de borracha pras máquinas. e o pior do serão é que nunca se conseguia prever a hora de terminar. podia levar tanto 2 como 5 horas. impossível saber de antemão. mal dava tempo de se deitar na cama, levantar de novo e recomeçar o trabalho de alimentar aquelas máquinas com borracha. Nunca acabavam. sempre tinha *mais* borracha, *mais* encomendas atrasadas, *mais* máquinas. a fábrica toda já estava estourando, *esporreando,* vomitando borracha, montanhas de borracha borracha borracha e os 5 caras lá em cima, naquele escritório, cada vez mais ricos ricos e ricos.

– volta pro TRABALHO! – ordenou o charuto.

– não, não posso mais – protestou Dan. – não aguento levantar outro peso de borracha.

– como é que vamos tirar este troço daqui? – perguntou o charuto. – é preciso fazer lugar pro carregamento que chega amanhã.

– trate de arrumar outra fábrica, contrate mais gente. são sempre os mesmos que vocês matam de trabalhar, ainda acabam com a cabeça deles. nem sabem mais quem são, OLHA só! olha só esses trouxas!

e era a pura verdade. os operários nem pareciam mais gente. os olhos esgazeados, assustados, de loucos. riam por qualquer bobagem e debochavam, sem parar, um do outro. estavam com os culhões reprimidos. tinham sido castrados.

– isso aí é boa gente – afirmou o charuto.

– claro que é. metade do salário vai pros impostos estaduais e federais; o resto eles gastam com carro novo, tevê a cores, mulher burra e 4 ou 5 variedades de seguro.

– ou você faz serão como todo mundo ou vai pro olho da rua, Skorski.

– Então vou pro olho da rua, Blackstone.

– estou até com vontade de não te pagar.

– Divisão Regional do Trabalho.
– vamos mandar o teu cheque pelo correio.
– ótimo. e trata de não demorar.

ao sair da fábrica teve a mesma e maravilhosa sensação de liberdade que sentia cada vez que era despedido ou se demitia do emprego. ao sair daquela fábrica, ao deixar os outros lá dentro – "você encontrou um lar, Skorski, aqui a gente tá numa boa!" por mais fodido que fosse o emprego, os operários sempre repetiam a mesma coisa.

Skorski parou na loja de bebidas, comprou uma garrafa de Grandad e seguiu pra casa. foi uma noite tranquila. bebeu a garrafa toda, se deitou a dormiu com uma facilidade como há anos não sentia. nada de despertador marcado pras 6 e meia, pra depois se enfronhar, sobressaltado, no meio de humanidade falsa e animalesca.

dormiu até o meio-dia, levantou, tomou 2 alka-seltzers e foi ver se havia correspondência. tinha uma carta.

Prezado Mr. Skorski:
Há muito tempo admiro seus contos e poemas, gostei muito também da recente exposição de pintura que fez na Universidade de N. Temos uma vaga aqui no departamento editorial da WorldWays Books, Inc. Estou certo de que já ouviu falar da nossa editora. Nossos livros são distribuídos na Europa, África, Austrália e, inclusive, no Oriente. Faz alguns anos que acompanhamos o seu trabalho e constatamos que também foi editor da pequena revista PÁSSARO FERIDO, nos anos de 1962-63, na qual apreciamos imensamente sua seleção de poesia e prosa. Acreditamos que seja o homem indicado para ocupar esse cargo no nosso departamento editorial. Acho que podíamos chegar a um acordo. O salário inicial é de US$ 200 semanais e ficaríamos muito honrados em contar com sua colaboração. Se a proposta lhe interessar, ligue, por favor, a cobrar, para o número..., a fim de providenciarmos sua passagem aérea por telegrama, incluindo uma quantia que julgamos generosa para atender outras despesas.
cordiais saudações,
D. R. Signo, editor-chefe
WorldWays Books, Inc.

Dan bebeu uma cerveja, pôs dois ovos pra cozinhar e telefonou para Signo. parecia que a voz do editor saía de um rolo de aço. mas tinha publicado alguns dos maiores escritores do mundo. e o jeito era muito espontâneo, bem diferente da carta.

– você querem mesmo que eu trabalhe aí? – perguntou Dan.

– evidente – respondeu Signo –, tal como explicamos na carta.

– então tá, pode telegrafar o adiantamento que já vou fazer a mala.

– eu mando o dinheiro agora mesmo – disse Signo. – ficamos aguardando com ansiedade.

desligou. foi Signo que desligou, bem entendido. Dan tirou os ovos do fogo. se deitou e dormiu mais duas horas...

o voo pra Nova York poderia ter sido melhor. Dan não sabia se era porque nunca havia andado de avião ou se seria pelo som da voz de Signo saindo do tal rolo de aço. da borracha ao aço. ora, talvez estivesse muito ocupado. poderia ser a explicação. tem homens que vivem ocupados. sempre. seja lá como for, quando Skorski chegou a bordo já estava com o pé bem adiantado na estrada e também trazia um pouco daquele Grandad. mas na metade da viagem o uísque acabou e ele começou a pedir bebida até chatear a aeromoça. não tinha a menor ideia do que era que ela estava lhe servindo – um troço adocicado e roxo que não parecia combinar bem com o Grandad. não demorou muito pra se meter a conversar com todos os passageiros, apresentando-se como Rocky Graziano, ex-lutador de boxe. no início acharam graça, mas depois ficaram calados enquanto levava a insistir na questão:

– sou o Rock, sim, sou o Rock e que surra que eu dava neles! peito e muque! como fazia aquela multidão *berrar!*

de repente se sentiu mal e quase não deu tempo de chegar no banheiro. quando vomitou, sujou os sapatos e as meias. tirou tudo, lavou as meias e saiu de lá de pé descalço. deixou os sapatos pra secar num canto, as meias noutro e depois esqueceu onde estavam.

andou pra lá e pra cá no corredor. de pé descalço.

— Mr. Skorski — avisou a aeromoça —, faça o favor de ficar lá no seu lugar.

— Graziano. o Rock. e porra, quem foi que roubou os meus sapatos e as meias? vou lhes partir a cara.

vomitou ali mesmo no corredor e uma velha silvou, literalmente, feito cobra pra ele.

— Mr. Skorski — repetiu a aeromoça —, o senhor me desculpe, mas tenho que insistir pra que volte pro seu lugar!

Dan pegou-a pelo pulso.

— Eu gosto de você. acho que vou te currar aqui mesmo no corredor. já pensou? uma curra no espaço! você vai ADORAR! o ex-pugilista Rocky Graziano curra aeromoça enquanto o avião sobrevoa Illinois! vem cá!

Dan agarrou-a pela cintura. o rosto chegava a ser atroz de tão vazio e apalermado: moça, egoísta e horrenda. o QI de uma ratinha sem tetas. mas tinha força. se soltou e correu pra cabine de comando. Dan vomitou um pouco, saiu andando e sentou.

o copiloto veio lá da cabine. uma baita bunda, queixo quadrado, casa de 3 pavimentos, 4 filhos e a mulher maluca.

— ei, amizade — disse o copiloto.

— que foi, boneca?

— te ajeita aí. soube que tá querendo armar um fuzuê.

— fuzuê? que é isso? não vai me dizer que tu é bicha, seu mosquito voador!?

— te ajeita aí, já disse!

— vai tomar no cu, seu veado! não viajo de graça, sabia?

o baita bunda pegou o cinto de segurança e prendeu Skorski no assento com calmo desprezo, dando uma demonstração de força e ameaça, feito elefante arrancando com a tromba uma mangueira com raiz e tudo.

— agora FICA aí!

— meu nome é Rocky Graziano — disse Dan.

o copiloto já estava dentro da cabine de comando quando a aeromoça passou de novo pelo corredor e viu Skorski todo preso no assento, deu uma risadinha abafada.

— vou te mostrar os meus TRINTA CENTÍMETROS! — gritou-lhe.

a velha silvou outra vez feito cobra.

no aeroporto, descalço, pegou um táxi pro novo Village. não houve problema pra achar quarto nem tampouco um bar na esquina. ficou bebendo ali até o sol raiar e ninguém fez comentário sobre os seus pés descalços. nem notou ou falou com ele. não restava sombra de dúvida: estava em Nova York.

mesmo quando comprou sapatos e meias no outro dia de manhã, entrando descalço na loja, ninguém disse nada. a cidade tinha séculos de existência e sua sofisticação ultrapassava toda expectativa ou medida.

dois dias depois telefonou pra Signo.

– fez boa viagem, Mr. Skorski?

– fiz, sim.

– pois olha, vou almoçar no Griffo's. fica logo aqui na esquina, é perto da editora. que tal se a gente se encontrasse lá daqui a meia hora?

– onde fica o Griffo's? quer dizer, qual é o endereço?

– basta pedir pro motorista – Griffo's.

desligou. foi Signo que desligou, bem entendido.

pediu Griffo's pro motorista. chegaram no endereço. entrou. ficou esperando do lado de dentro da porta. havia 45 pessoas no restaurante. qual seria o Signo?

– Skorski – ouviu chamar. – aqui!

era numa mesa. Signo. com outro. estavam tomando coquetéis. mal sentou, o garçom veio e pôs um coquetel na sua frente.

porra, assim, sim.

– como é que sabia que era eu? – perguntou.

– ah, sabendo – respondeu Signo.

Signo nunca olhava nos olhos, sempre por cima da cabeça do interlocutor, como se esperasse uma notícia, por um pássaro que entrasse voando ou pela flecha envenenada de algum selvagem.

– este é o Strange* – apresentou.

– de fato é – concordou Dan.

– Quero dizer, este é Mr. Strange, um dos colaboradores mais antigos da editora.

---

* *Strange*: estranho, em inglês.

– como vai? – cumprimentou Strange. – sempre admirei sua obra.

Strange era o contrário: mantinha os olhos permanentemente abaixados, como se esperasse que irrompesse alguma coisa do meio das tábuas do soalho – vazamento de óleo, fera encurralada ou invasão de baratas enlouquecidas por tanta cerveja. ninguém disse nada. Dan terminou de tomar o coquetel e esperou pelos dois. bebiam bem devagar, como se pouco importasse, como se fosse um chazinho qualquer. pediram outra rodada e foram pro escritório...

mostraram-lhe sua sala. cada uma estava separada da outra por essas divisórias de vidro branco semelhantes a paredes. não dava pra enxergar pelo vidro. e atrás da escrivaninha havia uma porta, também toda de vidro branco, fechada. bastava apertar um botão pra uma tampa de vidro descer diante da mesa, isolando por completo o ambiente. a gente podia comer uma secretária ali dentro sem ninguém notar porra nenhuma. uma delas tinha lhe sorrido. puta merda, que corpo! toda aquela carne sacolejante, presa naquele vestido, e simplesmente doida pra ser fodida; e o sorriso, então... que tortura medieval.

brincou com a régua que estava em cima da mesa. servia pra diagramar, programar, ou coisa que o valha. nunca tinha visto régua igual. ficou simplesmente sentado ali, brincando com aquilo. passaram-se três quartos de hora. começou a sentir sede. abriu a porta atrás da escrivaninha e saiu andando por aquela série de cubículos separados pelas tais divisórias de vidro branco. em cada uma delas havia um homem. alguns telefonavam. outros remexiam em papéis. parecia que todos sabiam o que estavam fazendo. encontrou o Griffo's. sentou no balcão do bar e tomou dois drinques. depois voltou lá pra cima de novo. sentou e recomeçou a brincar com a régua. passou-se meia hora. então levantou e desceu outra vez pro Griffo's. 3 drinques. toca a voltar pra régua. era um tal de descer e subir que não acabava mais. chegou a perder a conta. Mas, à medida que o dia avançava e ele passava pelo corredor, cada editor apertava o botão e baixava a tampa de vidro na cara dele. flipt, flipt, flipt, um após outro, até entrar na sua sala. só um não fechou. Dan parou e ficou ali, olhando pro cara – um sujeito imenso, quase com o pé na cova, de pescoço grosso e flácido, as dobras afundando na carne, o rosto redondo, inchado, feito bola de praia pra criança brincar, as feições quase imperceptíveis. o tal editor recusava-se a olhá-lo na cara. ficava fitando o teto, acima da cabeça de Dan. e estava furioso – primeiro vermelho, depois branco, desintegrando-se aos poucos. Dan foi pra sua sala, apertou também o botão e se encerrou ali dentro. alguém bateu na porta. abriu. era Signo. sempre espiando por cima de sua cabeça.

– resolvemos que você não serve pro cargo.
– e as despesas de volta?
– de quanto precisa?
– acho que 175 devem dar pro gasto.

Signo fez um cheque de 175, largou em cima da mesa e saiu...

Skorski, em vez de embarcar no avião de L. A., preferiu seguir pra San Diego. fazia séculos que não ia ao hipódromo de Caliente. e já tinha bolado tudo pra acertar num 5-10. achava que podia pegar 5 por 6 sem arriscar muitas combinações e que era mais interessante levar em conta a proporção entre o peso, a distância e a velocidade percorrida pela montaria. conseguiu manter-se razoavelmente sóbrio durante o voo, pernoitou em San Diego e depois pegou um táxi para Tijuana. trocou de táxi na fronteira e o motorista mexicano indicou-lhe um bom hotel no centro da cidade. guardou a mala no armário do quarto e então saiu pra dar uma olhada pelas ruas. eram quase 6 horas da tarde e as nuvens cor-de-rosa pareciam atenuar a pobreza e a revolta dos habitantes locais. pobres diabos, vivendo tão perto dos EUA a ponto de falar a língua e conhecer a corrupção americana, mas só capazes de sugar um pouco da riqueza, que nem um cação preso à barriga do tubarão.

Dan encontrou um bar e tomou tequila. a eletrola tocava músicas mexicanas. tinha uns 4 ou 5 homens, sentados pelos cantos, fazendo hora com a bebida. nenhuma mulher à vista. bem, isso em T. não constituía problema e a última coisa que queria naquele momento era uma mulher, com a crica vibrando e pulsando por ele. mulher sempre atrapalha. são capazes de matar um cara de 9.000 maneiras diferentes. depois que acertasse num 5-10 e papasse suas 50 ou 60 milhas, ia arranjar uma casinha lá pela costa, a meio caminho entre L. A. e Dago, e depois comprar uma máquina de escrever elétrica ou pegar seus pincéis de pintura, beber vinho francês e fazer longas caminhadas à noite pela orla marítima. a diferença entre viver bem ou mal dependia apenas de um pouco de sorte, e Dan sentia que agora podia contar com isso. era uma coisa que os livros de contabilidade, é claro, lhe deviam...

perguntou ao homem do bar que dia era, e o sujeito respondeu: "quinta-feira"; portanto dispunha de um bocado de tempo. só correriam no sábado. Aleseo tinha que esperar pela turba de otários americanos que cruzaria a fronteira pra viver 2 dias de loucura depois de 5 de trabalho infernal. Tijuana se encarregava deles. Tijuana sempre se encarregava do dinheiro deles. mas os americanos nem imaginavam como eram odiados pelos mexicanos; a carteira recheada de dólares entorpecia-lhes a percepção dos fatos e corriam por TJ como se fossem donos daquilo. cada mulher representava uma trepada e cada guarda de polícia não passava de mero personagem de uma tira de quadrinhos. só que esqueciam que tinham ganhado algumas guerras contra o México, na qualidade de americanos, texanos ou seja lá a porra que for. pra eles, isso podia parecer uma história de ficção; pros mexicanos, era bem real. ser gringo num bar de Tijuana, numa quinta-feira à noite, nada tinha de agradável. os turistas, inclusive, haviam estragado as touradas; estragado tudo, enfim.

Dan pediu outra tequila.

– quer uma boa menina, *señor?* – perguntou o homem do bar.

– *gracias, amigo* – respondeu –, mas sou escritor. estou mais interessado na humanidade em geral do que numa xota, propriamente dita.

era o tipo de comentário besta e se sentiu sem jeito depois de ter dito isso. o homem do bar se afastou da mesa.

mas o ambiente estava agradável. bebeu e escutou as músicas mexicanas. dava prazer se afastar, por algum tempo, dos EUA, ficar ali sentado, sacando e prestando atenção no rabo de outra cultura. que espécie de palavra seria essa? cultura. seja lá como for, dava prazer.

bebeu 4 ou 5 horas a fio, sem ser importunado por ninguém, sem encher o saco dos outros. saiu meio alto, subiu pro quarto, levantou a persiana, contemplou o luar mexicano, se espreguiçou, sentiu que estava numa boa em relação praticamente a tudo, e pegou no sono...

no dia seguinte, descobriu outro bar onde serviam presunto com ovos e feijão requentado. o presunto estava duro, os ovos – fritos – queimados nas pontas, e o café era ruim. o que não impediu que gostasse. ainda não havia movimento. e a garçonete, gorda, burra e baratinada – nunca havia sofrido de dor de dente, nem sequer de prisão de ventre, pensado na morte e um pouquinho na vida. tomou outra xícara de café e fumou um cigarro mexicano adocicado demais. os cigarros ali queimavam de modo diferente – *ardiam,* como se fossem vivos.

devia ser quase meio-dia: realmente cedo demais pra começar a beber em bar, mas não haveria corridas antes do sábado e não tinha máquina de escrever. precisava escrever diretamente na máquina. lápis ou caneta, nem pensar. gostava do som de metralhadora das teclas. ajudava a desenferrujar as ideias.

Skorski voltou a procurar o bar da véspera. continuava tocando músicas mexicanas. os 4 ou 5 caras sentados por lá pareciam os mesmos. o garçom trouxe tequila. dava impressão de estar mais amável. talvez aqueles caras tivessem alguma história pra contar. Dan se lembrou dos bares de negros da Central Ave., que costumava frequentar sozinho, muito antes da causa do Black Power virar moda intelectual, lance de picaretagem. onde conversava com eles e saía de mãos abanando, pois falavam e pensavam igualzinho a branco – materialistas, pra lá de. e havia caído bêbado por cima daquelas mesas, sem que ninguém o assassinasse, justamente a única coisa que queria, pois a morte era o único lugar que merecia uma visita.

agora tinha aquilo ali. o México.

ficou logo no fogo e começou a pôr moedas na eletrola, que só tocava melodias mexicanas. a maior parte não dava pra entender. parecia a mesma cantilena xaroposa e monótona da pior música popular americana.

morto de tédio, pediu que lhe arranjassem mulher. ela veio e sentou ao seu lado. um pouco mais velha do que esperava. tinha um dente de ouro no meio da boca que lhe tirou, por completo, a vontade de foder. deu-lhe 5 dólares e pediu, da maneira mais cortês possível, que fosse embora. ela foi.

mais tequila. os cinco caras e o garçom ficaram lá sentados, olhando pra ele. precisava chegar à *alma* deles! *tinham* que ter alma. como é que podiam ser tão indolentes assim? feito miolo de casulo? ou mosca grudada no parapeito de janela no sol das 4 da tarde?

Skorski se levantou e foi pôr mais fichas na eletrola.

depois largou a cadeira e começou a dançar. todo mundo ria e gritava. nada mais *estimulante*. até que enfim, um pouco de animação no ambiente.

Dan não parava de botar fichas na eletrola e dançar. dali a pouco ninguém mais gritou nem achou graça naquilo. ficaram apenas olhando, em silêncio. pediu uma tequila atrás da outra, pagou bebida pros 5 caras calados, pro garçom inclusive, enquanto o sol ia se pondo e a noite começava, feito gato sujo molhado, a se esgueirar pela alma de Tijuana. e continuou dançando. dançando e dançando. cada vez mais. de puro prazer, claro. um verdadeiro barato. a libertação, enfim. a repetição exata de Central Avenue em 1955. estava perfeito. sempre chegava na frente dos outros, antes que surgisse uma multidão de oportunistas pra estragar tudo.

improvisou até uma tourada com a cadeira e o pano de limpeza do garçom...

quando acordou, estava em plena praça pública, sentado num banco. a primeira coisa que lhe chamou a atenção foi o sol. que coisa gostosa. depois, os copos na cabeça. presos na orelha por um fio de barbante que passava pelo fundo aberto de um deles. quando quis apalpar com a mão, o fio se soltou e o copo escorregou. depois de ficar equilibrado a noite inteira, caiu na calçada e quebrou.

Dan tirou de cima da cabeça o resto dos copos e guardou no bolso da camisa. aí tinha que fazer uma coisa que já SABIA que seria inútil, pura perda de tempo... mas TINHA que fazer, averiguar, afinal...

procurou pela carteira.

não encontrou porra nenhuma. e todo o dinheiro estava dentro dela.

uma pomba passou, displicente, entre seus pés. sempre implicava com o jeito de mexer com a nuca daquelas babacas. que troço mais idiota. como as mulheres da gente, como os patrões, os presidentes e os Cristos – quanta coisa metida a besta.

e havia uma história, também besta, que jamais se animaria a contar pra alguém. aquela noite em que tinha ficado de porre, quando morava naquele lugar da LUZ ROXA. um pequeno cubículo de vidro no meio de um canteiro de flores, com aquele Cristo em tamanho natural, meio jururu e de queixo caído, a cabeça baixa de olho no dedão do pé... e ILUMINADO PELA TAL LUZ ROXA.

aquilo começou a irritar Dan. até que afinal, uma noite, bem de pileque, as velhotas sentadas ao redor do canteiro, contemplando aquele Cristo roxo, e chega o Skorski, cambaleando pra cá e pra lá, e se põe a fazer tudo o que pode pra arrancar o pobre do Cristo daquela jaula de vidro. a maior barra. de repente um dos vizinhos aparece correndo.

– ei! que que o senhor tá pretendendo aí?

– ... tô tentando tirar este filho da puta da jaula! dá licença?

– vai me desculpar, mas já chamamos a polícia...

– a polícia?

Skorski largou o Cristo e se mandou.

até ir parar naquela praça mexicana no cu do mundo.

um garotinho lhe bateu no joelho. estava todo de branco. uns olhos lindos. nunca tinha visto tão lindos assim.

– quer foder com a minha *ermã?* – perguntou. – ela já tem 12 anos.

– não, não. não tô com vontade. hoje não.

o garotinho foi embora, todo tristonho. de verdade, de crista caída. tinha fracassado. Dan ficou com pena dele.

depois se levantou e saiu da praça. mas não tomou o rumo do norte, da terra da Liberdade. seguiu pro sul. cada vez mergulhando mais no coração do México.

ao cruzar por um beco cheio de lama, sem saber pra onde estava indo, um bando de moleques lhe atirou pedras.

mas nem se importou. desta vez, pelo menos, andava calçado.

e o que queria era o que lhe dariam.

e o que lhe dariam era justamente o que queria.

estava tudo nas mãos de gente metida a besta.

ao passar por uma cidadezinha, a pé, a meio caminho da capital do México, dizem que parecia quase um Cristo roxo. bem, com a cor que tinha ficado, não é de admirar.

depois nunca mais foi visto.

o que significa que talvez tivesse feito mal em beber tão depressa aqueles coquetéis em Nova York.

ou quem sabe não?

Sensível demais

me mostrem um sujeito que mora sozinho e está sempre com a cozinha suja, que eu, em 5 entre 9 casos, provarei que o sujeito é fora de série."
– Charles Bukowski, em 27.6.67, depois da 19ª garrafa de cerveja.

"me mostrem um sujeito que mora sozinho e está sempre com a cozinha limpa, que eu, em 8 entre 9 casos, provarei que o sujeito tem abomináveis qualidades espirituais."
– Charles Bukowski, em 27.6.67, depois da 20ª garrafa de cerveja.

muitas vezes o aspecto da cozinha reflete o estado do espírito. os sujeitos confusos, inseguros e maleáveis são pensadores. a cozinha da casa deles se assemelha às ideias que têm: cheias de lixo, metal encardido, impurezas, mas eles sabem disso e até acham graça. às vezes, com violenta erupção de fogo, desafiam as divindades eternas e surgem com o fulgor intenso que volta e meia chamamos de criação; noutras, meio que se embriagam e resolvem limpar a cozinha. mas tudo volta logo a cair na desordem e ficam no escuro de novo, precisando de BABO, comprimidos, orações, sexo, sorte e salvação. Mas quem mantém a cozinha sempre limpa é anormal. cuidado com ele. o estado de sua cozinha equivale às ideias que tem: tudo em ordem, arrumado; permitiu que a vida o condicionasse rapidamente a um firme e resistente complexo de raciocínio defensivo e tranquilizador. é só se prestar atenção no que diz durante dez minutos pra se ter certeza de que tudo o que dirá pelo resto da vida será intrinsecamente inexpressivo e sempre sem graça. é um monolito. existem mais criaturas desse tipo do que de qualquer outro. portanto, quem estiver a fim de encontrar um homem vivo precisa, antes de mais nada, dar uma olhada na cozinha do cara – economiza tempo e dinheiro.

agora, mulher com cozinha suja é outra questão – do ponto de vista masculino. se não tiver emprego nem filhos, a limpeza ou sujeira da cozinha, quase sempre (com raras exceções), é proporcional ao cuidado que dedica ao marido. algumas, cheias de teorias sobre a salvação da humanidade, são incapazes de lavar direito uma xícara. e se alguém disser isso pra elas, obterá por resposta o seguinte: "lavar louça não tem importância nenhuma". infelizmente tem. sobretudo pro homem que passa 8 horas por dia – sem falar nas 2 de serão – em cima de um torno mecânico. a gente começa a salvar a humanidade salvando uma pessoa de cada vez; todo o resto é delírio romântico ou político.

existem boas mulheres no mundo. cheguei a conhecer uma ou 2. mas a maioria é do outro tipo. houve uma época em que a porra do meu emprego estava me matando de tal modo que depois de 8 ou 12 horas de trabalho o meu corpo inteiro ficava duro que nem uma tábua de dor. é a única comparação que me ocorre. quero dizer, no fim da noite não conseguia nem vestir o paletó. impossível levantar os braços e enfiar as mangas. doía demais, não dava nem pra erguer na altura necessária. qualquer movimento provocava verdadeiros choques de horror, como sinais luminosos vermelhos, de uma dor que chegava à loucura. naquele tempo já tinha sido multado várias vezes por infrações de trânsito, quase sempre lá pelas 3 ou 4 horas da madrugada. voltando pra casa do trabalho, na noite a que me refiro, procurando me proteger de possíveis enrascadas, tentei esticar o braço pra fora do carro pra indicar que ia dobrar pra esquerda. o pisca-pisca não funcionava mais, desde que tinha quebrado a direção uma vez, de tão bêbado que estava, por isso me lembrei de pôr o braço pra fora. mal pude encostar o pulso na janela e esticar um dedinho. não dava pra fazer mais do que isso, a dor era absurda, a tal ponto que tive que rir. não havia nada mais engraçado do que aquele dedinho esticado em obediência às leis de Los Angeles, a rua escura e deserta, ninguém por perto e eu fazendo aquele sinal frustrado de babaca pra um ventinho de merda. caí na gargalhada e ao girar o volante, morrendo de rir, quase bati num carro estacionado, tentando completar a manobra com o outro braço fodido. consegui chegar onde morava. parei, não sei como, enfiei a chave na porta e entrei. ah. em casa!

lá estava ela na cama, comendo bombons (palavra!) e lendo a *New Yorker* e a *Saturday Review of Literature*. devia ser quarta ou quinta-feira e os jornais de domingo continuavam embaixo da porta da rua. me senti muito cansado pra comer e enchi a banheira só pela metade pra não me afogar. (é preferível a gente mesmo escolher a hora mais conveniente em vez de deixar que outros escolham.)

depois de sair me arrastando daquela porra de banheira, palmo a palmo, feito lacraia, fui tomar água na cozinha e encontrei a pia entupida. cheia de água suja e fedorenta até em cima. por pouco não vomitei. havia lixo espalhado por tudo quanto era canto. e a tal mulher tinha a mania de guardar potes vazios e tampas de potes vazios. e boiando ali, no meio dos pratos, etc., estavam aqueles potes quase cheios de água e aquelas tampas, numa espécie de gozação sem pé nem cabeça.

lavei um copo e tomei um pouco d'água. depois fui pro quarto. ninguém é capaz de imaginar a agonia do corpo da gente ao passar da posição em pé pra aquela estirada na cama. a única solução era me manter imóvel, e assim fiquei ali parado, que nem um filho da puta de um peixe idiota estúpido congelado. ouvi ela virar as páginas e, querendo estabelecer um pouco de contato humano, tentei puxar conversa:

– então, como é que foi o laboratório de poesia de hoje?

– ah, ando preocupada com o Benny Adimson – respondeu.

– Benny Adimson?

– é, aquele cara que escreve histórias tão gozadas sobre a igreja católica. faz todo mundo rir. nunca foi publicado, a não ser uma única vez numa revista canadense, e resolveu não mandar mais nada. tenho impressão que essas revistas não estão preparadas pra ele. mas é engraçado à beça, todo mundo morre de rir.

– e qual é o galho?

– é que ele perdeu o emprego no caminhão de entregas. conversamos na frente da igreja, antes de começar a leitura. diz que não consegue escrever quando está desocupado. precisa trabalhar num emprego pra conseguir escrever.

– essa é boa – retruquei. – algumas das melhores coisas que escrevi foi quando estava desempregado. quando passava fome.

– mas o Benny Adimson – objetou ela –, o Benny Adimson simplesmente não escreve só sobre ELE! o Benny escreve sobre os OUTROS.

– ah.

resolvi desistir. sabia que ia levar 3 horas, no mínimo, pra conseguir pegar no sono. já então, parte das dores sumiria pelos pés do colchão. e logo teria que levantar pra voltar pro batente. continuei ouvindo o barulho das páginas da *New Yorker*. me sentia péssimo, mas cheguei à conclusão de que devia HAVER outras maneiras de raciocinar. talvez o laboratório de poesia contasse realmente com alguns escritores; era improvável, mas PODIA acontecer.

esperei que o corpo afrouxasse. ouvi virar outra página, um bombom desembrulhado do invólucro. aí ela voltou à carga:

– pois é, o Benny Adimson precisa de emprego, de um ponto de partida pra tirar inspiração. nós estamos tentando animá-lo a enviar pras revistas. gostaria tanto que você pudesse ler as histórias anticlericais que ele escreve. ele já foi católico praticante, sabia?

– não sabia, não.

– mas precisa de emprego. tá todo mundo ajudando a procurar, pra que ele possa escrever.

houve uma pausa. pra falar com franqueza, nem me lembrava mais do Benny Adimson e do problema dele. então fiz força pra refletir sobre o caso.

– escuta – comecei –, acho que posso solucionar o problema do Benny Adimson.

– VOCÊ?!

– é.
– de que maneira?
– estão precisando de funcionários lá no correio. contratando a torto e a direito. é provável até que já possa começar amanhã de manhã. aí ele vai poder escrever.
– no correio?
– é.

outra página virada. de repente ela disse:
– o Benny Adimson é SENSÍVEL demais pra trabalhar no correio.
– ah.

prestei atenção, mas não ouvi mais nenhum barulho de páginas nem de bombons. na época, andava interessadíssima num contista chamado Choates, Coates, Chaos, ou algo parecido, que escrevia histórias deliberadamente monótonas que serviam pra encher de bocejos as extensas colunas entre os anúncios de bebida e de companhia de navegação e que sempre terminavam com, digamos, um cara que tinha uma coleção completa de Verdi e uma ressaca de rum bacardi estrangulando garotinhas de 3 anos e de macacãozinho azul, em algum beco imundo de Nova York, às 4h13min da tarde. essa era a noção, fodida e debilóide, que os editores da *New Yorker* tinham da sofisticação vanguardista – querendo insinuar que a morte no fim sempre vence e que todo mundo anda de unha suja. sem se lembrar que tudo isso já foi feito, e muito melhor, há 50 anos, por um cara chamado Ivan Bunin num troço intitulado *O Cavalheiro de São Francisco*. desde a morte de Thurber que a *New Yorker* teima em divagar feito morcego tonto entre as ressacas da era paleolítica da guarda vermelha chinesa. noutras palavras, estão pedindo penico.
– boa noite – disse-lhe eu.

houve um longo silêncio. de repente resolveu dar o braço a torcer.
– boa noite – respondeu, finalmente.

mais dolorido que acordes de banjos em noite sulista, mas sem dar um gemido, me virei de bruços (façanha que me custou uns bons cinco minutos) e esperei que chegasse a manhã e outro dia.

talvez tenha sido indelicado com essa senhora, mudando de assunto e, em vez de me concentrar em cozinhas, passando para o terreno da retaliação pessoal. existe muita rabugice em nossas almas. na minha, então, nem é bom pensar. e fico todo confuso quando me ponho a discorrer sobre cozinhas, sobre quase tudo, aliás. a tal senhora que acabo de mencionar tem demonstrado muita coragem em vários sentidos. só que aquela noite não foi especialmente boa pra ela nem tampouco pra mim.

e faço votos pra que essa boneca, com os tais contos anticlericais e as tais preocupações, tenha encontrado um emprego adequado à sua sensibilidade e que um dia sejamos todos recompensados com a revelação (menos pro Canadá) de seu gênio, por ora inédito.

até lá, vou escrevendo sobre mim mesmo e bebendo demais.

mas isso, quem é que não sabe?

Curra! curra!

O médico estava fazendo uma espécie de experiência comigo. Consistia num tríplice exame de sangue – o 2º dez minutos depois do primeiro e o 3º 15 minutos mais tarde. Os dois primeiros já haviam sido feitos e então saí pra andar um pouco pela calçada, fazendo tempo até chegar a hora de voltar pro terceiro. Enquanto estava lá parado, reparei numa mulher sentada no ponto de ônibus do outro lado da rua. Entre milhões e milhões de mulheres, de vez em quando se vê uma que enche as medidas da gente. Há qualquer coisa no formato do corpo, no jeito do conjunto, uma determinada roupa que estão usando naquele momento, uma coisa, enfim, que impede o sujeito de se controlar. Tinha as pernas cruzadas lá em cima e estava com um vestido amarelo-canário. Os tornozelos eram finos e delicados, mas possuía um bocado de panturrilha e ótimas ancas e coxas. O rosto mostrava uma expressão zombeteira, como se estivesse fazendo troça de mim, mas procurasse disfarçar.

Fui até o sinal e cruzei a rua. Me aproximei do banco do ponto do ônibus. Estava quase em transe. Perdi todo o controle. Quando cheguei perto, ela se levantou e saiu caminhando pela calçada. Aquelas nádegas me deixaram positivamente maluco. Segui andando atrás dela, ouvindo o estalido do salto dos sapatos, devorando-lhe o corpo com os olhos.

O que é que está acontecendo comigo?, me perguntei. Perdi por completo o controle.

Ah, que vá tudo à merda, pensei.

Ela chegou diante de uma agência do correio e entrou. Fui atrás. Havia 4 ou 5 pessoas na fila. A tarde estava quente e agradável. Parecia que todo mundo andava pisando nas nuvens. Eu, sem dúvida alguma, andava.

Estamos a um palmo de distância um do outro, pensei. Podia tocá-la com a mão.

Recebeu um vale postal de US$ 7,85. Ouvi a voz. Tinha algo que só uma máquina de sexo especial é capaz de provocar. Saiu de novo. Comprei uma dúzia de cartões-postais que nem queria. Depois fui correndo no seu encalço. Já estava na parada e o ônibus ia chegando. Mal tive tempo de entrar e a porta fechou. Aí vi que havia lugar no banco atrás dela. Percorremos um trajeto interminável. Já deve ter notado que está sendo seguida, pensei, mas não parece nada contrafeita com isso. O cabelo era louro-avermelhado. Dir-se-ia um fogaréu ambulante.

Acho que percorremos 4 ou 5 quilômetros. De repente levantou e puxou o cordão da campainha. O movimento brusco amoldou-lhe ainda mais o vestido justo no corpo.

Puta que pariu, pensei, não dá mais pra aguentar.

Saltou pela porta dianteira e eu pela de trás. Dobrou na primeira esquina e fiz o mesmo. Não se virou uma única vez. O bairro quase só tinha prédios de apartamento. Estava mais linda do que nunca. Uma mulher daquelas não deveria andar caminhando assim pela rua.

Aí entrou num edifício chamado "Hudson Arms". Fiquei parado na calçada enquanto ela aguardava o elevador. Ele veio, ela entrou, a porta se fechou e então também entrei no prédio e me coloquei na posição de espera. Ouvi o elevador subir, as portas se abrirem e ela sair. Enquanto apertava o botão pra trazê-lo de volta ao térreo, prestei atenção no ruído da máquina e comecei a contar os segundos:

um, dois, três, quatro, cinco, seis...

Ao chegar embaixo, tinha completado 18 segundos.

Entrei no elevador e apertei o último botão: 4º andar. Aí me pus a contar de novo. Ao chegar no 4º, tinha 24 segundos. O que significava que ela estava no 3º. Nalgum canto qualquer. Apertei o 3. 6 segundos. Então saí.

Havia uma porção de portas no corredor. Achando que seria fácil demais que fosse no primeiro apartamento, passei adiante e bati no segundo.

Um sujeito careca, de camiseta e suspensórios, abriu a porta.

– Sou da Cia. de Seguros de Vida Concórdia. O senhor não estaria interessado?

– Dá o fora – disse o carequinha, fechando a porta.

Experimentei na próxima. Surgiu uma mulher de seus 48 anos, bastante enrugada e gorda.

– Sou da Cia. de Seguros de Vida Concórdia. A senhora não estaria interessada?

– Faça o favor de entrar – pediu.

Aceitei o convite.

– Escute – começou –, eu e o meu filho estamos passando privações. Meu marido caiu morto na rua há dois anos. Assim, de uma hora pra outra. Não dá pra se viver com os 190 dólares que recebo por mês. Meu filho está passando fome. O senhor não podia me dar um pouco de dinheiro pra comprar um ovo pra ele?

Olhei a mulher de alto a baixo. O garoto, parado no meio da sala, sorria. Um menino bem gordo, de seus 12 anos. Parecia retardado mental. Não parava de sorrir.

Dei um dólar pra mulher.

– Ah, muito obrigada, meu senhor! Muito obrigada!

Abraçou-me pela cintura e me beijou na boca. Os lábios estavam úmidos, aquosos, macios. Começou a trabalhar com a língua. Não sei como não vomitei. A língua era gorda, cheia de saliva. Tinha seios enormes, bem moles, tipo panqueca. Me desvencilhei dela.

– Escuta, você nunca se sente só? Não precisa de mulher? Sou boa e sou limpa, palavra. Comigo não teria que se preocupar com doenças.

– Olha, tenho que ir embora – afirmei.

E dei o fora.

Experimentei mais três portas. Em vão.

De repente, na 4ª, acertei. Abriu só uma fresta. Forcei com o corpo, entrei e fechei a porta atrás de mim. O apartamento era bonito. Ficou ali parada, me olhando. Quando é que vai gritar?, pensei. Estava com aquele troço duro na minha frente.

Me aproximei, agarrei-a pelo cabelo, pela bunda e dei-lhe um beijo. Me empurrou, relutante. Ainda estava com o mesmo vestido justo amarelo. Recuei e esbofetei-a com força. 4 vezes. Quando agarrei-a de novo, encontrei menos resistência. Saímos cambaleando pela sala. Rasguei o vestido na gola, abri até a cintura, arranquei-lhe o sutiã. Seios vulcânicos, imensos. Beijei os dois, depois passei pra boca. Levantei o vestido, puxando a calcinha pra baixo. E meti. Comi ela de pé. Depois de gozar, joguei-a em cima do sofá. A buceta ficou olhando pra mim. Continuava apetitosa.

– Vai ao banheiro – aconselhei. – Pra se limpar.

Fui à geladeira. Havia uma garrafa de vinho do bom. Encontrei dois copos. Enchi os dois. Quando voltou, entreguei-lhe um e sentei no sofá ao seu lado.

– Como é o teu nome?

– Vera.

– Tava bom?

– Tava. Gosto muito de ser currada. Sabia que estava sendo seguida. Fiquei torcendo pra isso. Quando entrei no elevador e você não veio atrás, pensei que tivesse desistido. Só fui currada uma vez até hoje. Fica difícil pra uma mulher bonita conseguir homem. Todo mundo tem medo de chegar perto. É uma merda.

– Mas do jeito que você olha e se veste! Não se dá conta de que fica torturando os homens na rua?

– Me dou, sim. Da próxima vez quero que use o cinto.

– O cinto?

– É, no meu rabo, nas coxas, nas pernas. Pra machucar pra valer e depois meter. Promete que vai me currar!

– Tá, vou bater em você, vou te currar.

Peguei-a pelos cabelos, dei-lhe um beijo violento, mordi-lhe o lábio.

– Me fode – pediu –, me fode!

– Calma – retruquei –, primeiro preciso descansar!

Abriu minha braguilha e tirou o pau pra fora.

— Que beleza. Todo roxo e mole!

Enfiou na boca. Começou a chupar. Era uma sumidade no assunto.

— Ai, porra – exclamei –, ai, porra!

Conseguiu. Chupou durante 6 ou 7 minutos, aí o troço começou a crescer. Mordia de leve logo abaixo da glande e chupou tudo o que pôde. Até a alma.

— Escuta – falei –, pelo que vejo, vou passar a noite toda aqui. Assim acabo ficando fraco. Que tal se eu tomasse um bom banho enquanto você me prepara aí alguma coisa pra comer?

— Tá legal.

Fui pro banheiro, fechei a porta e abri a torneira da água quente. Pendurei a roupa no gancho da porta.

Tomei um bom banho quente, depois saí só com a toalha amarrada na cintura.

No mesmo instante entraram dois guardas na sala.

— Esse filho da puta me currou! – disse ela pros guardas.

— Ei, peraí – protestei.

— Vá se vestir, amizade – disse o mais corpulento.

— Escuta aqui, Vera, isto só pode ser brincadeira, né?

— Nada disso, você me currou! Me forçou! E depois me obrigou a fazer coito oral!

— Vá se vestir, amizade – repetiu o grandalhão –, não me faz pedir pela terceira vez!

Entrei no banheiro e comecei a me vestir. Quando voltei pra sala, me algemaram.

— Seu tarado! – insistiu Vera.

Descemos pelo elevador. Ao passarmos pela portaria, várias pessoas olharam pra mim. Vera tinha ficado no apartamento. Os guardas me jogaram com brutalidade no banco traseiro.

— Que que há, rapaz? – um perguntou. – Vai querer estragar tua vida por causa de uma trepada? Nem tem cabimento.

— Não foi propriamente uma curra – expliquei.

— Quase sempre não é – retrucou.

— É – disse eu –, acho que tem razão.

Primeiro me ficharam. Depois me colocaram numa cela.

Se fiam apenas no que uma mulher diz. Onde é que ficam as condições de igualdade?

Aí me perguntei: você currou ou não a Vera?

Não soube responder.

Por fim peguei no sono. De manhã trouxeram toronja, mingau, pão e café. Toronja? Lugarzinho de classe, pô.

Nem fazia 15 minutos que estava ali sentado quando abriram a porta.

– Teve sorte, Bukowski. A moça retirou a queixa.

– Que ótimo! Que barato!

– Mas toma cuidado, hem?

– Claro, lógico!

Recebi de volta tudo o que era meu e dei no pé. Peguei o ônibus, fiz a baldeação, saltei no bairro dos prédios de apartamentos e quando vi estava diante do "Hudson Arms". Não sabia o que fazer. Devo ter ficado uns 25 minutos ali. Era sábado. Provavelmente estava em casa. Fui até o elevador, entrei e apertei o botão do 3º andar. Depois saí. Bati na porta. Ela veio atender. Empurrei com força.

– Tenho outro dólar pro teu filho – disse.

Pegou a nota.

– Ah, muito obrigada! Muito obrigada!

Encostou a boca na minha. Parecia um desentupidor com a borracha molhada. Espetou aquela língua gorda. Chupei-a. Depois levantei o vestido. Tinha uma ótima bunda. Carne à beça. Calcinha azul bem larga, com furinho no lado esquerdo. Estávamos diante de um espelho de corpo inteiro. Agarrei aquela baita bundona e aí meti a língua na boca de desentupidor. As duas se enroscaram feito cobras enlouquecidas. Tinha aquele troço duro na minha frente.

O palerma do filho ficou parado no meio da sala, sorrindo pra gente.

A cidade do pecado

Frank desceu pela escada. Não gostava de elevadores.
De várias coisas, aliás. Mas de elevador ainda menos que escadas.

O funcionário da portaria chamou:

– Mr. Evans! Quer fazer o favor de chegar aqui um instante?

Tinha cara de mingau de milho. Frank teve que se controlar pra não bater nele. O sujeito olhou pra todos os lados do saguão, depois se curvou bem perto.

– Mr. Evans, nós estivemos observando o senhor.

Olhou outra vez pros lados, viu que não tinha ninguém perto e se curvou novamente.

– Mr. Evans, nós estivemos observando e chegamos à conclusão de que o senhor está perdendo o juízo.

Endireitou o corpo e olhou bem pra Frank.

– Estou com vontade de ir ao cinema – disse Frank. – Sabe de algum filme bom que esteja passando?

– Não mudemos de assunto, Mr. Evans.

– Tá legal, estou perdendo o juízo. Mais alguma coisa?

– Queremos ajudar o senhor, Mr. Evans. Tenho impressão de que encontramos um pedaço do seu juízo. Gostaria de tê-lo de volta?

– Tá certo, me devolva, então.

O sujeito se abaixou por trás do balcão e surgiu com um pacotinho embrulhado em celofane.

– Cá está, Mr. Evans.

– Obrigado.

Frank guardou o pacotinho no bolso do paletó e saiu pra rua. Era outono e a noite estava meio fria, foi andando pela calçada, pro lado oeste. Parou no primeiro beco que viu, e entrou. Enfiou a mão no paletó, tirou o tal troço embrulhado e abriu o celofane. Parecia queijo. Tinha cheiro de queijo. Provou um pedaço. O gosto também era de queijo. Comeu o resto, depois saiu do beco e continuou caminhando.

Entrou no primeiro cinema que encontrou, comprou ingresso e se meteu no meio daquela escuridão. Sentou bem atrás. A plateia estava quase vazia. O cheiro de mijo era fortíssimo. As mulheres do filme se vestiam como na década de 20 e os homens usavam brilhantina no cabelo, penteado pra trás e bem liso. Tinham nariz afilado e também pareciam usar sombra nos olhos. O filme nem sequer era falado. As cenas traziam legendas: BLANCHE ACABAVA DE CHEGAR NA METRÓPOLE. Um sujeito de cabelo liso e oleoso forçava Blanche a beber no gargalo de uma garrafa de gim. Ela, pelo jeito, começava a ficar embriagada. BLANCHE SENTIU-SE TONTA. DE REPENTE, BEIJOU-A.

Frank olhou em volta. Em todos os cantos as cabeças se sacudiam pra cá e pra lá. Não havia nenhuma mulher no cinema. Dava impressão que os caras se chupavam uns aos outros. Sem parar. Parecia que ninguém ficava cansado com aquilo. E que os que estavam sentados sozinhos batiam punheta. Que queijo bom que era aquele. Pena que o funcionário da portaria não lhe tivesse dado um pedaço maior.

COMEÇOU A DESPIR BLANCHE.

E sempre que olhava pro lado, aquele cara ia chegando cada vez mais perto. Aí, aproveitando o momento em que Frank voltava a se concentrar na tela, o cara saltava 2 ou 3 lugares pro lado dele

FEZ AMOR COM BLANCHE ENQUANTO ELA SE ACHAVA IRREMEDIAVELMENTE EMBRIAGADA.

Olhou de novo. O cara estava a 3 lugares de distância. Ofegando muito. De repente, quando viu, estava do seu lado.

– Ah, porra – murmurou o cara –, ai, que porra, aiii, aiii, aiiiii, ah, ah! iiihhh! ah!

QUANDO BLANCHE DESPERTOU NA MANHÃ SEGUINTE, PERCEBEU QUE FORA VIOLENTADA.

O fedor do sujeito era de quem nunca limpava a bunda. E se chegava cada vez mais pra perto dele, com o cuspe escorrendo pelos cantos da boca.

Frank acionou o botão do canivete de mola.

– Cuidado! – advertiu. – Se você se encostar mais em mim vai se machucar com isto aqui!

– Ah, meu deus do céu! – exclamou o sujeito.

Levantou e saiu disparando até o corredor, depois foi sentar depressa na primeira fila. Lá havia dois caras na maior sacanagem. Um batia punheta no outro, depois se abaixou e começou a chupar. O sujeito que andava incomodando Frank sentou perto e ficou assistindo.

NÃO DEMOROU MUITO PARA BLANCHE IR PARAR NO PROSTÍBULO.

Aí Frank sentiu vontade de urinar. Levantou e se dirigiu pro letreiro: HOMENS. Entrou. O fedor ali dentro era insuportável. Quase vomitou. Abriu a porta da privada, tirou o pau pra fora e começou a mijar. De repente ouviu barulho.

– Aiiiii, porra, aiiii, porra, aiiii, aiiii, meu deus, é uma cobra, uma serpente, ai, puta que pariu, aiii, aiiii!

Tinha um furo recortado na divisória das privadas. Viu o olho de um cara. Pegou a pica, virou de lado e fez pontaria pro buraco.

– Aiiii, aiiii, seu sujo de merda! – reclamou o sujeito. – Aiii, seu desgraçado, seu cagalhão nojento!

Ouviu o cara rasgar papel higiênico, enxugar o rosto e começar a chorar. Frank saiu da privada e lavou as mãos. Não queria mais assistir ao filme. Quando viu, andava na rua, voltando pro hotel. De repente estava no saguão. O funcionário da portaria fez sinal com a cabeça.

– Que foi? – perguntou Frank.

– Olha, Mr. Evans, me desculpe. Só quis brincar com o senhor.

– Quando?

– O senhor sabe.

– Não sei, não.

– Ora, quando disse que o senhor estava perdendo o juízo. Andei bebendo, entende? Não conte pra ninguém, senão perco o emprego. Mas andei bebendo. Sei que o senhor não está perdendo o juízo. Foi pura brincadeira.

– Mas eu estou perdendo o juízo – disse Frank –, e obrigado pelo queijo.

Então virou as costas e subiu pela escada. Quando chegou no quarto, sentou diante da escrivaninha. Tirou o canivete de mola do bolso, apertou o botão, olhou para a lâmina. Estava bem afiada de um lado. Dava pra apunhalar ou retalhar. Apertou a mola e guardou o canivete de novo no bolso. Depois pegou a caneta e uma folha de papel e começou a escrever:

"Prezada Mamãe:

Isto aqui é a cidade do pecado. O Diabo tomou conta de tudo. Existe Sexo por toda parte e não está sendo usado como o instrumento de Beleza criado por Deus, mas como instrumento do Mal. Sim, não há dúvida que caiu nas mãos do demônio, nas mãos do Mal. As moças são obrigadas a beber gim, pra depois serem defloradas por essas feras e forçadas a trabalhar em prostíbulos. É horrível. Inacreditável. Meu coração está despedaçado.

Ontem passeei pela praia. Aliás, não propriamente pela praia, mas lá por cima dos rochedos; depois parei e fiquei ali sentado, respirando aquela Beleza toda. O mar, o céu, a areia. A vida transformada em Felicidade Eterna. Aí aconteceu uma coisa simplesmente espantosa, um verdadeiro milagre. 3 esquilos pequeninhos me enxergaram lá de baixo e começaram a subir pelos rochedos. Eu via aqueles focinhozinhos me espiando por trás das pedras e pelas frestas nas rochas, enquanto vinham correndo na minha direção. Por fim chegaram aos meus pés. E ficaram olhando pra mim. Mamãe, nunca vi olhos mais lindos em toda a minha vida – imunes ao Pecado; o céu inteiro, o mar, a Eternidade estavam refletidos naqueles olhos. Por fim me mexi e eles..."

Ouviu-se uma batida na porta. Frank levantou, atravessou o quarto e abriu. Era o sujeito da portaria.

— Mr. Evans, por favor, preciso falar com o senhor.

— Pois não, pode entrar.

O sujeito fechou a porta e ficou parado diante de Frank. Recendia a vinho.

— Mr. Evans, por favor, não conte pra gerência o mal-entendido que ocorreu entre nós.

— Não sei do que é que você está falando.

— O senhor é um grande sujeito, Mr. Evans. Andei bebendo, sabe?

— Está desculpado. Agora retire-se.

— Mr. Evans, tem uma coisa que preciso lhe dizer.

— Muito bem. O que é?

— Estou apaixonado pelo senhor, Mr. Evans.

— Ah, você quer dizer, pelo meu *espírito,* não é, meu filho?

— Não, Mr. Evans. Pelo seu corpo.

— O quê?!

— Pelo seu corpo, Mr. Evans. Por favor, não se ofenda, mas eu gostaria muito que o senhor me lambesse o cu!

— O quê?!

— ME LAMBE O CU, Mr. Evans! Já fui lambido por quase toda a Marinha dos Estados Unidos! Aquela rapaziada sabe o que é bom, Mr. Evans. Não há nada como um fiofó limpo!

— Saia imediatamente deste quarto!

O funcionário do hotel se agarrou no pescoço de Frank e deu-lhe um beijo na boca. Os lábios do sujeito estavam muito úmidos e frios. O mau hálito era repugnante. Frank empurrou-o longe.

— Seu miserável nojento! VOCÊ ME BEIJOU!

— Eu amo o senhor, Mr. Evans.

— Seu porco imundo!

Frank pegou o canivete, apertou o botão da mola, a lâmina saltou e cravou-a até o cabo na barriga do sujeito da portaria. Depois retirou.

— Mr. Evans... meu deus...

Caiu no chão. Cobria o ferimento com as duas mãos, procurando estancar o sangue.

– Seu canalha! VOCÊ ME BEIJOU!

Frank se agachou e abriu a braguilha do sujeito. Depois tirou o pau do infeliz pra fora, puxou contra si e decepou-o pela metade.

– ai, meu deus meu deus meu deus meu deus... – gemeu o sujeito.

Frank levou aquilo pro banheiro e jogou dentro da privada. Depois puxou a descarga. E lavou bem as mãos com sabonete e água. Voltou pro quarto, sentou diante da escrivaninha e continuou a carta interrompida:

"... fugiram na disparada, mas eu tinha visto a Eternidade.
Mamãe, preciso ir embora desta cidade, deste hotel – o Diabo se apossou de quase toda a população. Vou lhe escrever novamente da cidade pra onde eu for – talvez São Francisco, Portland ou Seattle. Estou com vontade de ir pro norte. Penso sempre na senhora e espero que esteja feliz e gozando de boa saúde, e que Deus Nosso Senhor sempre a proteja.

beijos,
do seu filho,
Frank"

Escreveu o endereço, fechou o envelope, colou o selo, depois atravessou o quarto e guardou no bolso interno do paletó, pendurado no armário. Aí então tirou a mala de lá de dentro, colocou em cima da cama e começou a arrumá-la.

Se quiser e gostar

Saí caminhando no sol sem saber muito bem o que fazer. Continuei andando ao léu. Parecia ter chegado nos confins de alguma coisa. Levantei os olhos, vi os trilhos de uma estrada de ferro e, ao lado, um pequeno galpão sem pintura. Tinha um letreiro:

PRECISA-SE DE MÃO DE OBRA.

Entrei. Um velhote baixinho, de suspensório azul e verde, estava sentado ali dentro, mascando fumo.

– Que é? – perguntou.

– Eu, hum, eu, hum... eu...

– Que é, anda, cara, desembucha! Que que você quer?

– Eu vi... o letreiro aí fora.

– Quer pegar?

– Pegar? Pegar o quê?

– Ué, porra, tá pensando que é pra trabalhar de corista?!

Se curvou e cuspiu na escarradeira imunda, depois recomeçou a mascar, chupando o rosto pra dentro na boca desdentada.

– O que é que eu devo fazer? – perguntei.

– Tem que fazer o que te for mandado.

– Quer dizer, que emprego é esse?

– É pra trabalhar com uma turma nos trilhos da ferrovia, lá pras bandas de Sacramento.

– Sacramento?

– Foi o que você ouviu, puta que pariu. Olha aqui, sou um cara muito ocupado. Quer pegar ou não?

– Quero, sim...

Assinei a lista que tinha numa prancheta. Era o nº 27. Assinei, por sinal, com o meu próprio nome.

Me deu uma passagem.

– Se apresente no portão 21 com suas coisas. Tem um trem especial pra vocês.

Guardei a passagem na carteira vazia.

Cuspiu de novo.

– Agora, olha aqui, garoto, tô vendo que tu é meio pateta. Esta companhia cuida de uma porção de caras que nem você. Nunca se esqueça da velha Ferrovia......... e sempre fale bem da gente por aí. E quando andar lá por aqueles trilhos, obedeça ao capataz. Ele tá do teu lado. Vai dar pra você economizar uma boa grana naquele deserto. Também pudera, não tem onde gastar. Mas nas noites de sábado, rapaz, nas noites de sábado...

Se curvou pra escarradeira outra vez e voltou:

– Ora, porra, numa noite de sábado dá pra ir até a cidade, tomar um porre, pegar uma *señorita* mexicana, dessas que atravessam a fronteira ilegalmente, que te chupa o pau por uma mixaria, e depois você volta pro trabalho se sentindo melhor. Essas chupadas sugam a miséria pra fora da cabeça de um cara. Eu comecei trabalhando nessas turmas, hoje estou aqui. Boa sorte pra você, rapaz.

– Muito obrigado, moço.

– Agora dá o fora, porra! Tô muito ocupado...

Cheguei ao portão 21 na hora marcada. Ao lado do trem estavam parados todos aqueles caras, com a roupa em petição de miséria, fedendo, rindo, fumando cigarro de palha. Fui pra lá e fiquei perto deles. Precisavam cortar o cabelo, fazer a barba; fingiam-se de valentes e estavam nervosos ao mesmo tempo.

De repente um mexicano, com cicatriz de navalha na cara, mandou todo mundo embarcar. Entramos no trem. Não se conseguia ver nada pela janela.

Peguei o último banco, na parte de trás do vagão. Os outros ficaram todos sentados lá na frente, dando risada e batendo papo. Um cara tirou uma garrafa de uísque do bolso, que passou por 7 ou 8 mãos diferentes, cada um tomando um gole no gargalo.

Depois se puseram a virar a cabeça e a olhar pra mim. Comecei a ouvir vozes que não eram produto da minha imaginação:

– Que que há com aquele filho da puta lá atrás?
– Será que pensa que é melhor do que nós?
– Ele vai ter que trabalhar junto com a gente, cara.
– Quem que ele acha que é?

Olhei pra fora da janela, isto é, tentei, pois fazia 25 anos que não limpavam aquele troço. O trem começou a andar e eu tinha embarcado com eles. Havia cerca de 30 homens. Não esperaram muito. Me estirei no banco e tratei de dormir.

– SUUSH!

Fiquei com a cara e os olhos cobertos de pó. Ouvi barulho embaixo do banco. Um novo soprão e um monte de poeira acumulada durante 25 anos me encheu as narinas, a boca, os olhos e as sobrancelhas. Esperei um pouco. De repente aconteceu outra vez. Uma verdadeira lufada. O desgraçado que estava ali no chão, fosse lá quem fosse, sabia soprar muito bem.

Saltei em pé. Houve um barulhão no soalho e, quando vi, ele já tinha escapado e corria lá pra frente. Sentou bem depressa, misturando-se ao resto da turma, mas escutei a voz:

– Olha, pessoal, se ele vier pra cá, vocês têm que me ajudar! Quero que me prometam que vão me ajudar, se ele chegar até aqui!

Não escutei promessa nenhuma, mas ele estava salvo: não dava pra diferenciar um do outro.

Pouco antes de chegarmos em Louisiana, tive que ir tomar água lá na frente. Ficaram me olhando.

– Espia só. Espia só.
– Sacana medonho.
– Quem que ele pensa que é?
– Filho da puta, a gente pega quando ele andar sozinho lá pelos trilhos, vai ter que chorar, vai ter que chupar pica!
– Olha ali! Tá com o copo de papel *virado pra baixo*! Tá bebendo pelo lado *errado*! Espia só. Tá tomando água pela *ponta*! Esse cara é *doido*!
– Espera até a gente pegar ele lá pelos trilhos, vai ter que chupar pica!

Tomei toda a água, enchi o copo de novo e bebi, sempre pelo lado errado. Joguei o papel dentro da cesta e voltei pro meu lugar.

Recomeçaram:

– É, pelo jeito é doido. Vai ver, brigou com a namorada.

– Como é que um cara desses pode ter namorada?

– Sei lá. Já vi acontecer coisas mais loucas que isso...

Atravessávamos o Texas quando o capataz mexicano trouxe a comida enlatada. Distribuiu pra todos. Algumas latas nem traziam indicação do que continham e estavam bem amassadas.

Voltou lá atrás pra falar comigo.

– Bukowski é você?

– É.

Me entregou uma lata de *Spam* e escreveu "75" na coluna "A". Pude ver que tinha cobrado 45,90 dólares na coluna "T". Depois deu uma latinha de feijão. "45", anotou na coluna "A".

Voltou pra parte da frente do vagão.

– Ei! Cadê o abridor de lata, porra? Como é que a gente vai comer este negócio sem abridor? – alguém lhe perguntou.

O capataz fechou a porta da passagem coberta e sumiu.

Havia paradas de caixa d'água no Texas, com vegetação aos montes. 2, 3 ou 4 caras desembarcavam em cada uma. Quando chegamos a El Paso, só restavam 23 dos 31 iniciais.

Em El Paso desengataram o nosso vagão e o trem prosseguiu viagem. O capataz mexicano apareceu e disse:

– Temos que pernoitar aqui. Vocês vão ficar neste hotel.

Entregou vales.

– Isto serve pra pagar o hotel. Vocês podem dormir lá. Amanhã de manhã, peguem o trem n⁰ 24 pra Los Angeles e de lá sigam pra Sacramento. Estes vales são pro hotel.

Veio até mim novamente.

– Bukowski é você?

– É.

– Tá aqui o teu hotel.

Me entregou o vale e escreveu "12,50" na coluna "H" da minha folha.

Ninguém conseguiu abrir as latas de comida. Depois seriam recolhidas pra serem distribuídas de novo pra próxima turma que viajasse no trem.

Joguei fora o vale e dormi na praça, a dois quarteirões de distância do hotel. Acordei com o rugido dos crocodilos, principalmente de um deles. Vi 4 ou 5 no lago, e talvez houvesse outros. Tinha dois marinheiros de uniforme branco. Um, bêbado, dentro do lago, puxava um dos bichos pelo rabo. O crocodilo estava furioso, mas era muito lerdo e não conseguia virar o pescoço pra pegar o sujeito. O outro parado de pé, na beira, dava risada, junto com uma garotinha. Enquanto o marinheiro do lago continuava a lutar com o crocodilo, o outro foi embora com a menina. Mudei de posição e peguei no sono de novo.

Na viagem pra Los Angeles, o número dos que desembarcavam nas paradas de caixa d'água aumentava cada vez mais. Quando chegamos ao fim da linha, só restavam 16 dos 31.

O capataz mexicano apareceu na porta.

– Vamos ficar dois dias em Los Angeles. Na quarta-feira de manhã, às 9 e meia, vocês embarcam no trem do portão 21. O número dele é 42. Tá escrito aqui na capa dos vales do hotel. Vocês também vão receber cupons de refeição que poderão ser usados no French's Café, Main Street.

Distribuiu 2 talõezinhos, um que dizia HOSPEDAGEM e o outro ALIMENTAÇÃO.

– Bukowski é você? perguntou.

– É – respondi.

Me deu os talões. E acrescentou na minha coluna "H": 12,80 e na "A", 6,00.

Saí da Union Station e quando atravessava a esplanada reparei em dois caras baixinhos que tinham vindo comigo no trem. Caminhavam mais rápido que eu e enviesaram pelo lado direito. Olhei pra eles.

Os dois sorriam com todos os dentes à mostra.

– Oi! – saudaram –, como vão as coisas?

– Tudo bem.

Apressaram o passo e atravessaram a rua Los Angeles, em direção à Main...

No café, a rapaziada usava os cupons de refeição pra comprar chope. Fiz o mesmo. O chope custava apenas 10 cents. A maioria ficou logo no porre. Me parei no fundo do balcão. Não comentaram mais nada a meu respeito.

Bebi todo o meu estoque de cupons e depois vendi os vales do hotel por 50 cents pra outro pé-rapado. Tomei mais 5 chopes e fui embora.

Comecei a caminhar. Primeiro pro lado norte. Depois pro leste. Aí de novo pro norte. No fim já andava ao lado dos ferros-velhos, onde tudo quanto era carro estragado ficava empilhado. Uma vez um cara me disse: "Cada noite durmo num carro. Ontem foi num Ford, anteontem num Chevrolet. Hoje vai ser num Cadillac."

Encontrei um portão fechado com corrente, mas a grade tinha sido forçada e eu era suficientemente magro pra passar pela fresta existente entre a corrente e o cadeado. Dei uma olhada lá por dentro até encontrar um Cadillac, não sei de que ano. Entrei no banco traseiro e dormi.

Deviam ser umas 6 da manhã quando acordei com os berros daquele garoto. Tinha cerca de 15 anos e estava com o bastão de beisebol de brinquedo na mão:

– Sai daí! Cai fora do meu carro, seu maloqueiro sujo!

O garoto parecia assustado. Estava de camiseta branca e tênis, com uma falha de dente bem no meio da boca.

Desci do carro.

– Não chega perto! – gritou. – Não se aproxime! Fica aí!

Apontava o bastão contra mim.

Me dirigi, devagar, pro portão, agora aberto, mas não muito.

De repente um velhote, de seus 50 anos, gordo e com cara de sono, saiu de um casebre coberto de lona.

– Paiê! – gritou o garoto. – Este homem tava dentro de um dos nossos carros! Encontrei ele dormindo no banco de trás!

– Tem certeza?

– Tenho sim, pai! Encontrei ele dormindo no banco de trás de um dos nossos carros!

– Que que o senhor tava fazendo no carro?

O velhote estava mais próximo do portão do que eu, mas continuei andando na mesma direção.

– Eu lhe perguntei: "Que que o senhor tava fazendo no carro?".

Cheguei mais perto do portão.

O velhote tirou o bastão das mãos do garoto, veio correndo pra mim e fincou a ponta, com toda a força, na minha barriga.

– Ui! – gemi –, puta merda!

Não consegui endireitar o corpo. Recuei. Quando o garoto viu isso, criou coragem.

– Deixa comigo, pai! Eu pego ele!

O garoto arrancou o bastão das mãos do velhote e começou a desfechar golpes. Me bateu em quase todo o corpo. Nas costas, nos lados, nas pernas, de cima a baixo, nos joelhos, nos tornozelos. Só pude proteger a cabeça. Mantive os braços levantados, segurando o crânio, enquanto ele me batia neles e nos cotovelos. Me escorei na cerca de arame.

– Deixa comigo, pai! Eu pego ele!

O garoto não parava mais. Volta e meia o bastão acertava na minha cabeça.

– Tá – disse, por fim, o velhote –, agora chega, filho.

O garoto continuou sacudindo o bastão.

– Filho, "agora chega", já disse.

Me virei e me segurei na grade. Por um instante, não consegui me mexer. Os dois ficaram olhando. Por fim me soltei, sem correr o risco de cair. Saí mancando em direção ao portão.

– Deixa eu pegar ele de novo, pai!

– Não, filho.

Atravessei o portão e caminhei pro lado norte. Quando comecei a andar, tudo se pôs a apertar, a inchar. Meus passos foram ficando mais curtos. Vi logo que não poderia ir muito longe. Só havia sucata por ali. De repente encontrei um terreno baldio entre dois ferros-velhos. Entrei e, no mesmo instante, torci o pé num buraco. Dei risada. O terreno era em declive. Depois tropecei numa acha de lenha que não saiu do lugar. Quando levantei do chão, a palma da mão direita estava cortada pela ponta de um caco de vidro verde. Garrafa de vinho. Tirei o vidro. O sangue se misturou com a sujeira. Fiz o que pude pra limpar e chupei o ferimento. Ao cair pela segunda vez, rolei de costas barranco abaixo, gritando de dor. Aí olhei pro céu matutino. Tinha voltado pra minha cidade, pra Los Angeles. Só via mosquinhas na minha frente. Fechei os olhos.

Um dólar e 20 cents

Preferia o fim do verão, não o outono, que talvez até já tivesse começado, mas, de qualquer forma, fazia muito frio na praia, por onde gostava de passear à beira d'água logo depois do pôr do sol, sem ninguém por perto, e o mar com cara de sujeira, de perigo, e as gaivotas recusando-se a ir dormir, com ódio do sono, e descendo em voo rasante pra lhe arrancar os olhos, a alma, o que dela restasse.

quando já se está quase sem alma e se tem consciência disso, é porque ainda se existe.

depois sentava e contemplava o mar. numa hora dessas, tornava-se difícil acreditar numa série de coisas, como, por exemplo, que houvesse países como a China ou os EUA, ou um lugar como o Vietnã, ou que já tivesse sido criança. não, pensando bem, não era tão inacreditável assim; a infância tinha sido um horror, impossível esquecer isso. e a vida de adulto: todos os empregos, as mulheres, de repente nenhuma, e agora desempregado. sem ter o que fazer, aos 60 anos. liquidado. sem nada. com um dólar e 20 cents no bolso. o aluguel, pago de antemão por uma semana. o oceano... recapitulou as mulheres na lembrança. algumas haviam sido boas pra ele, outras não passavam de megeras, interesseiras, meio loucas e tremendamente brutais. quartos, camas, casas, Natais, empregos, cantorias, hospitais, apatia, dias e noites de pura monotonia, sem sentido nenhum, sem chance alguma.

agora, o inventário de 60 anos: um dólar e 20 cents.

aí ouviu as risadas do grupo às suas costas. tinham cobertores, garrafas e latas de cerveja, café e sanduíches. riam muito.

2 rapazes e 2 moças. corpos magros, flexíveis. nem sombra de preocupação. de repente perceberam a presença dele.

– Ei, que é AQUILO ali?
– puta merda, sei lá!

não se mexeu.

– é gente?
– respira? será que fode?
– vai foder o QUÊ?

caíram na gargalhada.

levantou a garrafa de vinho. ainda tinha um resto. bem a calhar.

– se MEXE! olha só, se MEXE!

se pôs de pé, tirou a areia das calças.

– tem braços e pernas! tem rosto!
– ROSTO?

caíram na gargalhada outra vez. não dava pra entender. a garotada não era assim. a juventude não podia ser tão má. o que seria aquilo ali?

aproximou-se.

– ser velho não é nenhuma vergonha.

um dos rapazes estava terminando de beber uma lata de cerveja. jogou-a pro lado.

– mas desperdiçar a vida é, velhão. pra mim, você tem cara de desperdício.

– nem por isso sou imprestável, meu filho.

– vamos supor que uma destas garotas aqui lhe oferecesse a buceta, velhão. o que é que você faria?

– Rod, não FALA assim!

era ruiva, de cabelos soltos, estava arrumando o cabelo no vento, parecia se balançar de um lado pro outro, os dedões enterrados na areia.

– então, velhão? que é que você faria? hem? que é que você faria se uma destas garotas quisesse dar pra você?

começou a andar, contornando os cobertores do grupo na areia em direção às tábuas que formavam o passeio.

– Rod, por que você tinha que falar desse jeito com o pobre do velho? tem horas que eu ODEIO você!

– VEM CÁ, filhinha!
– NÃO!

virou-se e viu Rod correndo atrás da garota. primeiro ela gritou, depois riu. aí Rod conseguiu pegá-la e os dois caíram na areia, lutando e dando risadas. o outro casal, de pé, se beijava.

chegou ao passeio, sentou num banco e limpou a areia dos pés. então calçou os sapatos. dez minutos depois já estava de novo no quarto. tirou os sapatos e espichou-se na cama. não acendeu a luz.

alguém bateu na porta.

– Mr. Sneed?
– que é?

a porta se abriu. era a senhorita, Mrs. Conners. tinha 65 anos, não dava pra ver a cara dela no escuro. ainda bem.

– Mr. Sneed?
– que é?
– fiz um pouco de sopa. ficou gostosa. quer que lhe traga um prato?
– não quero, não.
– ah, deixe disso, Mr. Sneed, é uma sopa boa, tá muito gostosa mesmo! vou lhe trazer um pouco!
– ah, então tá.

se levantou, sentou na poltrona e ficou esperando. ela havia deixado a porta aberta e vinha luz do corredor. um pequeno clarão, um foco de claridade que lhe iluminava as pernas e o colo. e foi ali que ela colocou a sopa. um prato e uma colher.

– o senhor vai gostar, Mr. Sneed. minha sopa é ótima.
– obrigado – agradeceu.

ficou ali, olhando pro prato. amarelo que nem mijo. era de galinha. sem carne. estava coalhada de gordura na superfície em cima da cômoda. aí levou o prato pra janela, desprendeu o gancho da tela e despejou, sem ruído, a sopa no quintal. formou-se uma fumacinha lá fora. que logo sumiu. largou o prato também sobre a cômoda, fechou a porta e voltou pra cama. ficou mais escuro do que nunca. gostava de escuridão. fazia sentido.

prestando muita atenção, ouviu o barulho do mar. escutou um pouco. depois deu um suspiro. profundo. e morreu.

Sem meias

Barney metia no rabo enquanto ela me chupava; acabou primeiro, enfiou o dedão do pé no buraco, mexeu um pouco e perguntou "tá gostando?". naquele momento não dava pra ela responder. chupou até eu gozar. depois passamos mais ou menos uma hora bebendo. aí chegou a minha vez de meter no cu dela. Barney ficou com a boca. no fim, cada um foi pra sua casa. bebi até pegar no sono.

deve ter sido às 4 e meia da tarde. a campainha da porta tocou. era Dan. como sempre, toda vez que eu andava sentindo náuseas ou precisava dormir. Dan, uma espécie de comuna intelectual que dirigia um laboratório de poesia e entendia de música clássica, tinha um fiapo de barba e a todo instante queria bancar o espirituoso, quando não passava de um chato de galochas e, pior do que isso – escrevia versos com rima.

olhei pra ele.

– ah, porra – exclamei.

– tá doente de novo, Buk? ah, que azar, vai ter que vomitar!

dito e feito. e com rima, ainda por cima. corri pro banheiro e botei tudo pra fora.

quando voltei, deparei com ele sentado no sofá, com a cara mais petulante.

– que é? – perguntei.

– bem, precisamos de uns poemas teus pras leituras de primavera.

eu nunca comparecia às tais leituras, que nem me interessavam, por sinal, mas fazia anos que me procurava sem que eu descobrisse uma maneira decente de dissuadi-lo.

– Dan, não tenho poema nenhum.
– antes você tinha aos montes.
– eu sei.
– posso dar uma olhada no armário?
– à vontade.

fui buscar cerveja na geladeira. Dan estava sentado com papéis amassados no colo.

– olha, este aqui até que não está mal. hum. ah, este é uma merda! este aqui também. e este, então!... hihiihiiii! que aconteceu contigo, Bukowski?
– sei lá, ué.
– hummm. este aqui não é *de todo* ruim. ai, que porcaria! e que bosta este aqui!

perdi a conta das cervejas que tomei enquanto ele comentava os poemas. mas comecei a me sentir um pouco melhor.

– este aqui...
– Dan?
– sim, que foi?
– sabe de alguma crica por aí?
– o quê?!
– sabe de alguma mulher que ande por aí e que se console com apenas 10 ou 12 centímetros?
– estes poemas...
– os poemas que se fodam! crica, cara, crica!
– ué, tem a Vera...
– vamo embora!
– gostaria de levar alguns destes poemas...
– então leva. quer uma cerveja enquanto me visto?
– pois olha, até que não viria mal.

dei-lhe uma enquanto tirava o roupão rasgado e vestia o terno surrado. não é que rimou? um par de sapatos, a cueca em petição de miséria, o fecho da calça, que não fechava direito até em cima. saímos de casa e entramos no carro. parei pra comprar uma garrafa de uísque.

– nunca te vi comendo nada – comentou Dan –, você não come?

– só determinadas coisas.

ensinou como se ia pro apartamento da tal Vera. descemos do carro, a garrafa, eu e Dan. tocamos a campainha de um apartamento bastante suntuoso.

Vera abriu a porta.

– ooh, olá, Dan.

– Vera, este é o... Charles Bukowski.

– oooh, sempre tive curiosidade pra saber como era o Charles Bukowski.

– é. eu também. – empurrei a porta e passei na frente dela. – tem copos?

– oooh, tem, sim.

Vera trouxe os copos. tinha um camarada sentado no sofá. enchi 2 copos com uísque, um pra Vera, outro pra mim, depois sentei também no sofá, entre a Vera e o tal cara. Dan se instalou numa poltrona na nossa frente.

– Mr. Bukowski – disse Vera –, tenho lido seus poemas e...

– não fode com poemas – cortei.

– oooh – fez Vera.

bebi o uísque, estendi a mão e levantei a saia de Vera bem acima dos joelhos.

– belas pernas – comentei.

– acho que estou meio gorda – retrucou.

– que nada! no ponto perfeito!

me servi de outra dose, me debrucei e beijei um dos joelhos. tomei um gole, depois beijei um pouco mais acima, na coxa.

– ah, porra, já vou indo! – anunciou o camarada na extremidade oposta do sofá, levantando-se e indo embora.

entremeei os meus movimentos osculatórios com pura conversa fiada. enchi o copo dela de novo. não demorou muito pra levantar-lhe o vestido na altura da bunda. vi a calcinha. era sensacional. nada daquele material que elas sempre usam, parecia mais uma colcha de cama antiga, daquelas de retalhos, pedacinhos salientes e separados de seda macia; tal qual uma colcha de retalhos em miniatura, transformada em calcinha – e cores que eram uma delícia: verde, azul, dourado e lilás. palavra, sou capaz de apostar que ela mesma ficava com tesão usando aquilo.

retirei a cabeça do meio das pernas de Vera e deparei com Dan, ali na nossa frente, suando a ponto de reluzir.

– Dan, meu filho – pedi –, acho que tá na hora de você dar no pé.

Dan, o meu filho, saiu com a maior relutância. um espetáculo de sacanagem sempre ajuda a munheca depois. mas de qualquer forma, ter que ir embora era duro pra ele. e por falar em dureza, a minha também estava ótima.

endireitei o corpo e tomei outro gole. ela ficou esperando. bebi devagar.

– Charles – disse.

– olha – avisei –, eu gosto de biritar. mas não precisa se preocupar. daqui a pouco eu chego lá.

Vera ficou ali sentada, com o vestido levantado até a bunda, esperando.

– estou gorda demais – insistiu –, fala com franqueza, você também não acha?

– que nada, tá perfeita. seria capaz de te currar 3 horas a fio. parece meio amanteigada. podia derreter junto com você pro resto da vida.

esvaziei o copo e me servi de novo.

– Charles – disse.

– Vera – retruquei.

– o quê? – perguntou.

– sou o maior poeta do mundo – afirmei.

– vivo ou morto? – quis saber.

– morto – respondi.

estendi a mão e peguei-lhe o seio.

– tô com vontade de te enfiar um bacalhau no rabo, Vera!

– por quê?

– sei lá, porra.

baixou o vestido. terminei de beber o uísque.

– tu mija pela buceta, não mija?

– acho que sim.

– pois é isso que está errado com todas vocês.

– Charles, me desculpa, mas vou ter que te pedir pra ir embora. amanhã de manhã eu preciso trabalhar.

– trabalhar. rosetar. o titio espiou e esporreou.

– Charles – repetiu –, por favor, vai embora.

– quer me fazer o favor de não se preocupar? eu vou te foder! só quero um pouco mais de bebida. me amarro num copo.

vi quando se levantou e, esquecido, me servi de outra dose. de repente levantei a cabeça e dei com Vera e outra mulher na minha frente. a outra também não era de se jogar fora.

– cavalheiro – disse essa outra –, sou amiga de Vera. ela está assustada com o senhor e precisa levantar cedo amanhã. devo pedir que se retire!

– ESCUTEM AQUI, SUAS BUCETUDAS NOJENTAS, EU VOU FODER VOCÊS DUAS, PROMETO! SÓ ME DEIXEM BEBER MAIS UM POUCO, É TUDO O QUE EU PEÇO! VOCÊS DUAS TÊM UNS BONS 20 CENTÍMETROS ESPERANDO POR VOCÊS!

estava lá sentado, com a garrafa praticamente no fim, quando chegaram os dois guardas. de cueca, refestelado no sofá, sem sapato e sem meias. estava gostando daquilo. apartamentinho maneiro aquele.

– os senhores fazem parte da comissão do prêmio Nobel? – perguntei. – ou do Pulitzer?

– enfia a calça e o sapato – mandou um deles. – JÁ!

– os senhores sabem que estão falando com Charles Bukowski? – retruquei.

– a carteira de identidade a gente pede pra ver na delegacia. agora enfia a calça e o sapato.

me algemaram pelas costas, com a brutalidade de costume, o pequeno entalhe das pulseiras machucando as veias. depois me empurraram rápido, pra fora, por uma alameda em declive, me fazendo andar mais depressa que as pernas permitiam. tinha impressão de que todo mundo estava me vendo e, também, uma sensação esquisita de vergonha. de ser culpado, uma bosta, a quem faltava qualquer coisa, feito formiga mijada ou bala de metralhadora que não acerta no alvo.

– você é um grande galã, né? – perguntou um deles.

achei o comentário humano, estranho, de amigo.

– o apartamento é um barato – disse –, e precisavam ter visto a calcinha.

– cala o bico! – ordenou o outro.

me jogaram na parte de trás sem cerimônia. espichei o corpo e fiquei escutando o tom pachorrento, superior e melífluo das mensagens transmitidas pelo rádio. é nessas horas que sempre me ocorre a ideia de que a polícia deve ser melhor do que eu. o que não deixa de ter sua dose de verdade...

na delegacia – as fotos de praxe, o confisco de tudo o que se carrega no bolso. mas sempre com alguma novidade. modernizações. depois um cara à paisana. a partir da tomada de impressões digitais, onde nunca consegui vencer minha atrapalhação com o polegar esquerdo: "CALMA! VAMOS, CALMA!" aquela eterna sensação de culpa ao rolar a ponta do dedo pra lá e pra cá. mas como é que se pode ter CALMA na cadeia?

o cara à paisana. perguntando uma porção de coisas pra anotar num formulário tarjado de verde. não parava de sorrir.

– esses homens são uma feras – comentou em voz baixa. – gostei de você, ligue pra mim quando sair daqui. – me entregou uma tirinha de papel. – umas feras – repetiu –, é o que eles são. tome cuidado.

– vou telefonar – prometi, mentindo, achando que talvez ajudasse.

quando se entra ali, qualquer voz compreensiva parece um bálsamo...

– pode fazer um telefonema – avisou o carcereiro –, mas tem que ser agora.

me deixaram sair da cela dos bêbados, onde todos dormiam em cima das tábuas do soalho, com o ar mais feliz da vida, filando cigarros, roncando, rindo, mijando. os mexicanos, então, pareciam tão tranquilos que até davam impressão de estar em sua própria casa. Cheguei a sentir inveja daquela calma.

saí da cela e fui dar uma olhada no catálogo telefônico. só então percebi que não tinha nenhum amigo. continuei folheando as páginas.

– olha aqui – perguntou o carcereiro –, quanto tempo você ainda vai demorar? já faz 15 minutos que está aí.

pensei rápido e disquei um número. tudo o que consegui foi a maior xingação de uma mãe qualquer, que atendeu o telefone e disse que uma vez eu tinha forçado o filho a ir pra cadeia com minha insistência de achar que seria engraçado ir dormir na escada de um necrotério na principal rua de Inglewood, Califórnia, enquanto curtíamos a maior bebedeira. a velha vaca não tinha senso de humor. o carcereiro me trancou de novo na cela.

foi então que notei que era o único preso sem meias. devia haver uns 150 caras naquela cela e 149 estavam de meias. a maioria não tinha onde cair morto. e eu o era único sem meias. quando a gente pensa que chegou no fundo do poço, sempre descobre que pode ir ainda mais fundo. que escrotidão.

cada vez que mudava de carcereiro, eu perguntava se podia ter licença pra dar um telefonema. perdi a conta do número de ligações que fiz. por fim desisti, resolvendo apodrecer ali mesmo. aí então a porta da cela se abriu e chamaram o meu nome.

– pagaram tua fiança – anunciou o carcereiro.

– puta que pariu – retruquei.

durante toda a burocracia daquela papelada, que demora cerca de uma hora, fiquei matutando sobre quem seria o meu anjo da guarda. pensei em tudo quanto foi gente. não atinei com quem poderia ser meu amigo. quando saí da delegacia, descobri que era um casal que cheguei a pensar que me odiasse. estavam esperando por mim na calçada.

me levaram de carro pra casa, onde lhes reembolsei o dinheiro da fiança. acompanhei os dois até o carro e bem na hora em que voltei pra dentro o telefone tocou. era voz de mulher. parecia gostosa.

era uma ligação interurbana de uma buceta qualquer de Sacramento. mas minha pica não chegava até lá e eu ainda estava sem meias.

– Buk?

– é, minha filha. quem é você? acabo de sair da cadeia.

– às vezes releio teus livros de poemas de cabo a rabo, Buk, e todos continuam ótimos. Buk, eu vivo pensando em você.

— obrigado, Ann, e pelo telefonema também. você é um amor de menina, mas agora eu tenho que sair pra beber alguma coisa.

— te amo, Buk.

— eu também, Ann...

fui comprar um pacote de meia dúzia de cervejas e uma garrafa de uísque. estava me servindo da primeira dose quando o telefone voltou a tocar. emborquei metade do copo, depois atendi.

— Buk?

— o próprio. acabo de sair da cadeia.

— sim, eu sei. aqui é a Vera.

— sua bucetuda nojenta. você chamou a polícia.

— também pudera. você estava simplesmente nojento. eles perguntaram se eu queria dar queixa de estupro. eu disse que não.

ela havia passado a corrente, mas dava pra se enxergar pela fresta da porta. a garrafa de uísque e a meia dúzia de cervejas giravam pelo corpo todo. estava de roupão entreaberto e vi um seio exuberante fazendo de tudo pra chegar na minha boca.

— Vera, meu anjo – disse –, acho que a gente podia ser bons amigos. ótimos, até. eu te perdoo por chamar a polícia. me deixa entrar.

— não, não, Buk, jamais poderemos ser amigos! você é uma pessoa horrorosa!

o seio continuava implorando por mim.

— Vera!...

— não, Buk, pega aqui o que é teu e vai embora, por favor, por favor!

arranquei a carteira e as meias da mão dela.

— tá legal, sua baleia, vai tomar no teu cu de bosta!

— ooooh! – fez ela, batendo a porta com força.

enquanto verificava se os 35 ainda estavam na carteira, escutei um disco do Aaron Copland. que farsante.

desci pela alameda, desta vez sem escolta policial. encontrei o carro pouco mais adiante. entrei. liguei o motor. esperei esquentar. calhambequezinho legal. tirei os sapatos, botei as meias, calcei de novo os sapatos e aí, sentindo-me um cidadão outra vez apresentável, dei marcha a ré, saí do meio de dois carros, sem problemas, e subi pela rua escura, rumo ao norte, ao norte, ao norte...

rumo a mim mesmo, à minha casa, a alguma coisa. o velho calhambeque ainda dava no couro, eu também, com toda a rua pela frente. o sinal fechou, achei metade de um charuto no cinzeiro, acendi, queimei de leve o nariz, o sinal abriu, traguei, expeli a fumaça azulada, pra que perder as esperanças? sempre surgiam novas oportunidades, mesmo frustrado e voltando pro mesmo lugar.

estranho: volta e meia deixar de foder é melhor que foder.

apesar de que posso estar enganado. em geral dizem que estou.

Um bate-papo tranquilo

as pessoas que aparecem lá em casa são bastante esquisitas – mas, enfim, quem não é? o mundo anda meio abalado, e mais agitado do que nunca. as consequências também são previsíveis.

esse gordo, por exemplo, que agora deixou crescer uma barba rala. até que não lhe ficou nada mal. quer ler um dos meus poemas em público. digo que está tudo bem, depois mostro COMO deve ser lido e ele fica todo nervoso.

– cadê a cerveja? que diabo, nesta casa não tem nada pra beber?

pega 14 sementes de girassol, põe na boca e mastiga feito desvairado. vou buscar a cerveja. esse rapaz, o Max, jamais trabalhou. continua frequentando a faculdade só pra não ter que embarcar pro Vietnã. agora resolveu estudar pra se tornar rabino. vai dar um rabino do rabo. é forte pra caralho e todo cheio de frescuras. melhor receita pra rabino não há. no fundo, porém, não é pacifista. como a maior parte das pessoas, divide as guerras em boas e ruins. queria lutar no conflito entre israelenses e árabes, mas antes que pudesse arrumar as malas aquela zorra terminou. de maneira que é óbvio que os homens vão continuar atirando uns nos outros; basta entregar-lhes uma arma que emperre o sistema de raciocínio que deviam ter. matar norte-vietnamitas, nem pensar; agora, se for árabe, tudo bem. vai dar um rabino do rabo.

tira a cerveja da minha mão, pra regar um pouco as tais sementes de girassol.

– jesus! – exclama.
– vocês mataram jesus – lembro eu.
– ah, não começa com isso!
– não vou recomeçar. não faz meu gênero.
– se eu disse "jesus!" foi porque soube que você recebeu uma nota preta pelos direitos de RUA DO TERROR.
– é, virei *best-seller*. Vendo mais que o Duncan, o Creeley e o Levertov juntos, mas talvez isso não signifique porra nenhuma – o *L. A. Times* vende também feito louco, mas não tem nada que se aproveite.
– pois é.
continuamos firmes na cerveja.
– como vai o Harry? – perguntou.
Harry é, aliás ERA, um cara que saiu do hospício. escrevi o prefácio pro seu primeiro livro de poemas. eram bons de verdade. chegavam quase a gritar. depois concordou com um troço que eu tinha recusado – escrever pra revista de sacanagem. dei um "não" categórico pro editor e mandei o Harry no meu lugar. foi um desastre; acabou aceitando empregos de babá. agora parou de escrever.
– ah, o Harry. ele tem QUATRO motos. no último dia da independência, convidou todo mundo pra festejar no pátio da casa dele e gastou 500 dólares só em foguetes. em 15 minutos os 500 paus se evaporaram no ar.
– ele mudou muito.
– puxa se mudou. tá gordo que é uma baleia, bebendo uísque do bom. comendo o tempo todo. casou aí com uma viúva que recebeu 40 milhas quando o marido morreu. o cara se estropeou num acidente quando praticava pesca submarina. o Harry herdou a roupa de mergulhador dele.
– maravilha.
– mas tem inveja de você.
– por quê?
– sei lá. é só a gente mencionar o teu nome que ele vira uma arara.
– estou só por um fio. não dou mais pra nada.
– os dois usam suéter com o nome deles na frente. ela acha que o Harry é um grande escritor. ignorante que só vendo. estão

derrubando uma parede pra fazer um escritório pra ele. à prova de som, que nem o do Proust. ou será que não era o Proust?

– que tinha o quarto forrado de cortiça?

– é, acho que sim. seja lá como for, vai custar 2 milhas. parece que estou vendo o grande escritor, no escritório forrado de cortiça, escrevendo: "Lilly pulou lépida a cerca do fazendeiro John..."

– vamos parar de pichar o coitado. engraçado como ele é, só podia acabar podre de rico.

– é. então, como vai a menina? como é mesmo o nome dela? Marina?

– Marina Louise Bukowski. é. outro dia me viu saindo da banheira. tem 3 anos e meio. sabe o que ela falou?

– não.

– ela disse: "Hank, que coisa mais ridícula. você tá com todo esse troço pendurado aí na frente e não tem nada pra pendurar atrás!"

– é demais.

– é, ela pensava que tinha pica dos dois lados.

– talvez não fosse má ideia.

– pra mim não. uma só já dá trabalho que chega.

– tem mais cerveja?

– claro que tem, desculpa.

fui buscar.

– o Larry esteve aqui em casa – digo-lhe.

– ah é?

– é. acha que a revolução começa amanhã de manhã. pode ser que sim e pode ser que não. ninguém tem a mínima ideia. falei pra ele que o problema das revoluções é que devem começar de DENTRO pra fora e não de fora pra DENTRO. a primeira coisa que esse pessoal faz em hora de tumulto é pegar aparelho de tevê a cores. ficam loucos pra provar do mesmo veneno que atrofiou as ideias do inimigo. mas não quer nem saber. já anda de fuzil engatilhado. foi pro México se alistar nas tropas revolucionárias. encontrou a macacada toda tomando tequila e bocejando de tédio. depois, tinha também o problema da língua. agora chegou a vez do Canadá. eles têm um esconderijo de víveres e munições num desses estados aí pro norte. mas falta a bomba atômica. estão fodidos. e não têm força aérea.

– os vietnamitas também não têm. e estão se saindo muito bem.

– só porque a gente não pode usar a bomba atômica, por causa da Rússia e da China. mas vamos supor que eles resolvam bombardear um esconderijo no Oregon, atulhado de Castros? aí não haveria problema, não é?

– você fala como um autêntico reacionário.

– não tenho partido. sou mero observador.

– ainda bem que nem todos seguem o teu exemplo, senão não ia se chegar a parte alguma.

– e aonde foi que chegamos?

– ué, pensa que eu sei?

– eu também não. só sei que há uma porção de revolucionários por aí que são umas verdadeiras bestas e, o que é pior, CHATOS, mas chatos a mais não poder. cara, eu não quero dizer que não se deve ajudar os pobres, educar quem nunca teve instrução, hospitalizar quem vive doente e por aí afora. o que eu quero dizer é que a gente está tratando esses revolucionários como se fossem santos, quando têm muitos que não passam de pobres-diabos, com problemas de espinha na pele, abandonados pelas mulheres e com essa porra de simbolozinhos da Paz pendurados por uma corda no pescoço. há vários que são meros oportunistas e que fariam melhor em ir trabalhar pra Fábrica Ford. se é que conseguiriam pistolão pra entrar lá. não quero saber de mudar de governo e ir de mal a pior – que é o que se tem feito em cada eleição.

– ainda acho que uma revolução ia acabar com muita bandalheira que existe por aí.

– ganhando ou perdendo, vai acabar mesmo. e com uma porção de coisas boas e ruins. a história da humanidade é muito lenta. eu, por mim, prefiro assistir de camarote.

– pra poder observar melhor lá de cima.

– exatamente. toma outra cerveja.

– você continua falando que nem reacionário.

– escuta aqui, rabino, estou me esforçando pra ver a coisa de todos os ângulos, e não só puxando a brasa pra minha sardinha.

esse pessoal do governo é muito sabido. isso você tem que reconhecer. estou pronto a falar com o Sistema a qualquer hora. sei que lida com gente da pesada. olha só o que fizeram com o Spock. com os dois Kennedys. com King. com o Malcolm X. organiza uma listinha aí. é grande pra burro. a gente precisa ser muito rápido pra tratar com esse pessoal, senão se acaba assobiando *Dixie* por um tubo de papelão de papel higiênico lá num túmulo de Forest Lawn. mas a coisa está mudando. a juventude já raciocina melhor que o pessoal de antigamente e a velharia está batendo as botas. ainda existe um jeito de fazer as coisas sem ter que matar todo mundo.

– te deixaram pra trás. comigo é só "Vitória ou Morte".

– foi o que o Hitler disse. acabou morto.

– o que é que tem de errado na morte?

– hoje à noite a questão na nossa frente é o que é que tem de errado na vida?

– você me escreve um livro como RUA DO TERROR e depois quer ficar aí sentado, apertando mão de assassino.

– apertei a sua, rabino?

– fala só da boca pra fora, enquanto se cometem crueldades pelo mundo inteiro.

– você se refere à aranha com a mosca ou ao gato com o rato?

– me refiro ao Homem com o Homem, quando dispõe da faculdade de discernir.

– não deixa de ter uma certa razão.

– claro que tenho, pô. você não é o único que tem boca.

– então, o que é que aconselha que se faça? tacar fogo na cidade?

– na cidade não, em todo o país.

– eu não disse? vai dar um rabino do rabo.

– obrigado.

– e depois de tacar fogo no país inteiro, o que é que a gente põe no lugar?

– vai querer me dizer que a Revolução Americana fracassou, que a Francesa e a Russa também?

– não de todo. mas não resta dúvida que as três morreram na casca.

— mas foi uma tentativa.
— quantos homens precisam morrer pra se avançar um palmo?
— e quantos morrem sem sair do mesmo lugar?
— às vezes tenho a sensação de que estou falando com Platão.
— e está: um Platão com barba de judeu.

de repente se faz silêncio e o problema fica pairando no ar. a todas essas, os bolsões de miséria vivem cheios de desiludidos e rejeitados; os pobres morrem em enfermarias de indigentes, em meio à falta de médicos; as penitenciárias estão tão apinhadas de criminosos desequilibrados e irrecuperáveis que os beliches nem dão conta e os presidiários têm que dormir no chão. obter alívio é um ato de misericórdia que nem sempre dura e os hospícios têm paredes acolchoadas por causa de uma sociedade que usa as pessoas como se fossem peões de uma partida de xadrez...

é agradável pra caralho ser intelectual ou escritor e ficar observando essas amenidades, desde que não seja o nosso PRÓPRIO rabo que esteja em jogo. esta é UMA das coisas erradas com os intelectuais e escritores – não sentem porra nenhuma, a não ser quando se trata da própria comodidade ou da própria dor. o que é perfeitamente normal, mas não deixa de ser bandalheira.

— e o congresso – continua o meu amigo – se julga capaz de resolver alguma coisa com uma lei de controle de armamentos.
— é. quando na verdade a gente sabe muito bem quem tem dado o maior número de tiros. o diabo é que não se tem tanta certeza assim sobre quem anda também disparando aí pelas ruas. será o exército, a polícia, o governo, ou outro bando de loucos? fico até com medo de imaginar, pois posso ser a próxima vítima e tenho alguns sonetos que gostaria de terminar.
— acho que você não é tão importante assim.
— graças a deus, rabino.
— mas acho também que há qualquer coisa de covarde em você.

— é, de fato há. um covarde é capaz de prever o futuro. o valente, quase sempre, carece de imaginação.

— tem horas que acho que VOCÊ é que daria um rabino do rabo.

— discordo. Platão não tinha barba de judeu.

— deixa crescer.

— toma uma cerveja.

— obrigado.

e assim, caímos em silêncio. é outra noite estranha. as pessoas vêm me procurar, ficam falando, torrando a paciência: os futuros rabinos, os revolucionários com seus fuzis, o FBI, as puras, as poetisas, os jovens poetas da Estadual da Califórnia, um profe da Loyola a caminho de Michigan, outro da Universidade da Cal. em Berkeley, um terceiro que mora em Riverside, 3 ou 4 rapazes com o pé na estrada, simples vagabundos com livros de Bukowski armazenados no crânio... houve tempo em que achei que essa turma toda ia invadir e acabar com a minha bela e preciosa vidinha, mas depois vi que tenho uma sorte danada, pois cada homem ou mulher me trouxe e deixou alguma coisa, e não preciso mais me sentir que nem Jaffers, protegido por um muro de pedra, e também posso me considerar felizardo, porque a pouca fama que tenho é em grande parte secreta e tranquila, e dificilmente virei a ser um Henry Miller com gente acampada no gramado da frente de casa; os deuses foram generosos comigo, me deixaram vivo e inteiro, sempre ativo, anotando tudo, observando, sentindo a bondade das pessoas decentes, sentindo o milagre correndo pelo braço acima feito rato maluco. uma vida dessas, a mim concedida na idade de 48 anos, mesmo que o dia de amanhã seja uma incógnita, é o mais doce dos sonhos possíveis.

o rapaz se levanta meio alto com a cerveja, amanhã é domingo e o rabino vai trovejar nas mesas de café matinal.

— tenho que ir chegando. amanhã é dia de aula.

— claro, garotão. tudo bem com você?

— tudo. tá tudo em cima. o velho mandou um abraço pra você.

— diz pro Sam aparecer pra tomar uns tragos. afinal, ninguém é de ferro.

– ficou com o número do meu telefone?
– fiquei. tá bem em cima da teta esquerda.

acompanho ele com os olhos. desce a escada. um pouco gordo. mas nele não compromete. poder. excesso de poder. está radiante e bêbado. vai dar um rabino do rabo. gosto muito dele. de repente some, desaparece de vista e eu sento pra escrever isto. cinza de cigarro espalhada pela máquina toda. só pra você saber como é que é e o que vem depois. do lado da máquina tem dois sapatinhos brancos de boneca, cada um com pouco mais de um centímetro. minha filha, Marina, deixou aqui. anda lá pelo Arizona, não sei bem onde, a estas horas, com a mãe revolucionária. é julho de 1968 e bato à máquina, enquanto espero que a porta seja arrombada por dois sujeitos de cara esverdeada com olhos da cor de gelatina mofada, a mão fria em cima das metralhadoras. tomara que não venham. foi uma noite bonita. e só algumas perdizes solitárias serão capazes de se lembrar do barulho dos dados rolando no chão e da maneira das paredes sorrirem. até amanhã.

Cerveja, poetas e mais papo

foi uma noite do cacete. Willie tinha dormido num campo de erva, nos arredores de Bakersfield, na véspera. Dutch estava lá, com um amigo. a cerveja corria por minha conta. fiz sanduíches. Dutch só queria falar da literatura e poesia; tentei mudar de assunto, mas não houve jeito. é dono de uma livraria lá por Pasadena, Glendale, um lugar por aí. de repente o papo passou pros distúrbios de rua. pediram a minha opinião sobre o assunto e respondi que ia esperar, que ela teria que vir por si mesma. coisa boa, poder se dar ao luxo de esperar. Willie pegou um dos meus charutos, tirou o celofane e acendeu.

alguém perguntou:

– como é que você virou colunista? antes debochava do Lipton por causa disso, e agora está fazendo a mesma coisa.

– o Lipton é uma espécie de Walter Winchell da esquerda. eu me dedico a criar arte. não é bem a mesma coisa.

– ei, cara, ainda tem cebolinha verde? – perguntou Willie.

fui buscar mais cebolinha e cerveja na cozinha. Willie, se não existisse, teria que ser inventado. um personagem em busca de autor. barbudo e todo cabeludo, da cabeça aos pés. de blue jeans remendados. uma semana estava em Frisco. quinze dias depois, em Albuquerque. a seguir noutra biboca qualquer. levava junto, por toda parte, um calhamaço de poemas alheios que pretendia publicar em sua revista. ninguém sabia se essa maluquice de revista ia dar certo ou não. Willie, o Elétrico, magro, o azougue perpétuo. escrevia muito bem. mesmo quando arrasava com alguém, não era por rancor. simplesmente emitia um juízo, e pronto. assim, como quem não quer nada.

tirei a tampinha das garrafas. Dutch continuava falando de literatura. tinha acabado de editar *A transformação automotora na 18ª dinastia egípcia*, de D. R. Wagner. excelente trabalho, por sinal. o tal amigo do Dutch só ficava escutando – faz parte de uma raça nova: calado, mas ligadão que só vendo.

Willie se concentrou na cebolinha.

– falei com o Neal Cassady. tá completamente pinel.

– é, vai acabar na cadeia. que burrice. criando um mito forçado. pirou depois que apareceu no livro do Kerouac.

– porra – comentei –, nada como uma boa fofoca literária, hem?

– natural – disse Dutch –, vamos falar mal dos outros. não é o que todo mundo faz?

– escuta, Bukowski, você acha que ainda tem alguém escrevendo poesia que preste por aí? o Lowell, como deve saber, tá ficando velho.

– quase tudo quanto é medalhão morreu recentemente – Frost, Cummings, Jeffers. W. C. Williams. T. S. Eliot e outros. anteontem à noite foi a vez do Sandburg. num período muito curto, parece que todos se combinaram pra morrer na mesma hora; juntando isso com o Vietnã e os eternos distúrbios, dá uma época estranhíssima, muito rápida, inflamada, e diferente. veja as saias que estão usando agora, com a bunda quase toda de fora. estamos caminhando depressa e eu gosto disso, não tem nada de mal. mas o Sistema anda preocupado com a cultura oficial. ela serve de freio. não há nada melhor que um museu, uma ópera de Verdi ou um poeta pedante pra conter o progresso. saíram correndo pra consagrar o Lowell depois que viram que era o mais indicado. é suficientemente interessante pra ninguém pegar no sono, mas também prolixo demais pra ser perigoso. a primeira ideia que ocorre, quando se lê a obra dele, é que o garotão nunca passou fome, nem teve que trocar pneu ou sofreu de dor de dente. o Creeley se parece muito com ele, e imagino que o Sistema deve ter hesitado na escolha entre os dois até que finalmente resolveu optar pelo Lowell, porque o Creeley decerto não parecia o chato ideal. e também menos digno de confiança – seria bem capaz de surgir numa festa nos jardins presidenciais pra fazer cócega nos convidados com a barba. portanto tinha que ser o Lowell e foi com ele que a gente ficou.

– então quem é que escreve poesia? e onde está esse pessoal?

– aqui na América é que não. e só tem 2 que me ocorrem. o Harold Norse, que está curtindo a sua hipocondria depressiva na Suíça, vivendo de esmolas de mecenas milionários, se borrando de medo, desmaiando a cada segundo, com medo de formiga, e sei lá mais o quê. e agora escrevendo pouquíssimo, meio que ficando louco, como todos nós. só que QUANDO resolve escrever, sai da frente. o outro é o Al Purdy, não o romancista, me refiro ao poeta. não dá pra confundir um com o outro. hoje mora no Canadá, plantando suas uvas, que espreme pra produzir seu próprio vinho, é um verdadeiro pau-d'água, um baita homenzarrão que já deve andar pelos quarenta e tantos anos. vive às custas da mulher, o que, tem que se reconhecer, é extremamente bacana da parte dela, nunca encontrei uma dessas; e vocês? mas, seja como for, o governo canadense de vez em quando dá um subsídio pra ele, umas 4 milhas, e manda o Purdy pro Polo Norte pra descrever a vida por lá, e ele volta com uns poemas que são qualquer coisa de louco, de tão nítidos, sobre aves, pessoas e cães. puta merda, ele escreveu um livro chamado *Canções pra todas as Annettes* que me arrancou lágrimas, palavra, da primeira à última página. de vez em quando é bom levantar a cabeça, ver que ainda existem heróis, que tem outros também dispostos a enfrentar a mesma barra que a gente.

– você não acha que escreve tão bem quanto eles?

– tem horas que sim. na maioria das vezes, não.

a cerveja acabou e precisava dar uma cagada. dei uma nota de cinco pro Willie e falei que seria conveniente comprar logo 2 caixas de meia dúzia, tamanho grande, Schlitz (olha aí o comercial), os 3 saíram, fui lá dentro e sentei. não me importo de responder perguntas, por assim dizer, sobre a atualidade. mas gosto muito mais de fazer o que estava fazendo. pensei nos hospitais, na corridas de cavalo, em algumas das mulheres que passaram pela minha vida, algumas que havia enterrado, superado na bebida e na cama, mas não no bate-boca. as loucas alcoólatras que me deram amor, principalmente, lá à moda delas. de repente ouvi pela parede:

– escuta, Johnny, há uma semana que você nem me beija. que que há, Johnny? escuta aqui, fala comigo, não se faça de surdo, viu?

– vai à merda, porra. larga do meu pé. não estou com vontade de falar com você. ME DEIXA EM PAZ, PODE SER? PUTA QUE PARIU, ME DEIXA EM PAZ!

– escuta, Johnny, o que é que te custa falar comigo? deste jeito não dá pra aguentar. não estou pedindo pra você me abraçar, apenas pra falar comigo, puta merda, Johnny, eu não aguento mais, NÃO AGUENTO MAIS, PÔ!

– MAS SERÁ COBRA, PORRA! JÁ DISSE PRA LARGAR DO MEU PÉ! ME DEIXA, PARECE MENTIRA, SERÁ QUE NÃO ENTENDE? ME DEIXA EM PAZ, ME DEIXA EM PAZ, SUA CHATA! PUTA QUE PARIU, SERÁ QUE ESTOU FALANDO GREGO?!

– Johnny...

deu-lhe uma boa bofetada. de mão aberta, daquelas de estralar. quase caí da privada. ouvi a coitada sufocar o resto daquela baboseira toda e dar o fora.

aí então Dutch, Willie e o tal amigo chegaram. abriram a tampa das latinhas. acabei o que estava fazendo e voltei pra sala.

– vou publicar um antologia – anunciou Dutch –, uma antologia dos melhores poetas vivos, mas dos melhores mesmo. não estou brincando.

– claro – disse Willie –, por que não?

de repente me viu.

– cagou direitinho?

– mais ou menos.

– ah é?

– é.

– precisa comer coisas mais fibrosas. cebolinha verde é ótimo.

– você acha?

– acho, sim.

estendi o braço e peguei duas de uma vez só. mandei brasa. talvez da próxima vez me saísse melhor. até lá, tinha os distúrbios, a cerveja, o papo, a literatura, e as lindas mocinhas que fazem a felicidade dos milionários gordos. estendi o braço de novo, peguei um charuto, rasguei o papel e tirei o anel do rótulo. enfiei aquele troço na minha cara escalavrada e complicada e depois acendi. o charuto, claro. literatura é que nem mulher: quando não presta, nem vale a pena perder tempo.

Dei um tiro num cara lá em Reno

Bukowski chorou quando Judy Garland cantou na Filarmônica de N.Y., Bukowski chorou quando Shirley Temple cantou *I Got Animal Crackers in My Soup*; Bukowski chorou em hotéis que eram verdadeiras espeluncas, Bukowski não sabe se vestir, não sabe falar, tem medo de mulher, sofre do estômago, vive assustado, não gosta de dicionários, freiras, moedas, ônibus, igrejas, bancos de praça, aranhas, moscas, pulgas, tarados; Bukowski não foi pra guerra. Bukowski já está velho, não solta pandorga, há 45 anos; se fosse macaco, seria expulso do convívio da espécie...

meu amigo fica tão cheio de dedos pra me agradar que até parece que não tem com o que se preocupar.

– mas Bukowski, quando vomita, deixa tudo em ordem e nunca soube que mijasse no chão.

portanto, afinal de contas, não deixo de ter um certo charme, não é? de repente ele abre uma portinha e ali, num quarto de um metro por dois, apinhado de papéis e trapos de roupa, surge uma desculpa.

– você pode vir sempre se hospedar aqui, Bukowski. nunca há de lhe faltar nada.

não tem janela nem cama, mas o banheiro é pegado. mesmo assim, acho bom.

– mas talvez tenha que pôr tampão nos ouvidos por causa da música que vivo escutando.

– pode ficar sossegado que vou comprar, sim.

voltamos pra parte da casa ocupada por ele.

– quer ouvir um disco do Lenny Bruce?
– não, obrigado.
– do Ginsberg?
– não, não.

só consegue viver com o toca-fitas, ou o toca-discos, ligado. por fim, não escapo do Johnnny Cash cantando pra rapaziada em Folsom.

– dei um tiro num cara lá em Reno só pra ver como é que ele ia morrer.

tenho impressão que Johnny é meio chegado a uma onda, assim como desconfio que Bob Hope faz o mesmo com a rapaziada no Vietnã durante o Natal, mas vai ver que sou desconfiado por natureza. os presos urram, estão fora das celas, mas a sensação é de que atiram apenas ossos, e não biscoitos, pros famintos e encurralados. não sinto porra nenhuma de nada de sagrado ou corajoso no lance. só há um troço a fazer em favor de quem está na cadeia: soltar todo mundo. só há um troço a fazer por quem está na guerra: acabar com ela.

– desliga – peço.
– que que foi?
– isso é picaretagem. pura promoção.
– você não pode dizer uma coisa dessas. o Johnny já cumpriu pena.
– grande coisa.
– nós achamos que é boa música.
– eu gosto da voz dele. mas o único cara que pode cantar na cadeia, de verdade, é o que está preso, de fato.
– mesmo assim, nós gostamos.

a mulher dele está presente. e dois rapazes negros que tocam juntos numa orquestra qualquer.

– o Bukowski é fã da Judy Garland. *Somewhere Over the Rainbow.*
– gostei dela aquela vez em N.Y. a alma dela estava lá em cima, nas nuvens. não havia ninguém comparável.
– está gorda demais e bebe que é uma desgraça.

a mesma coisa de sempre – malhando os outros, sem provar nada com isso. vou embora mais cedo do que pretendia. quando estou saindo, ouço de novo o disco de J. Cash.

paro no caminho pra tomar cerveja e no momento exato em que abro a porta, o telefone toca.

– Bukowski?
– que é?
– é o Bill.
– ah, oi, Bill.
– o que é que você tá fazendo?
– nada.
– o que é que vai fazer no sábado de noite?
– já tenho um compromisso.
– queria que viesse aqui em casa, conhecer umas pessoas.
– desta vez não vai ser possível.
– sabe de uma coisa, Charley? vou acabar cansando de ligar pra aí.
– pois é.
– ainda escreve pra aquele mesmo pasquim indecente?
– o quê?
– aquele jornalzinho hippie...
– você já leu algum número?
– claro. todo aquele plá de protesto. tá perdendo o seu tempo.
– nem sempre sigo a diretriz do jornal.
– pensei que seguisse.
– e eu que você lesse o que escrevo.
– falar nisso, que notícias teve do nosso amigo em comum?
– do Paul?
– é, do Paul.
– nenhuma.
– ele admira muito os teus poemas, sabia?
– que bom.
– eu, pessoalmente, não gosto.
– ótimo.
– quer dizer, então, que sábado não vai dar?
– não.
– bom, vou acabar cansando de telefonar. abre o olho.
– pois é. boa noite.

outro malhador. o que é que queriam, porra? bem, Bill morava em Malibu e ganhava dinheiro à beça – escrevendo folhetins filosóficos com muito sexo e papo furado, cheios de erros tipográficos e com arte-final digna de principiante – e não sabia escrever nem tampouco ficar longe do telefone. ia ligar de novo. muitas vezes. pra jogar mais merda no ventilador contra mim. eu era o velho que não tinha vendido os culhões pro açougueiro, o que deixava aquela gente maluca. a vitória final que sonhavam ter sobre mim só poderia ser uma surra em regra e isso era fácil de acontecer com qualquer sujeito em qualquer lugar.

Bukowski considerava Mickey Mouse nazista; Bukowski fez um papelão na Barney's Beanery; Bukowski se cobriu de ridículo na Shelly's Manne-Hole; Bukowski tem inveja de Ginsberg, do Cadillac 1969 e não entende Rimbaud; Bukowski limpa a bunda com papel higiênico áspero e pardo, vai morrer daqui a 5 anos, não escreve um poema que preste desde 1963, chorou quando Judy Garland... deu um tiro num cara lá em Reno.

sento. coloco uma folha na máquina. abro uma cerveja, acendo um cigarro.

consigo uma ou duas frases decentes e o telefone toca.

– Buk?

– que é?

– Marty.

– oi, Marty.

– escuta, acabo de ler tuas 2 últimas colunas. bem escritas. não sabia que andava escrevendo tão bem. estou com vontade de publicar em livro. já voltaram da GROVE?

– já.

– gostaria de ver. as colunas são tão boas quanto os teus poemas.

– um amigo meu, lá de Malibu, disse que acha uma merda.

– manda tomar no cu. eu quero as colunas.

– estão com........

– porra, esse cara só quer saber de bandalheira. se for editado por mim, vai circular nas universidades, nas melhores livrarias. quando essa garotada te descobrir, vai ser aquele sucesso; estão fartos dessa bosta intelectual que são obrigados a engolir há séculos. você vai ver. já estou pensando até em reeditar tudo o que já publicou e hoje está esgotado e vender por um dólar, ou por um dólar e meio, o exemplar e tirando milhões de cada edição.

– não tem medo que eu faça papel de palhaço?

– ué, que novidade é essa? não é o que você sempre faz, principalmente quando fica de porre?... falar nisso, como é que tem se comportado?

– dizem que peguei um cara no Shelly's pela lapela e sacudi ele um pouco. mas podia ter sido pior, não é?

– como assim?

– ué, ter sido pego pela lapela por ele e ser sacudido um pouco. questão de amor-próprio, sabia?

– ouça, vê se não morre nem se deixa matar por ninguém até a gente tirar essas edições de dólar e meio.

– farei o possível, Marty.

– em que pé tá o negócio com a Penguin?

– Stanges diz que sai em janeiro. acabo de receber as provas da gráfica. e um adiantamento de 50 libras que torrei nas corridas.

– não dá pra ficar longe desses cavalos?

– sacana, não é o que você diz quando eu ganho.

– tem razão. bem, me avisa o que decidir sobre as colunas.

– combinado. boa noite.

– boa noite.

Bukowski, o autor do momento; uma estátua de Bukowski no Kremlin, batendo punheta; Bukowski e Castro, um monumento em Havana, banhado de sol e coberto de merda de passarinho; Bukowski e Castro ganhando juntos uma corrida de bicicleta – Bukowski no selim traseiro; Bukowski tomando banho num ninho de papa-figos; Bukowski dando lambadas numa mulata de 19 anos com um chicote de domar tigres, uma mulata de 95cm de busto e leitora de Rimbaud; Bukowski lelé da cuca, preso pelas muralhas do mundo, perguntando-se onde foi parar a sorte que devia ter... Bukowski ficando fã de Judy Garland quando não adiantava mais alguém se interessar.

aí me dei conta da hora e peguei o carro de novo. lá perto do Wilshire Boulevard. o nome dele no vasto cartaz. já trabalhamos juntos no mesmo emprego de merda. não sou muito chegado ao Wilshire Boulevard, mas estou sempre aprendendo. não esnobo coisa nenhuma. é mulato bem claro, filho de mãe branca e pai preto. caímos juntos na mesma bosta de emprego, uma coisa que tínhamos em comum. principalmente não querendo chafurdar na merda pra sempre, e embora servisse de lição, o número de aulas sempre é limitado, senão se corre o perigo de morrer afogado naquilo.

estacionei na parte dos fundos e bati na porta de serviço. ele tinha dito que esperaria até tarde. eram 9 e meia. a porta se abriu.

DEZ ANOS. DEZ ANOS. dez anos. dez anos. dez. dez ANOS, porra.

– Hank, seu filho da puta!
– Jim, seu sacana de sorte,,,
– vai entrando.

vou atrás dele. puta merda, quer dizer, então, que dinheiro não traz felicidade? mas é bacana; sobretudo quando as secretárias e o resto dos empregados já foram embora nada me escapa. tem 6 ou 8 salas. vamos pro seu escritório. rasgo o papelão das duas caixas de 6 cervejas.

dez anos.

está com 43. eu com 48. pareço, no mínimo, 15 anos mais velho que ele. e fico meio envergonhado. a barriga caída. o ar de cachorro bêbado. o mundo me roubou muitas horas e anos com suas ocupações chatas e rotineiras; se nota. sinto vergonha do meu fracasso; não por causa do dinheiro dele; do meu fracasso. o melhor revolucionário é o pobre; não sou nem isso, estou apenas cansado. o balde de fezes que me coube! espelho, espelho meu...

está muito bem de suéter amarelo claro, descansado e realmente feliz por me ver.

– tenho enfrentado uma barra tremenda – diz –, há meses que não falo com um cara que seja bacana de verdade.

– puxa, acho que não mereço tanto.
– merece, sim.
a sala dá impressão de ter 6 metros de largura.
– Jim, já fui despedido de tantos lugares iguais a este. um bestalhão qualquer, sentado numa cadeira giratória. parece um sonho dentro de outro sonho que se sonhou, um verdadeiro pesadelo. agora estou aqui sentado, tomando cerveja com um cara atrás de uma escrivaninha e sei tanto quanto sabia naquele tempo.
dá uma risada.
– meu filho, eu quero que você tenha a sua sala, a sua cadeira e a sua escrivaninha. sei o que você está ganhando. vou te pagar o dobro.
– não posso aceitar.
– por quê?
– gostaria de saber que espécie de valor eu teria pra você.
– preciso de um crânio como o teu.
foi a minha vez de rir.
– estou falando sério.
então expôs o plano. disse o que pretendia. era uma dessas inteligências dinâmicas, sacanas, capaz de bolar mil esquemas. parecia tão sensacional que tive que achar graça.
– vai levar 3 meses pra pôr em prática – opinei.
– a gente faz um contrato.
– por mim, tudo bem. mas essas coisas às vezes não dão certo.
– esta vai dar.
– até lá, tenho um amigo que me deixa dormir na despensa, se a coisa ficar preta.
– ótimo.
passamos mais 2 ou 3 horas bebendo, depois se despede pra dormir bastante e se encontrar com um amigo pra passear de iate no outro dia (sábado) de manhã. dou umas voltas ali por dentro, depois pego o carro, saio do bairro de imóveis grã-finos e entro no primeiro botequim pra biritar um pouco antes de me recolher. e puta que pariu, não é que dou de cara com um sujeito que ficou meu amigo num emprego que ambos tivemos?

– Luke! – exclamo –, seu filho de uma égua!
– Hank, meu bem!

outro cara de cor (ou negro). (o que será que os brancos fazem de noite?)

leva jeito de estar duro, por isso quem paga sou eu.
– continua lá mesmo? – pergunta.
– continuo.
– porra, cara – diz ele.
– o quê?
– não deu pra aguentar mais aquilo, sabe, então desisti. bicho, consegui emprego na mesma hora. puxa, que mudança, vou te contar. é isto que liquida com a gente: falta de iniciativa.
– eu sei, Luke.
– pois olha, no primeiro dia chego lá perto da máquina. o lugar é todo de fibra de vidro. estou de camisa aberta de manga curta, começo a apertar alavancas, tudo corre normal durante algum tempo, mas de repente sinto uma coceira danada no corpo inteiro. chamo o capataz e pergunto: "ei, que diabo de porra é essa? estou com uma coceira danada no corpo todo! no pescoço, nos braços, em tudo quanto é parte!" e ele: "não é nada, você acaba se acostumando". mas aí eu noto que ele usa uma manta abotoada até lá em cima no queixo e só trabalha com camisa de manga comprida. bom, no dia seguinte, eu apareço todo enrolado numa manta, com óleo, etc., mas não adianta nada – aquela merda de vidro solta umas lascas tão finas que nem dá pra enxergar. e entra pela roupa e encrava na pele. aí descobri por que me obrigavam a proteger os olhos com óculos. aquilo é capaz de cegar um camarada em meia hora. tive que desistir. fui pra uma fundição. bicho, você sabia que os caras DESPEJAM AQUELA MERDA BRANCA FERVENDO NOS MOLDES? como se fosse gordura de toucinho ou molho. incrível! e fervendo! que bosta! caí fora. e você, cara, como é que vai?
– aquela vaca ali, Luke, não tira os olhos de cima de mim. tá sorrindo e levantando a saia bem alto.
– finge que não vê. é doida.
– mas tem pernas bonitas.
– lá isso ela tem.

pago outra rodada, me levanto e vou até onde ela está.
– oi, meu bem.
abre a bolsa, tira pra fora, aperta o botão e salta uma lâmina afiada de 15 centímetros. olho pro homem que atende no balcão. ele nem pisca.
– mais um passo – ameaça a vaca –, e tu perde os culhões!
derrubo o copo de bebida dela, e quando vira a cabeça pra olhar prendo-lhe o pulso, forço a soltar o canivete, fecho a lâmina e guardo no bolso. o homem do balcão continua impassível. volto pra perto de Luke e terminamos de beber. vejo que faltam dez pras 2 e compro 2 caixas de meia dúzia pra levar junto comigo. vamos até o carro. Luke não está motorizado. ela vem atrás.
– preciso de carona.
– pra onde?
– lá pela Century.
– é longe paca.
– e daí? vocês tão com o meu canivete, seus sacanas.
quando chego na metade do caminho, enxergo aquelas pernas de mulher erguidas no banco de trás. depois que baixam, paro o carro num longo trecho escuro e mando Luke fumar um cigarro. não gosto nada de segundas oportunidades, mas quando já faz tanto tempo que não se consegue nenhuma logo na primeira e todo mundo acha que a gente é um grande Artista e profundo conhecedor da Vida, tem que se CONTENTAR com as segundas. e, como a rapaziada costuma dizer, às vezes a segunda é até mais legal. essa, por exemplo, foi. quando ela desceu do carro, devolvi o canivete enrolado numa nota de dez. burrice, claro. mas gosto de me fazer de burro. Luke morava lá pela 8ª com a Irola, portanto não ficava muito longe pra mim.

ao abrir a porta, o telefone começou a tocar. abri uma cerveja, sentei na cadeira de balanço e deixei tocar. pra mim, era mais do que suficiente – de tarde, de noite e de madrugada.

Bukowski usa camisinha parda. Bukowski tem medo de avião. Bukowski não acredita em Papai Noel. Bukowski faz figuras disformes com as borrachas da máquina de escrever.

quando começa a chover, Bukowski chora. quando Bukowski chora, é aquela chuva de lágrimas. ah, reduto dos mananciais, ah, escrotos, ah, os escrotos que jorram, ah, a grande hediondez humana por toda parte, como aquele cagalhão fresco de cachorro que o sapato não viu hoje de manhã outra vez; ah, a polícia onipotente, ah, as armas poderosíssimas, ah, os ditadores tirânicos, ah, os grandes burros de merda por toda parte, ah, os polvos solitários, solitários, ah, o tique-taque do relógio exaurindo o hasto vital de cada um de nós, sensatos e desequilibrados, santos e constipados, ah, os pés-rapados caídos pelos becos da miséria de um mundo dourado, ah, as crianças que ficarão medonhas, ah, os medonhos que ficarão ainda piores, ah, a tristeza e os sabres e o fechamento das paredes – sem Papai Noel, sem Xota, sem Varinha de Condão, sem Gata Borralheira, sem os Grandes Espíritos Eternos; que loucura – só merda e cães e crianças que apanham, só merda e a limpeza da merda; só médicos sem pacientes, nuvens sem chuva, dias sem dias, ah, deus todo-poderoso que jogou tudo isso em cima de nós,

quando chegarmos no teu magnificente palácio hebraico, na presença dos anjos acostumados a bater ponto, quero escutar Tua voz dizendo apenas uma vez
MISERICÓRDIA
MISERICÓRDIA
MISERICÓRDIA
POR TI MESMO e por nós e pelo que fizermos por TI – saí da Irola até chegar na Normandie, foi o que fiz, e depois entrei, me sentei e deixei que o telefone tocasse.

Uma chuva de mulheres

Ontem foi sexta-feira, estava escuro e chuvoso, e eu repetia sem parar, te mantém sóbrio, bicho, não fica por aí caindo aos pedaços. saí pela porta da frente, pisei no gramado do proprietário e me agachei bem na hora de escapar da bola arremessada por um futuro zagueiro da Southern Califórnia, 1975-1975? e pensei, puta que pariu, estamos perto de 1984, ainda me lembro quando li o livro, pensei, ora, 1984, isso fica a quinze milhões de quilômetros da China, e no entanto já está quase aqui, e eu já estou quase morto, me aprontando, mastigando o flácido anzol, me aprontando pra cuspir aquilo longe. escuro e chuvoso – um armário mortal, um armário escuro, fedorento e mortal: Los Angeles, Califórnia, de tardezinha, sexta-feira, agora a 12 quilômetros de distância da China, arroz com olhos, cães que vomitam de manhã – escuro e chuvoso, ah porra! – e me lembrei de quando era criança, pensei, gostaria de viver até o ano 2000, achava que seria uma coisa mágica, apanhando feito louco do velho, todos os dias, queria chegar aos 80 pra ver o ano 2000; e hoje, apanhando de tudo feito louco, até perdi a vontade – é um dia de cada vez, GUERRA, escuro e chuvoso – te mantém sóbrio, bicho, não fica por aí caindo aos pedaços, e entro no carro, usado, tanto eu como ele, e subo lá em cima e pago a 5ª das 12 prestações, e depois sigo pelo Hollywood Boulevard, pra oeste, a mais deprimente de todas as ruas, vidro emperrado e mais nada, a única rua que me deixava fulo de raiva, e aí me lembrei que queria o Sunset, que era quase tão ruim quanto o Hollywood, e dobrei pro lado sul, todo mundo com seus limpadores de para-brisas funcionando, funcionando, funcionando, e por trás dos vidros aquelas CARAS! – ah! – e cheguei ao Sunset, avancei mais um quarteirão a oeste, achei o M. C. Slum's, encostei do lado de um Chevrolet vermelho que tinha uma loura pálida dentro, e nós dois ficamos nos olhando com apatia e com ódio – seria capaz de fodê-la, pensei, num deserto sem ninguém perto, e ela me olhou e pensou, eu foderia com ele dentro de um vulcão extinto sem ninguém perto, e eu disse: "PORRA!", liguei o motor, dei marcha a ré e saí de lá, escuro e chuvoso, ninguém pra atender, podia-se ficar ali sentado horas a fio sem aparecer ninguém pra saber o que se queria, de vez em quando surgia um mecânico, mascando chiclete, a cabeça saindo de um buraco, ah que pessoa maravilhosa que era – e se a gente lhe fizesse alguma pergunta, ficava invocado – tinha que se procurar o gerente da oficina, só que andava sempre escondido nalgum canto – também sentia medo do mecânico e não queria sobrecarregá-lo de serviço. aliás, a resposta completamente horrível era que NINGUÉM SABIA FAZER NADA – os poetas, escrever poemas, os mecânicos, consertar carros, os dentistas, arrancar dentes, os barbeiros, cortar cabelo, os cirurgiões se estrepavam todos com o bisturi, as lavanderias deixavam as camisas e os lençóis em farrapos e perdiam as meias da gente; o pão e os feijões tinham pedrinhas no meio que quebravam os dentes; os jogadores de futebol eram uns poltrões, os funcionários da telefônica estupravam crianças; e os prefeitos, governadores, generais, presidentes tinham tanto juízo quanto as lesmas colhidas por teias de aranha. e por aí vai. escuro e chuvoso, te mantém sóbrio, não fica por aí caindo aos pedaços, entro com o carro no pátio da garagem da Bier e um baita negrão desgraçado de charuto na boca vem correndo pra mim:

– EI! VOCÊ! VOCÊ AÍ! É PROIBIDO ESTACIONAR AQUI DENTRO!

– ouça, eu sei que é proibido! queria apenas falar com o gerente da oficina. é você?

– NÃO! NÃO, CARA! NÃO SOU GERENTE COISA NENHUMA! CARA, VOCÊ NÃO PODE ESTACIONAR AQUI DENTRO!

– Bom, então onde é que ele está? no mictório dos homens, coçando os pentelhos?

– TEM QUE DAR MARCHA A RÉ E ESTACIONAR ALI NAQUELE PÁTIO!

dou marcha a ré e estaciono no tal pátio. desço do carro, volto lá dentro e me coloco perto do pequeno púlpito que diz "Gerente da Oficina". uma mulher, meio tonta, entra dirigindo um carro novo, de porta entreaberta. o motor engasga, parece louca, desce do carro, que dá pinote, a saia curta, curta, meias compridas cinzentas, vestido lá em cima nas cadeiras pra poder passar pela porta, fico de olho nas pernas, vaca besta, que pernas, humm, e ela ali parada com cara de idiota meio zonza e aí VEM o gerente da oficina lá de dentro do mictório dos homens, "ÀS SUAS ORDENS, MINHA SENHORA. AH, QUAL É O PROBLEMA? A BATERIA? A BATERIA PIFOU?" sai correndo pra buscar a ferramenta e reaparece com a bateria em cima de um carrinho, pergunta como se abre a capota, e eu ali parado enquanto lidam com aquilo, de olho nas pernas e no rabo dela, pensando, as burras são as melhores de cama porque a gente sente raiva delas – têm o dom da carne e o cérebro de uma mosca.

finalmente levantam a capota, ele faz a ligação entre as duas baterias, pede pra ligar o motor. ela só consegue na 3ª ou 4ª tentativa, aí põe o carro em movimento e quase atropela o infeliz enquanto ele desengata os cabos. por pouco. sorte dele ser ágil com os pés.

– PISE NO FREIO! DEIXE EM PONTO MORTO!

mas como é burra, pensei. quantos homens será que já não matou? brincos enormes. boca vermelha como carimbo de carta aérea. intestinos cheios de merda.

– TÁ, AGORA DÊ MARCHA A RÉ JUNTO À PAREDE LATERAL DO PRÉDIO! NÓS VAMOS CARREGAR ELA PRA SENHORA!

corre junto com o carro, enfiando a cabeça pra dentro da janela e de olho nas pernas enquanto a mulher faz a manobra.

– ISTO, ISTO, VAI RECUANDO, SEMPRE PRA TRÁS!

e de olho, sempre de olho. ela leva o carro até o canto e o gerente fica lá parado.

eu e ele estamos de pau duro. desencosto da parede e chamo:

– EI!
– QUE QUE HÁ? – pergunta.
– PRECISO DE AJUDA! – respondo, caminhando de pau duro.

ele me olha de um jeito esquisito.
– QUE ESPÉCIE DE AJUDA?
– rotação, realinhamento e equilíbrio.
– EI! HIRAITITO!

um japonesinho vem correndo.

– rotação, realinhamento e equilíbrio – repete ele pra Hiraitito.

– dá as chaves.

entrego o chaveiro a Hiraitito. pra mim não faz diferença. sempre tenho 2 ou 3 jogos de cópias. pura mania.

– o Comet 62 – indico.

Hiraitito vai pro Comet 62 enquanto o gerente da oficina entra no mictório dos homens. torno a me encostar na parede e fico olhando pro trânsito; está engarrafado, assustado e exausto na chuva escura, naquela garoa que chia: Los Angeles, 1984, 20 anos já se passaram, a sociedade toda em peso enojada e adocicada, completamente louca como um bolo de aniversário entregue às formigas e baratas, merda de chuva escura, Hiraitito coloca o meu Comet azul, 5 de 12 prestações já pagas, lá em cima e o meu pau fica murcho.

vejo quando tira as rodas e saio pra caminhar um pouco. dou duas voltas no quarteirão, encontro 200 pessoas e não vejo nenhuma criatura humana. olho a vitrine das lojas e não há nada que me interesse. no entanto tudo tem preço. uma guitarra, ora, porra, pra que que me serve uma coisa dessas? só se for pra tacar fogo. toca-discos. tevê. rádio. tralha inútil. bugiganga imprestável. um troço pra embrutecer o cérebro. como soco com luva vermelha de 200 gramas. popt. te derruba no chão.

Hiraitito é bom de verdade. meia hora depois já baixou o carro lá de cima. estacionado.

– oba, gostei de ver, agora, onde é que eu tenho que pagar?

– que esperança, isso foi só pra equilibrar as rodas e a rotação. ainda falta cuidar do alinhamento. tem que esperar pelo outro carro que chegou primeiro.

– ah.

hoje de noite tem corridas e estou torcendo pra pegar o primeiro páreo, às 7 e meia. preciso de dinheiro e as chances são boas, mas também vou precisar de uma hora de antecedência pra preparar meus palpites, o que significa que tenho que chegar lá às 6 e meia. chuva, chuva escura, que fracasso. no dia 13, aluguel. 14, a pensão da menina. 15, a prestação do carro. tenho que dar um jeito de ganhar lá no hipódromo; sem isso, melhor entregar a rapadura. porra, não entendo como há gente que consegue se dar bem. ah, paciência, merda. enquanto faço hora, entro numa loja e compro 4 cuecas por 5 paus. volto, guardo o pacote no porta-malas, tranco. puta que pariu, descubro que só tenho UMA chave pro porta-malas! nada bom pra um neurótico. vou até a casa do chaveiro. quase sou atropelado por uma mulher dando marcha a ré. enfio a cabeça pela janela e olho acintosamente pras pernas dela. usa ligas roxas e tem a pele branquíssima:

– por que não olha por onde anda?

e digo, sempre pras pernas:

– porra, por pouco me matava!

nem vi a cara. puxei a cabeça pra fora e continuei indo em direção ao chaveiro. mandei fazer outra cópia. enquanto pago, uma velha chega correndo.

– ei, tem um caminhão aí na entrada! não dá pra eu sair!

– então vai ter que se virar – retruca o chaveiro.

é simplesmente velha demais. sapatos sem salto. olhar de louca. dentes enormes, postiços. saia caída pela canela. ama, ama, ama as verrugas da vovó!

me olha:

– que que eu faço, moço?

– experimente Kolynos – sugiro e dou no pé.

há uns 20 anos, quem sabe? bom, já tenho a chavinha. continua chovendo. estou ali parado, tentando colocá-la no chaveiro, quando me sai esta outra, de minissaia e guarda-chuva. ora, com a minissaia elas têm que usar essas meias especiais, umas porcarias grossas, parecidas com rede, que brocham qualquer cristão. ou então calça-meia, com uma porcaria de babadinho pendurado ali da maneira mais nauseante; mas esta é conservadora – anda de salto alto, meias compridas de nylon, a míni lá em cima, bem justa no rabo, e tem o que mostrar. pô, todo mundo de olho, até parece um sexo louco ambulante, às soltas. a minha mão treme no chaveiro e fico olhando, na chuva, e ela vem caminhando devagar, na minha direção, sorridente. corro até o canto, de chaveiro na mão. tenho que ver esse rabo passar, penso, mas ela desvia de rumo e segue adiante sem me ver, devagar, rebolando, rebolando, jovem, à procura de sarna pra se coçar. um cara bem vestido sai correndo atrás dela. chama pelo nome. "ah, que bom te ver!", exclama. fala uma porção de tempo. ela sorri. "olha, tomara que se divirta bastante hoje à noite!", diz ela. largar um avião destes? o cara tem que ser doente. consigo prender a chave na argola e sigo atrás, agora dentro do supermercado. não para de rebolar, pra lá e pra cá, e os homens se viram pra olhar, comentando: "puta merda, olha só aquilo ali!".

vou ao balcão do açougue e pego a ficha. preciso comprar carne. enquanto aguardo a minha vez, ela vem voltando. aí se encosta na parede e fica, a 15 passos de distância, olhando pra *mim* e sorrindo. confiro o número da ficha. 92. lá está ela. olhando pra *mim*. me sinto importante. a ponto de entontecer. talvez tenha uma baita buceta, penso. não para de olhar e sorrir. o rosto é simpático, quase bonito. mas tenho que chegar antes do primeiro páreo, às 7 e meia. o aluguel vence dia 13, a pensão alimentar da menina, 14, a prestação do carro, 15, 4 cuecas por 5 paus, alinhamento da roda, o primeiro páreo tem prioridade, nº 92, VOCÊ ESTÁ COM MEDO DELA, NÃO SABE O QUE FAZER, COMO AGIR, UM CARA EXPERIENTE, COM MEDO, NÃO SABE O QUE VAI DIZER, MAS POR QUE É QUE TEM QUE SER NUM AÇOUGUE? e pode dar encrenca. não deve ser bem certa, você está sabendo. há de querer morar junto. no mínimo ronca de noite, põe jornal na privada, quer ser comida 8 vezes por semana. minha nossa, é demais, não não não não não, tenho que pegar o primeiro páreo.

ela tira de letra. tá na cara que sou cagão. de repente passa pela minha frente. 68 homens de olho arregalado, com sonhos de glória. fui reprovado. velho. coroa demais. monte de lixo. e no entanto me quis. vai apostar nos teus cavalos, vovô. compra a tua carne, ficha 92.

– 92 – diz o açougueiro.

peço meio quilo de lagarto redondo, um pequeno bife de contrafilé e um *tournedos*. enrola tudo isso no caralho, velho gagá.

saio na chuva, chego no carro, abro o porta-malas, guardo o pacote da carne ali dentro e me encosto na parede, com ar de quem sabe das coisas, cigarro na boca, aguardando que completem o serviço ali em cima, à espera do primeiro páreo, mas sei que fracassei, numa tão fácil, tão boa, um presente dos deuses numa porra de dia chuvoso, Los Angeles, sexta-feira já quase noite, os carros ainda passando com o limpador de parabrisa pra lá e pra cá, pra lá e pra cá, pra lá e pra cá, nenhum rosto atrás dos vidros, e eu, Bogart, eu, com tanta experiência de vida, ali encostado no muro, panaca, de ombro encolhido, os monges beneditinos rindo feito doidos, bebendo vinho, tudo quanto é macaco se coçando, os rabinos abençoando picles e salsichas; o homem de ação – Bogart, encostado numa parede da Biers-Sobuck, sem foda, sem culhões, chovendo chovendo chovendo, vou ficar com Lumber King no primeiro e faço acumulada com Wee Herb; o mecânico vem, pega o carro e coloca lá em cima, olho o relógio – 5 e meia, mal vai dar tempo, mas, não sei por quê, já não tem tanta importância. jogo o cigarro longe e fico olhando pra ele. o brilho da ponta, ainda acesa, me encara fixamente. de repente a chuva apaga a brasa e dobro a esquina, à procura de um bar.

Ruas de loucura noturna

O garoto e eu foi o que sobrou da festinha lá em casa. estávamos ali sentados, quando alguém começou a buzinar na rua, com gana, insistente, BEM ALTO, ah, canta mais alto, mas parece que todo mundo perdeu mesmo a cabeça. não tem mais remédio, e a única solução é ficar ali sentado, de copo na mão, fumando charuto, sem pensar em mais nada – os poetas já se foram, os poetas e suas companheiras. estava até agradável, mesmo com aquela buzina. cada um acusou o outro de várias traições, de escrever mal, de não ser mais o mesmo; a todas essas, cada um pretendia merecer mais consideração, pois escrevia melhor que fulano e beltrano e assim por diante. falei que todos precisavam passar 2 anos em minas de carvão ou usinas siderúrgicas, mas nem prestaram atenção, continuando a conversar, traiçoeiros, convencidos, barulhentos e, na maioria, escritores de meia-tigela. agora já se tinham ido. o charuto estava ótimo. o garoto ficou ali sentado. eu acabava de escrever o prefácio pro seu segundo livro de poemas. ou seria o primeiro? sei lá.

– olha aqui – disse o garoto –, vamos lá fora pedir pra esse cara parar de encher. mandar ele enfiar essa buzina no cu.

até que não escrevia mal. tinha a capacidade de rir de si mesmo, o que às vezes é sinal de grandeza, ou pelo menos de que se pode alimentar a esperança de que venha a ser algo mais que um simples e pretensioso cagalhão intelectual. o mundo anda repleto de cagalhões intelectuais pretensiosos que vivem se gabando de ter conhecido Pound em Spoleto,

Edmund Wilson em Boston, Dali de cueca ou Lowell cuidando do jardim; lá sentados em seus minúsculos roupões de banho, a cagar sabedoria, e AGORA a gente estava falando com ELES, ah, sabe como é, né? "... a última vez em que vi o Burroughs..." "Jimmy Baldwin, puta merda, estava caindo de bêbado, tivemos que ajudá-lo a entrar no palco pra colocá-lo diante do microfone..."

– vamos lá fora mandar esse cara enfiar essa buzina no cu – repetiu o garoto, influenciado pelo mito de Bukowski (no fundo não passo de um covarde), pela história do Hemingway, do Humphrey B. e do Eliot, com sua calcinha de babados.

ora muito bem. continuei tirando baforadas do charuto. a buzina não parava. ALTO CANTA O CUCO.

– não liga pra isso. não se deve sair na rua depois de passar 5, 6 ou até 8 horas bebendo. eles têm jaulas prontas pra gente como nós. acho que não aguento mais nenhuma, pelo menos não dessa porra de jaulas que inventam. já basta as que faço pra mim mesmo.

– pois eu vou lá fora mandar ele tomar no cu – insistiu o garoto.

estava sofrendo a influência do super-homem, do Homem e Super-homem. gostava de indivíduos colossais, truculentos e ameaçadores, de quase 2 metros de altura e 150 quilos de peso, que escrevem poemas imortais. o problema é que os gigantes não passam de debiloides e quem faz poemas de macho são bichinhas delicadas que andam com esmalte nas unhas. o único cara que se encaixava nos seus moldes heroicos era "big" John Thomas, que sempre fazia questão cerrada de ignorar sua presença. o garoto é judeu e "big" John Thomas desce em linha reta de Adolph. gosto dos dois – e não é de muita gente que se pode dizer isso.

– escuta aqui – diz de novo o garoto –, vou mandar ele tomar no cu.

ah, meu deus, ele é grandalhão, mas tendendo pra gordo. decerto nunca passou fome, só que por dentro é boa-praça, generoso, assustado, preocupado e meio doido, como todos nós, que tampouco tivemos sucesso, afinal.

– meu filho, deixa isso pra lá – peço. – de qualquer modo não parece toque de homem buzinando. tá com mais jeito de ser mulher. o homem para e daí a pouco recomeça, faz uma espécie de ameaça musical. já a mulher simplesmente aperta o dedo e não tira. um barulho infernal, a grande neurose feminina.

– foda-se! – exclama, e sai correndo.

pra que tudo isso?, pensei. que diferença faz? as pessoas insistem em se meter com o que não tem nada a ver. quando se dá um passo, é preciso calcular as consequências. foi o que Hem aprendeu nas touradas e aplicou em sua obra. e o que aprendi nas corridas e apliquei em minha vida. vai ver, somos dois velhos sabidos.

– alô, Hem? é o Buk.

– ah, *Buk,* que bom que você ligou.

– tava pensando em pintar por aí pra tomar uns tragos.

– ah, bem que eu gostaria, mas, ah meu deus, sabe? pode-se dizer que de momento tô meio fora da cidade.

– mas por que você fez aquilo, Ernie?

– você leu os livros. alegam que eu tava doido, vivia imaginando coisas. entrando e saindo do hospício. dizem que eu pensava que gravavam tudo o que eu falava pelo telefone, que imaginava que a C.I.A. tava querendo me foder, mandando me seguir e vigiar. você sabe, nunca fui propriamente chegado à política, mas sempre andei às voltas com a esquerda. a revolução espanhola, toda aquela cagada.

– é, a maioria dos caras que transa com literatura tende pra esquerda. parece muito romântico, mas pode virar uma cilada filha da puta.

– eu sei. pra ser franco, eu andava com uma puta ressaca e sabia que não era mais o mesmo, e quando acreditaram n'O VELHO E O MAR vi que o mundo tava perdido.

– pois é. você retomou o seu estilo inicial. mas ficou falso.

– eu sei que ficou. e ganhei o PRÊMIO. aí não largaram mais o meu pé. a velhice, também. sentado pelos cantos, bebendo feito velho fodido, contando histórias sem graça pra quem quisesse escutar. tive que estourar os miolos.

— tá legal, Ernie, não demora a gente se vê.
— é isso aí, Buk, que remédio, né?
desligou. e como.
fui lá fora pra ver o que o garoto estava aprontando.
era uma velhota num carro novo, de 69. não tirava a mão da buzina. não tinha pernas, nem seios, muito menos juízo. apenas um carro de 69 e indignação, total e absoluta. é que havia outro carro estacionado bem na frente da entrada da garagem dela. morava em casa própria. ao passo que eu tinha alugado a minha numa das últimas vilas-cortiços de DeLongpre. um dia o proprietário venderia aquilo tudo por uma nota preta e seria despejado pelo rolo compressor. que lástima. dava festinhas que só terminavam quando o dia raiava e batia máquina dia e noite. no pátio do lado morava um maluco. tudo corria às mil maravilhas. um quarteirão pro norte e dez pro oeste e podia andar por uma calçada que reproduzia as pegadas dos ASTROS e ESTRELAS. pra mim os nomes não diziam nada. não vou a cinema. não tenho aparelho de televisão. quando o rádio estragou e parou de tocar, joguei fora. estava de pifão. eu, evidentemente, o rádio não. ficou um baita buraco na tela da janela. esqueci que tinha aquilo na frente. devia ter me lembrado antes de jogar. depois, caminhando descalço e bêbado lá fora, pisei com o pé (esquerdo) nos cacos de vidro e o médico, ao abrir um talho sem aplicar anestesia, pra ver se encontrava alguma ponta encravada, perguntou:

— escuta, você nunca sai andando por aí sem saber muito bem o que está fazendo?

— o tempo todo, filhinho.

foi quando deu um corte enorme que não era preciso.

me agarrei nas pontas da mesa e corrigi:

— saio, sim, doutor.

aí ficou mais amável. por que os médicos têm que ser melhores do que eu? não consigo entender. o velho mito do curandeiro.

de modo que lá estava eu na rua, Charles Bukowski, amigo de Hemingway, do Ernie, de quem nunca li MORTE NA TARDE. onde será que consigo um volume?

o garoto falava com a louca no carro, que só queria saber de exigir que respeitassem essa babaquice de direitos de propriedade.

– nós vamos empurrar o carro e tirar da sua frente.

já falava em meu nome também. agora que tinha escrito o prefácio, era propriedade dele.

– olha, garoto, não há espaço pra empurrar o carro. e pra dizer a verdade, pouco estou ligando. vou entrar pra tomar um trago.

começou a chover. minha pele é muito sensível. que nem a de um jacaré. minha alma também. dei o fora daquilo. porra, já não chegam as guerras que tive?

vim embora e no momento exato em que entrava de novo no meu antro, na parte da frente da vila, ouvi vozes. aos berros. me virei.

e o que é que "nós" tínhamos? um garoto magrela, doido de atar, de camiseta branca, gritando com o poeta gordo judeu pra quem eu acabava de escrever um prefácio. o que é que o camiseta branca tinha a ver com aquilo? dava empurrões no meu poeta semi-imortal. com força. a velha maluca não tirava a mão da buzina.

Bukowski, será que você vai ter que testar a sua canhota outra vez? teu soco tem ímpeto de porta velha de estrebaria e só ganha uma entre dez brigas. quando foi a última vez que você ganhou uma briga, Bukowski? seria melhor andar de calcinha de mulher.

ora, porra, com uma ficha desse tipo, uma derrota a mais não é vexame.

comecei a avançar pra socorrer o jovem poeta judeu, mas vi que já estava obrigando o camiseta branca a recuar. de repente, lá do arranha-céu de 20 milhões de dólares pegado ao meu outro de cortiço, vem correndo uma moça. fiquei admirando o rebolado daquelas nádegas no luar daquele cenário falso de Hollywood.

garota, eu podia te mostrar uma coisa que você nunca irá, perdão, iria esquecer – onze centímetros de caralho duro e palpitante, puxa vida, mas nem me dá chance, passa rebolando e correndo pra salvar a sua minúscula Fiaria – ou sei lá como se escreve – 68, entra no carro, a buceta morrendo de vontade de conhecer a minha alma poética, entra no carro, liga aquele troço, tira da frente da garagem, quase me atropelando, a mim, Bukowski, BUKOWSKI, humm, e leva aquela joça pro estacionamento do subsolo do prédio de 20 milhões de pratas. por que não guardou logo lá embaixo? francamente.

o cara da camiseta branca ainda cambaleia pra lá e pra cá feito louco. o meu poeta judeu já voltou pro meu lado ali naquele luar hollywoodiano, o que é o mesmo que ficar molhado com a fedorenta água dos pratos sujos na pia. o suicídio é tão difícil, quem sabe a nossa sorte não muda, tem a PENGUIN aí no horizonte, Norse-Bukowski-Lamantia... que mais?

calma, calma, a mulher está com a passagem desimpedida, mas não consegue entrar. não sabe nem manobrar o carro direito. continua dando marcha a ré e batendo numa caminhonete branca de entregas, ali parada. lá se vão as luzes traseiras na primeira investida. recua. tenta outra vez. arranca quase a metade da porta de trás. dá ré. tenta de novo. fim pro para-choque e parte do lado esquerdo, não, do direito, é isto mesmo, do lado direito. não acontece mais nada. a entrada está livre.

Bukowski-Norse-Lamantia. edições Penguin. a sorte filha da puta desses dois outros caras de eu também estar lá.

de novo aço de merda esmagando outro aço. e, no meio, lá está ela, com a mão na buzina. o camiseta branca se balançando ao luar, fulo de raiva.

– que que tá havendo? – pergunto ao garoto.

– sei lá – confessa, afinal.

– um dia você ainda vai dar um ótimo rabino, mas devia entender o que tá havendo.

o garoto estuda pra ser rabino.

– não tô entendendo nada – retruca.

– preciso de um trago – declaro. – se o John Thomas estivesse aqui, matava todo mundo, mas acontece que não sou ele.

já estava quase indo embora, a mulher continua batendo na caminhonete branca de entregas, e eu dando no pé, quando um velhote de óculos e sobretudo marrom esvoaçante, um coroa bem idoso mesmo, mais do que eu, o que dá pra dar uma ideia da sua velhice, aparece em cena e enfrenta o magrela da camiseta branca. enfrenta? acho que é assim que se diz, não é?

de qualquer forma, como também se diz por aí, o velho de óculos e sobretudo esvoaçante vem correndo com uma baita lata de tinta verde que deve ter, no mínimo, uns cinco galões, mas, espera aí, não entendo mais nada, perdi o fio da meada, se bem que, pra começar, nem sei se isto chegou a ter fio, e não é que o velho me joga tudo em cima do magrela doido de atar de camiseta branca, que não parou de zanzar pela avenida De Longpre, nesse luar hollywoodiano de merda, sem acertar muito, mas mesmo assim sujando bastante, principalmente onde devia ter o coração, uma mancha verde junto com o branco, e isso, como tudo, aliás, acontece muito rápido, mais depressa que um piscar de olhos ou de um pulso dar duas batidas, e é por isso que se obtém descrições tão diferentes de qualquer ação, distúrbio de rua, briga de soco ou coisa que o valha, a vista e a alma não conseguem acompanhar o ritmo da AÇÃO física, mas vejo que o velho sai perdendo e cai, acho que primeiro foi um empurrão, mas sei que depois não foi. a mulher no carro para de buzinar e fica simplesmente ali sentada, aos gritos, aos berros, uma gritaria tão estridente que no fim dá no mesmo que se tivesse continuado a buzinar, está morta e liquidada pra sempre num carro de 69 e nem se dá conta arquivada e falida, jogada fora, mas dentro dela ainda há uma molécula que reconhece isso – ninguém, afinal de contas, perde a alma de todo – apenas uns 99 por cento se vão por água abaixo.

o camiseta branca acertou em cheio o velhote com o segundo murro. os óculos se estilhaçaram. deixou o infeliz esvoaçando e se atrapalhando todo com aquele sobretudo marrom. levanta do chão e o garoto lhe aplica outro soco, derrubando de novo, e mais outro quando já está tirando o rabo da calçada. o danado se diverte que só vendo.

– CRUZES! – exclama o jovem poeta pra mim. – OLHA SÓ O QUE ELE TÁ FAZENDO COM O VELHO!

– humm, muito interessante – comentei, louco de vontade pra fumar ou, pelo menos, tomar um trago.

voltei a andar na direção da vila. nisso vejo o carro da radiopatrulha e apresso o passo. o garoto vem atrás.

– por que a gente não vai até lá e conta o que houve?

– porque não houve nada, a não ser que todo mundo virou doido e burro por causa da vida que leva. nesta sociedade só tem duas regras de ouro: nunca ser pego em flagrante sem grana no bolso ou estando alto com qualquer tipo de barato.

– mas ele não devia ter feito aquilo com o velho.

– é pra isso que os velhos servem.

– e onde fica a justiça?

– mas a justiça é assim mesmo: os moços malham os velhos, os vivos malham os mortos. deu pra entender?

– mas você diz essas coisas e no entanto é velho.

– eu sei. vamos entrar.

fui buscar mais cerveja e ficamos ali sentados. mesmo lá dentro dava pra ouvir o rádio do imbecil do carro da radiopatrulha. 2 garotões de vinte e dois anos, armados de pistola e porrete, transformados em árbitros sumários de 20 séculos de cristianismo idiota, homossexual e sádico.

não é de admirar que se sintam tão bem com seus uniformes pretos macios e engomados, a maioria sendo funcionário público da baixa classe média que tem que comer bife na frigideira e uma esposa de rabo e pernas apenas sofríveis, e uma casinha sossegada lá pela Merdalândia – mas capaz de matar a gente pra provar que Los Angeles está absolutamente certa, vamos ter que prender o senhor, sentimos muito, moço, mas não há outro jeito.

20 séculos de cristianismo e, no fim, o que é que deu? rádios de carropatrulha querendo consertar uma bosta que não tem compostura, e o que mais? guerras aos montes, incursõezinhas aéreas aqui e ali, assaltantes soltos pelas ruas, punhaladas, tanta loucura que nem dá pra enumerar tudo, e a gente simplesmente permite que andem circulando por aí, fardados de polícia ou à paisana.

como disse, estamos lá dentro e o garoto não desiste da ideia.

– ei, vamos lá contar pra polícia o que aconteceu.

— não, rapaz, tenha paciência. quando se está de pileque a gente é sempre culpado, não importa o que acontecer.
— mas estão aí fora, vamos contar lá pra eles.
— não há nada pra contar.

o garoto me olha como se eu fosse uma espécie de covarde cagão. e sou. o tempo mais longo que passou na cadeia foram 7 horas por causa de um protesto qualquer no campus universitário a leste de L. A.

— meu filho, acho que tá na hora de se recolher.

atiro-lhe um cobertor pro sofá e ele deita. pego 2 garrafinhas de cerveja, abro, coloco na mesa de cabeceira da minha cama alugada, tomo um bom gole, me espreguiço, e fico aguardando a morte como devem ter feito Cummings, Jeffers, o lixeiro, o jornaleiro, o vendedor de "barbadas" no hipódromo...

termino a cerveja.

o garoto acorda lá pelas 9 e meia da manhã. não entendo esses tipos madrugadores. Micheline também era assim. correndo pra lá e pra cá, tocando campainha, acordando todo mundo. uma raça de gente nervosa, sempre disposta a derrubar paredes. sempre achei que só um imbecil irrecuperável se acorda antes do meio-dia. Norse teve a melhor ideia – ficar sentado de roupão e pijama de seda, se lixando pro resto do mundo.

abro a porta pro garoto sair e lá se vai ele por esse mundo afora. a tinta verde já secou no meio da rua. o pássaro azul de Maeterlinck morreu. Hirschman está sentado num quarto escuro com um puto de um faro certeiro.

e eu escrevi mais um PREFÁCIO pra outro volume de poemas de alguém. quantos ainda?

— ei, Bukowski, estou com este livro de poemas aqui. achei que devia trazer pra você ler e dar opinião.
— dar opinião? mas eu não gosto de poesia, cara.
— não tem importância. diz qualquer coisa.

o garoto se foi. tenho que dar uma cagada. a privada está entupida; o senhorio só volta daqui a 3 dias. cago e ponho a merda dentro de uma sacola de papel pardo. depois saio e ando com aquilo feito cara que vai pro trabalho com almoço. aí então, quando encontro um terreno baldio, jogo lá a sacola.

três prefácios. 3 sacolas de merda. ninguém jamais há de compreender como Bukowski sofreu.

volto pra casa, sonhando com mulheres deitadas de costas e uma fama imorredoura. prefiro as primeiras. e o meu estoque de sacolas está quase no fim. de papel, bem entendido. 10 da manhã. eis que chega o carteiro. uma carta da Grécia, de Beiles. diz que lá também chove.

ótimo, então, e fico sozinho aqui dentro de novo, e a loucura noturna continua de dia. me acomodo na cama, deitado de costas, com o olho parado no teto, e presto atenção nesta chuva sacana.

Vermelho feito camarão

Um lado da enfermaria, marcado como A-1, A-2, A-3 e assim por diante, era reservado aos homens, enquanto o outro, B-1, B-2, B-3, etc. ficava pras mulheres. Mas depois resolveram que o tratamento surtiria mais efeito se confraternizássemos de vez em quando, e o efeito foi imediato – fodíamos dentro de armários, lá fora no jardim, atrás da estrebaria, por tudo quanto é canto. Muitas mulheres se internavam fingindo se de loucas porque o marido as surpreendera em flagrante com outros homens, mas era pura tapeação – pediam pra ser internadas, conquistavam a piedade do coroa, depois saíam e faziam tudo de novo. Aí então voltavam pra clínica, saíam outra vez e por aí afora. Mas enquanto ficavam ali dentro não podiam passar sem aquilo e fazia-se o possível pra não decepcioná-las. E o pessoal do hospital, naturalmente, vivia tão ocupado – os médicos trepando com as enfermeiras, os serventes transando uns com os outros – que nem desconfiava do que se andava fazendo. O que era muito conveniente.

Já vi gente mais louca aqui fora – em tudo quanto é lugar que se olhe: nas lojas de ocasião, nas fábricas, agências de correio, butiques especializadas em animais de estimação, nas partidas de beisebol, nos escritórios políticos – do que lá dentro. Volta e meia me perguntava por que estariam assim confinados. Tinha um cara, bastante legal, podia-se falar facilmente com ele, se chamava Bobby, que ninguém dizia que era louco; parecia, aliás, bem mais normal que alguns psiquiatras que pretendiam nos curar. Impossível conversar com eles, por rápido que fosse, sem também acabar se sentindo maluco. O motivo da maioria se dedicar a essa profissão é porque vive preocupada com a própria sanidade mental. E examinar a cuca da gente é a pior coisa que um louco pode fazer, todas as teorias em contrário não passando de papo furado. De vez em quando um biruta se saía com perguntas desta ordem:

– Ei, cadê o dr. Malov? Não vi ele hoje. Entrou em férias? Ou foi transferido pra outra clínica?

– Entrou em férias – respondia outro doido –, e foi transferido pra outra clínica.

– Não entendi.

– Facão de açougueiro. Nos pulsos e na goela. Não deixou explicação.

– Era um sujeito tão bacana.

– Ah, pois é, porra.

Taí uma coisa que não consigo entender. Me refiro à fofoca em lugares assim. Onde há fumaça tem fogo. Nas fábricas, em grandes instituições desse tipo... sempre tem alguém pra dizer que aconteceu isto e aquilo com fulano ou beltrano; e, o que é pior, com dias, semanas de antecedência sobre fatos que no fim são verdades – o Velho Joe, que trabalhava lá fazia 20 anos, ia ser despedido ou então todos nós íamos pro olho da rua, qualquer coisa desse tipo, era sempre verdade. Outra coisa que não dá pra entender, voltando aos médicos psiquiatras, é por que têm que tomar sempre o caminho *mais longo*, quando dispõem de todos aqueles comprimidos ao alcance da mão. Não há nenhum com a cabeça no lugar.

Bom, seja lá como for, voltando à vaca fria – os casos mais adiantados (no sentido de mais próximos, aparentemente, da cura) tinham licença pra sair às 2 da tarde, nas segundas e quintas, e precisavam regressar lá pelas 5 e meia pra não perder essa regalia. Isso se baseava na teoria de que a gente podia se adaptar, aos poucos, à sociedade. Sabe como é, em vez de simplesmente passar direto da enfermaria dos loucos pra aqui fora na rua. Basta olhar ao redor pra logo querer voltar lá pra dentro. Depois de ver todos os outros malucos que tem aqui fora.

Eu aproveitava a saída das segundas e terças pra visitar um médico com quem mantinha uma transa meio marota: ele me arranjava um estoque gratuito de dexedrina, benzedrina, librium e tudo quanto é espécie de bolinha, que depois eu vendia pros pacientes. Bobby comia aquilo como se fosse doce e era podre de rico. Como a maioria, aliás. Como já disse, volta e meia me perguntava o que Bobby estava fazendo na clínica. Parecia normal em quase todos os sentidos. Só tinha uma pequena mania: de vez em quando levantava, enfiava as mãos no bolso e erguia a perna bem alto, dando 8 ou dez passos assim, ao mesmo tempo que assobiava uma musiquinha sem graça. Uma melodia qualquer que sabia de cor; sem nada de maior, e sempre a mesma. Só durava poucos segundos. Era a única coisa que tinha de esquisito. Mas não parava de fazer isso, talvez 20 ou 30 vezes por dia. No começo até se pensava que estivesse brincando, dizendo, puxa, que camarada mais gozado e simpático. Aí, depois, via-se que *tinha* que fazer aquilo.

Muito bem. Onde foi que eu parei? Ah, sim. As moças também recebiam licença pra sair às 2 da tarde e aí a nossa chance com elas melhorava muito. Ficava quente demais foder dentro de armário o tempo todo. Mas a gente precisava agir bem depressa, por causa do pessoal que caçava por lá. Caras de carro, que conheciam o horário da clínica e encostavam perto delas, convidando pra entrar e levando embora nossas esplêndidas e desamparadas parceiras.

Antes de bolar o lance dos entorpecentes, vivia sempre duro e metido em enrascadas. Numa vez tive que levar uma das melhores, a Mary, pro toalete feminino de um posto de gasolina da Standard Oil. Foi o maior problema pra achar uma posição conveniente – ninguém gosta de trepar no chão de um mictório – e de pé não dava certo – muito incômodo – e então me lembrei de um macete que já tinha usado noutra ocasião. Na latrina de um trem que atravessava o estado de Utah. Com uma jovem índia muito simpática, bêbada de tanto tomar vinho. Pedi pra Mary pra colocar a perna em cima da pia e me ajeitei ali mesmo. E aí meti. Não podia ter sido melhor. Portanto, não esqueça. Algum dia você talvez venha a precisar dessa dica.

Inclusive, pode-se abrir a torneira da água quente pra molhar os bagos e aumentar a sensação.

Seja lá como for, a Mary saiu primeiro do toalete feminino e só depois abri a porta. O empregado do posto me viu.

– Ei, cara, o que é que você tava fazendo aí no banheiro das mulheres?

– Ai, credo, bicho! – exclamei, desmunhecando pra valer. – Que olho *danadinho* que você tem, hem?

E saí requebrando. Parece que não teve a mínima dúvida. O que me deixou preocupado pra caralho durante umas duas semanas. Mas depois esqueci...

Pelo menos espero. Mas, como ia dizendo, as drogas começaram a render. Bobby engolia de tudo. Cheguei até a lhe impingir umas pílulas anticoncepcionais. Engoliu direitinho.

– Negócio *da pesada,* cara. Vê se me consegue mais, tá?

Pulon, porém, era o mais estranho de todos. Ficava apenas sentado, quieto, na frente da janela e não se mexia pra nada. Jamais entrava no refeitório. Ninguém nunca viu ele comer. Passavam-se semanas, e ele lá na janela. Conseguia até se dar com os loucos mais doidos – gente que não falava com os outros, nem mesmo com os médicos. Se paravam ali de pé, a conversar com Pulon. Trocavam ideias, sacudiam a cabeça, riam e fumavam. Descontando-se o Pulon, quem se entendia melhor com os casos perdidos era eu. Os psiquiatras perguntavam pra nós dois:

– Como é que vocês conseguem entrar em contato com eles?

Fazíamos cara de sonsos e não respondíamos.

Mas Pulon conversava com gente que há 20 anos não abria a boca. Diziam tudo o que ele queria saber e lhe contavam coisas. Pulon era estranhíssimo. Uma dessas inteligências privilegiadas que preferem morrer a revelar um segredo. O que talvez explicasse o motivo de todo aquele mutismo. Só presunçosos vivem dando conselhos e com resposta pra tudo.

– Escuta aqui, Pulon – eu dizia –, você não come nada. Nunca te vi comendo alguma coisa. Como é que faz pra sobreviver?

– Hihihihihihihi. Hihihihihihi...

Me oferecia pra determinados serviços só pra sair da enfermaria, pra dar umas voltas pela clínica. Bancava um pouco o Bobby, só que não sungava a calça nem assobiava versões desafinadas da *Carmen* de Bizet. Andava com mania de suicídio e com crises de depressão aguda; não suportava ajuntamentos perto de mim e, acima de tudo, não *tolerava* entrar em fila comprida pra esperar seja lá o que fosse. E é nisto que toda a sociedade está se transformando: em longas filas à espera de alguma coisa. Tentei me matar com gás e não consegui. Mas tinha outro problema. Levantar da cama. Sempre tive ódio disso. Vivia afirmando: "As duas maiores invenções da humanidade foram a cama e a bomba atômica; não saindo da primeira, a gente se salva, e, soltando a segunda, se acaba com tudo". Acharam que estava louco. Brincadeira de criança, é só disto que essa gente entende: brincadeira de criança – passam da placenta pro túmulo sem nem se abalar com este horror que é a vida.

Sim, eu odiava ter que me levantar da cama de manhã. Significava que a vida ia recomeçar e depois que se passa a noite inteira dormindo cria-se uma espécie de intimidade especial que fica muito difícil de abrir mão. Sempre fui solitário. Você vai me desculpar, creio que não regulo bem da cabeça, mas a verdade é que, se não fosse por uma que outra trepadinha legal, não me faria a mínima diferença se todas as pessoas do mundo morressem. É, sei que isso não é uma atitude simpática. Mas ficaria todo refestelado aqui dentro do meu caracol. Afinal de contas, foram essas pessoas que me tornaram infeliz.

Cada manhã era o mesmo:

– Bukowski, levanta!

– Quêêê?

– Levanta, Bukowski, já disse!

– Tô indo...

– Não tem nada de "tô indo"! De pé! Anda de uma vez, seu chato!

– ... ah... vai foder a vovozinha...

– Vou chamar o dr. Blasingham.

– Ele que se foda também.

E lá me vinha o Blasingham a toda, inquieto, um pouco sem jeito, sabe, estava de dedo enfiado numa das estagiárias de enfermagem na sua sala, que já sonhava com casamento e férias na Riviera fran... com um velho gagá incapaz de endurecer a pica. O dr. Blasingham. Sanguessuga dos subsídios municipais. Um trambiqueiro que não valia porra nenhuma. Por que não havia sido ainda eleito presidente dos Estados Unidos é algo que não dá pra entender. Talvez por nunca aparecer em público – de tão ocupado em bolinar e babar calcinha de enfermeira...

– Muito bem, Bukowski. DE PÉ!

– Não dá pra fazer nada. Não dá pra fazer absolutamente nada. Não tá vendo?

– De pé. Senão perde todas as regalias.

– Porra. É o mesmo que dizer que a gente vai ficar sem a camisinha quando tem nada pra se foder.

– Tá certo, seu cretino... Eu, dr. Blasingham, vou começar a contar até três. . . Olha, aí vai... Um... Dois...

Saltei da cama.

– Todo homem é vítima de um meio que se recusa a compreender sua alma.

– Você perdeu a sua no jardim da infância, Bukowski. Agora vá se lavar e se arrume pra tomar café...

No fim, me encarregaram de tirar leite das vacas – o que me obrigava a madrugar mais do que os outros. Mas até que ficar puxando as tetas daquelas vacas não era nada mal. E uma manhã combinei um encontro com a Mary no estábulo. Com toda aquela palha. Ia ser o maior barato. Estava ordenhando as tetas quando Mary me aparece, parada ao lado de uma vaca.

– Vamos nessa, Python.

Sempre me chamava de Python. Não sei por quê. Quem sabe me confundia com o Pulon?, pensava. Mas, porra, que adianta a gente pensar? Só se arruma encrenca.

De qualquer forma, subimos lá pra cima do palheiro, já sem roupa; os dois pelados feito ovelha tosquiada, tremendo de frio, com a palha seca e dura espetando na gente como gelo pontudo. Porra, até parecia que se estava vivendo um desses romances antigos, puta merda, que sensação!

Com jeito, meti. Estava ótimo. Quando ia ficando sensacional, o mundo veio abaixo como se um exército italiano em peso tivesse irrompido no estábulo...

– EI! PARA! PARA! SOLTA ESSA MULHER!
– SAI JÁ DE CIMA DELA!
– TIRA ESSE TEU PAU DO BURACO!

Um montão de serventes masculinos, todos sujeitos legais, quase tudo bicha, porra, nada tinha contra eles, até então – olha só: lá vinham eles subindo pela escada acima.

– PARA COM ISSO, SEU ANIMAL!
– SE VOCÊ GOZAR, FICA CAPADO!

Acelerei, mas não adiantou. Eram em 4. Me arrancaram pra fora e me deitaram de costas.

– PUTA QUE PARIU, ESPIA SÓ O TAMANHO!
– VERMELHO FEITO CAMARÃO E QUASE DO COMPRIMENTO DE UM BRAÇO! PALPITANTE, GIGANTESCO, MEDONHO!
– E SE NÓS...?
– A gente pode perder o emprego.
– Talvez valha a pena.

Foi então que o dr. Blasingham chegou. Ainda bem.

– Que é que está havendo aí em cima? – perguntou.
– Já controlamos este cara, doutor.
– E a mulher?
– A mulher?
– É.
– Ah... tá doida de atar.
– Muito bem, manda os dois se vestir e leva lá na minha sala. Um de cada vez. Primeiro a mulher!

Me deixaram esperando do lado de fora, diante da porta do santuário particular de Blasingham. Fiquei ali sentado entre dois serventes, naquele banco de madeira, folheando revista, ora a *Atlantic Monthly*, ora a *Reader's Digest*. Uma verdadeira tortura. O mesmo que morrer de sede no deserto e alguém perguntar se a gente prefere chupar esponja ressequida ou despejar 9 ou dez grãos de areia na goela...

Desconfio que Mary levou uma autêntica surra de língua do nosso bom médico.

Depois tiraram, praticamente à força, ela lá de dentro e me empurraram por diante. Blasingham parecia muito invocado com a história toda. Disse que vinha me observando há vários dias pelos binóculos. Fazia semanas que desconfiava de mim. 2 casos inexplicáveis de gravidez. Respondi que privar um homem de sexo não é a maneira mais saudável de ajudá-lo a recuperar o juízo. Ele alegou que se podia transferir a energia sexual para a espinha dorsal e aplicá-la noutros fins mais produtivos. Eu disse que acreditava que isso seria possível só se a transferência fosse *espontânea,* mas que do contrário duvidava muito que a espinha *sentisse vontade* de aplicar a energia para fins produtivos.

Bem, no fim acabei perdendo duas semanas de regalias. Mas um dia, antes de esticar a canela, espero poder transar em cima da palha. Interrompendo a minha trepada daquele jeito, o mínimo que se pode dizer é que ficaram me devendo uma.

Olhos cor do céu

há coisa de pouco tempo, Dorothy Healey veio me procurar. eu estava de ressaca e com barba de 5 dias. já tinha até esquecido, mas uma noite destas o nome dela veio à baila durante uma cerveja tranquila, sem querer, falei que ela havia estado lá em casa pra um rapaz sentado na minha frente na sala.

– por que é que ela veio te procurar? – perguntou.

– sei lá.

– que foi que ela disse?

– não me lembro mais. só sei que estava toda alinhada, com um vestido azul muito bonito, que combinava que era uma beleza com os olhos dela.

– não se lembra do que foi que ela disse?

– nem um pouco.

– vocês transaram?

– claro que não. Dorothy sempre toma muito cuidado com quem ela trepa. imagina só o escândalo que seria se fodesse, sem querer, com um agente do F.B.I. ou com o dono de uma cadeia de sapatarias.

– tenho impressão de que os machos da Jackie Kennedy também têm que ser escolhidos a dedo.

– evidente. por causa da Imagem. com toda a certeza nunca há de trepar com o Paul Krassner.

– se trepasse, gostaria de assistir.

– de toalha na mão?

– não, com aquilo tudo na mão – respondeu.

e os olhos de Dorothy Healey eram de um azul tão bonito...

as histórias em quadrinhos passaram a ser sérias há muito tempo e, por incrível que pareça, ficaram mais engraçadas. em certo sentido, tomaram o lugar das novelas de rádio. ambas têm em comum a mania de reproduzir a realidade da maneira mais sisuda. e é nisso que está a graça – o realismo delas é tão cafona que a gente só pode dar risada, se não estiver com dor de barriga.

no *Los Angeles Times* de hoje (no momento em que escrevo estas linhas) saiu o desfecho de uma cena *hippie-beatnik* na Mary Worth. antes o rebelde universitário, com barba e suéter de gola rolê, tinha fugido com a rainha da faculdade, uma loura de cabelo comprido e corpo perfeito (eu quase entrava em orgasmo olhando pra ela). a gente nunca chegou a saber direito quais eram os ideais do tal rebelde universitário. de qualquer forma, não quero chatear ninguém com a descrição da história. tudo termina com o gordo paipai mau caráter, de gravata, terno grã-fino, careca e cara de advogado, fazendo uma preleção moralista pra cima do barbudo e lhe oferecendo emprego na empresa, pra ter meios de sustentar condignamente a filha boazuda. a princípio o *hippie-beatnik* não aceita a proposta e desaparece da página, e o paipai e a filha começam a fazer as malas pra voltar pra casa e deixar o boboca entregue a seus ideais, quando de repente surge o *hippie-beatnik*. "Joe!..." – exclama a filha boazuda. "– O que você fez?" e Joe entra em cena todo SORRIDENTE e SEM BARBA: "Apenas achei que você devia ver como é realmente o seu marido, meu bem... antes que seja tarde demais!" e aí se vira pro paipai: "Também achei que a barba só iria me prejudicar, Mr. Stevens... como CORRETOR IMOBILIÁRIO!" "Quer dizer, então, que você finalmente recobrou o JUÍZO, meu filho?", pergunta o coroa. "Sim, e que estou disposto a pagar o preço que o senhor estipulou pra sua filha!" (ah, sexo, ah amor, ah FODAM-SE!) "Mas" – continua o nosso ex-hippie –, "ainda pretendo combater a INJUSTIÇA... onde quer que ela esteja!" ué, ainda bem, porque injustiça é o que não falta no meio das imobiliárias. depois, pra encerrar com chave de ouro, o paipai sai-se com esta: "Só que você vai ter uma grande SURPRESA, Joe!... quando descobrir que nós, os velhos caretas, também lutamos por um mundo melhor! e que simplesmente não acreditamos que seja preciso TACAR FOGO na casa pra se livrar do cupim!"

mas, seus velhos caretas, a gente não resiste à pergunta, o que é, exatamente, que vocês ESTÃO fazendo? aí se passa pra página seguinte, APARTAMENTO 3-G, onde um professor de faculdade discute com uma garota milionária e lindíssima o amor que ela sente por um médico moço, idealista e paupérrimo. o tal médico tem verdadeiras explosões de mau gênio – arranca toalhas e pratos de cima das mesas de restaurante, atira sanduíches de ovo pra cima no ar, e, se não me engano, surra os namorados que ela já teve. fica danado da vida porque a bela e riquíssima herdeira não para de lhe oferecer dinheiro, mas enquanto isso vai aceitando um carro novo de luxo, uma sala suntuosamente decorada no bairro mais chique da cidade e outras mordomias. agora, se esse tal médico fosse jornaleiro na esquina, ou carteiro, não ganhava nada disso e só queria ver se ele iria a boates pra derrubar o jantar, o vinho, as xícaras de café, as colheres e sei lá mais o que no soalho e depois voltando a se sentar, sem nem se desculpar. não gostaria nem um pouco que ESSE médico operasse as minhas hemorroidas renitentes.

portanto, quando você for ler histórias em quadrinhos, ria à vontade e fique sabendo que, em parte, é pra isso que existem.

fui procurado ontem por um professor universitário local. não se parecia com Dorothy Healey, mas a mulher dele, uma poetisa peruana, era boa à beça. confessou que andava farto das reuniões sempre iguais e sem graça da pretensa POESIA NOVA. a poesia continua sendo a maior picaretagem de esnobes no terreno das Artes, com panelinhas literárias lutando por prestígio. ainda acho que o maior antro de pedantes inventado até hoje foi o velho grupo da MONTANHA NEGRA. e Creeley continua sendo temido, dentro e fora das universidades – temido e admirado –, mais que qualquer outro poeta. depois temos os acadêmicos, que, como Creeley, escrevem tudo certinho. no fundo, a poesia de maior aceitação hoje em dia ocupa uma redoma de vidro, vistosa e escorregadia, e aquecida pelo sol ali dentro existe uma junção de palavras formando um todo meio metálico e desumano ou um ângulo semiescondido. é uma poesia pra milionários e gordos desocupados, e portanto sempre conta com mecenas e sobrevive, pois o segredo consiste em reunir um bando de eleitos e o resto que se foda. mas é uma poesia sem vida, chatérrima, a tal ponto que a sua insipidez é interpretada como possuindo um significado oculto – o significado está oculto, evidentemente, e de maneira tão perfeita que é o mesmo que se não existisse. mas se VOCÊ não consegue descobri-lo, é por falta de alma, sensibilidade e não sei mais o quê, portanto TRATE DE DESCOBRIR SENÃO VAI SE SENTIR HUMILHADO. e se por acaso não descobrir, então BICO CALADO.

a todas essas, cada 2 ou 3 anos, algum acadêmico, querendo garantir seu lugar na hierarquia universitária (e se você pensa que o Vietnã é um inferno, precisa ver o que acontece entre essas chamadas sumidades em matéria de guerras de intriga e poder dentro de seus próprios cubículos), apresenta a mesma velha antologia de poemas sintéticos e sem culhões com o rótulo de A NOVA POESIA ou A NOVÍSSIMA POESIA, que sempre vem a dar no mesmo baralho de cartas marcadas.

bom, o tal profe era, evidentemente, um jogador. disse que estava farto do jogo e queria publicar alguma coisa que tivesse força, um pouco mais de criatividade. tinha lá as suas opiniões, mas queria saber quem eu achava que estava escrevendo DE FATO a nova poesia, quem eram os caras e onde encontrar os poemas. pra falar a verdade, fiquei sem ação. a princípio mencionei alguns nomes: Steve Richmond, Doug Blazek, Aí Purdy, Brown Miller, Harold Norse, etc., mas de repente percebi que conhecia quase todos pessoalmente, ou então por correspondência. senti uma pontada de vergonha. se indicasse só esses, seria uma espécie de repeteco de um troço igual a MONTANHA NEGRA – uma dessas panelinhas tipo "na crista da onda". é assim que a morte começa. uma morte gloriosa e pessoal, mas, seja lá como for, absolutamente em vão.

portanto, digamos que os deixasse de fora e fizesse o mesmo com a turma da poesia manjada, "de redoma"; o que sobraria? uma obra simplesmente dinâmica, extremamente viva, dos jovens que mal começam a escrever e publicar em revistinhas editadas por outros jovens simplesmente dinâmicos e vivos. pra eles, o sexo é novidade e a vida uma coisa relativamente nova, assim como a guerra também, o que está absolutamente certo e é estimulante. ainda não se "acostumaram" com nada. mas cadê a continuação? escrevem uma frase boa e de repente 14 ruins. às vezes deixam a gente até com saudade do trabalho laborioso e constipado de um Creeley – e todos adotam o mesmo estilo. aí a gente também sente a falta de Jeffers, um cara que se refugiava atrás de uma rocha e gravava as pedras com o sangue do seu coração. dizem que não se deve confiar em ninguém com mais de 30 anos e, sob o ponto de vista percentual, a recomendação se justifica – a maioria, nessa idade, já se vendeu. de modo que, em certo sentido, COMO POSSO CONFIAR EM ALGUÉM COM MENOS DE 30? uma vez que é bem provável que termine se vendendo? com Mary Worth, ao fundo, metendo o dedo no nariz.

bom, pode ser que seja um problema da época. por enquanto, em matéria de poesia (onde se inclui um tal de Charles Bukowski) simplesmente não temos, a essa altura do campeonato, simplesmente não TEMOS os detonadores, os temíveis inovadores, os homens, os deuses, os verdadeiros bambas, capazes de nos arrancar da cama ou nos ajudar a suportar o tenebroso fosso infernal das fábricas e das ruas. os T. S. Eliots não existem mais; Auden desistiu de tudo; Pound está à espera da morte; Jeffers deixou uma lacuna que jamais será preenchida por alguma celebração amorosa coletiva no Grand Canyon; mesmo o velho Frost possuía uma certa grandeza espiritual; Cummings não permitia que ninguém pegasse no sono; Spender, "será que a vida deste homem está morrendo", parou de escrever; Dylan Thomas foi morto pelo uísque americano, pela admiração e pela mulher americana; até Sandburg, cujo talento definhou há tanto tempo e que entrava nas salas de aula de todo o país sem cortar o cabelo branco, tocando mal o violão e com os olhos confusos, até Sandburg recebeu um pontapé da morte na bunda.

Vamos e venhamos: os gigantes se foram e não apareceu ainda ninguém pra ocupar os seus lugares. pode ser que agora apareça. nestes tempos de Vietnã, de África, de árabes. pode ser também que as pessoas queiram mais do que os poetas andam dizendo. e até que sejam justamente elas os derradeiros poetas – basta um pouco de sorte. deus sabe o quanto detesto poetas. não gosto de ficar sentado na mesma sala com eles. mas é forçoso reconhecer que não fica nada fácil dizer do que se gosta de fato. as ruas não oferecem consolo. o cara que enche o meu tanque de gasolina no posto da esquina parece a mais odiosa e abominável das bestas. e quando vejo fotos do meu presidente ou ouço ele falar, me dá a impressão de ser um palhação descomunal, uma criatura insípida, feita de estuque, com poder de decidir sobre a minha vida, as minhas chances e as de tudo o que é gente. e não consigo entender. e assim como acontece com o nosso presidente, acontece também com a nossa poesia. pode-se afirmar, praticamente, que foi a nossa falta de dignidade que colocou esse homem onde ele está – todo país tem o presidente que merece. Johnson não corre o menor risco de ser alvejado pela bala de um assassino, não pelo incremento das medidas de segurança, mas porque ninguém vai querer desperdiçar bala pra matar um homem que já está morto.

o que nos traz de volta ao professor e à pergunta que me fez: quem se vai incluir num volume de poesia verdadeiramente nova? ninguém, a meu ver. desista dessa antologia. as possibilidades são quase nulas. se quiser ler um troço forte, decente e humano, sem tapeações, então teria que ser o Al Purdy, que é canadense. mas o que vem a ser isto afinal: um canadense? apenas alguém, sentado num galho de árvore, lá em cima, com a cabeça nas nuvens, cantando, aos brados, lindas músicas de rodas de fogueira, com um copo de vinho feito em casa na mão. o tempo – se dele dispormos – dirá a medida exata da sua poesia, do seu valor como poeta.

portanto, professor, me desculpe a falta de cooperação. serviria como uma espécie de rosa (TELÚRICA?) pra minha lapela. estamos perplexos, e isso inclui os Creeleys, você, eu, Lyndon Johnson, Cassius Clay, Powell, o último tiro de espingarda do Hem, a imensa tristeza da minha filhinha gatinhando pelo soalho na minha direção. não há quem não sinta, cada vez mais, essa desnorteante perda de dignidade e diretriz e todos andamos à cata de alguém que preencha os atributos de Cristo antes de acontecer a Catástrofe, mas até agora nenhum Gandhi ou Castro DO INÍCIO surgiu no horizonte. só a Dorothy Healey, de olhos cor do céu. que não passa de uma reles comunista.

em que ficamos, então? Robert Lowell rejeitou o convite que Johnson lhe fez pra uma espécie de recepção nos jardins da Casa Branca. gostei de ver. já foi um começo. mas Lowell, infelizmente, escreve muito bem. demais, até. e está se debatendo entre uma coisa, que lembra a poesia de redoma, e a dura realidade, sem se decidir – e assim mistura as duas coisas e fracassa em dobro. bem que gostaria de ser uma criatura humana, mas fica castrado por suas próprias concepções poéticas. Ginsberg, enquanto isso, dá gigantescos saltos mortais extrovertidos diante dos nossos olhos, percebendo a lacuna e tentando preenchê-la. pelo menos sabe o que está errado – mas simplesmente faltam-lhe as qualificações artísticas necessárias para o que se propõe.

de qualquer modo, obrigado pela visita, professor. muitos desconhecidos vêm bater na minha porta. dá até pra chatear.

não sei o que irá acontecer conosco. precisamos contar com a sorte. e a minha, ultimamente, vai de mal a pior. e o sol já está saindo. e a Vida, por mais medonha que pareça, talvez valha a pena ser vivida uns 3 ou 4 dias a mais. acha que dá pra conseguir?

Uma para Walter Lowenfels

Sacudiu a ressaca do corpo, levantou da cama e foi abrir a porta. lá estavam as duas, a mulher e a filha. a criança entrou correndo, seguida pela mãe. vinham de muito longe, lá do Novo México. mas antes tinham ficado uns dias em casa da Big Billy, a lésbica. a menina se atirou no sofá e começou a brincar, como sempre fazia, quando reencontrava o pai. era gostoso revê-la. porra, se era.

– Tina tá com o dedão do pé inflamado. ando grilada com isso. passei dois dias meio zonza e quando vi, tava com esse troço aí no pé.

– também pudera, andando descalça por aquelas latrinas...

– NÃO TEM NADA A VER! COMO SE O MUNDO TODO NÃO FOSSE UMA BAITA LATRINA! – berrou.

uma mulher que quase nunca penteava o cabelo, que só se vestia de preto, seu luto de protesto contra a guerra, que deixou de comer uva desde que os agricultores entraram em greve, que era comunista e escrevia poemas, que nunca perdia nenhum congresso amoroso ao ar livre, que fazia cinzeiros de barro, fumava e tomava café sem parar, que vivia às custas da pensão que a mãe e uma série de ex-maridos lhe davam, que morava com uma porção de homens e adorava torrada com geleia de morango. que usava os filhos como armas de defesa e por isso tinha um atrás do outro. embora não conseguisse entender como é que um homem podia ir pra cama *com ela,* a verdade é que, evidentemente, tinha ido e a embriaguez, porra, não era desculpa. só que nunca mais ficaria *tão* bêbado assim. lembrava-lhe, intrinsecamente, uma fanática religiosa às avessas – tinha sempre razão, entende, xará? porque todas as suas ideias estavam absolutamente certas: pacifismo, amor, Karl Marx, todo esse papo furado. também não acreditava em TRABALHO, mas, no fundo, quem acredita? o último serviço que prestou foi durante a Segunda Guerra Mundial, quando se alistou nas WACS*, pra salvar o mundo da fera que encerrava pessoas vivas nos fornos dos crematórios: A. Hitler. já no campo intelectual a guerra era *santa,* entende, xará? e agora queria botar o *marido* no forno.

– puta que pariu, telefona pro meu médico.

sabia o número e conhecia o médico: nisso era ótima. ligou *na mesma hora.* depois chegou a vez do café, dos cigarros e de falar do projeto de vida comunitária lá no Novo México.

– alguém colou o teu poema PENICO DOS HOMENS na latrina. e lá agora tem um velho que vive bêbado, o Eli, de 60 anos, que tira leite da cabra.

estava se esforçando pra dar um toque humano naquilo, pra tentar encurralá-lo por lá, no meio das moscas, tirando-lhe qualquer possibilidade de sossegar o rabo num canto, de ir às corridas de cavalo ou curtir sua cervejinha em paz, e aí então seria obrigado a ficar em casa, assistindo às trepadas que daria com retardados mentais, sem o menor direito de sentir ciúme, apenas o horror e a depressão, simples e pastosa, de robôs humanos envolvidos num ato maquinal, procurando reavivar almas de argamassa com esguichos de esperma.

– que nada – retrucou –, eu ia chegar lá, dava uma olhada naqueles morros cobertos de pó, no cocô das galinhas e acabar gritando feito doido. ou encontrando um jeito de me matar.

– você ia gostar do Eli. também passa o tempo todo bebendo.

ele jogou a lata de cerveja dentro da sacola de papel.

– não preciso ir até lá pra achar um pau-d'água de 60 anos. por aqui é o que não falta. e se não achar, basta esperar 12 anos. se eu chegar a emplacar.

---

* *WACS (Women Army Corps)* = Serviço Feminino do Exército.

tendo perdido essa, se concentrou no café e no cigarro com uma espécie de fúria dissimulada e no entanto, ao mesmo tempo, meio impotente; e se alguém acha que não existe uma coisa dessas, bem, é porque não conhece a nossa Madame Tudo-pelo-Amor, Abaixo a Guerra; Dona escritora-de-poemas, a Senhora que-senta-no-tapete, rodeada de amigos e só fica dizendo bobagem.

era quarta-feira e ele foi TRABALHAR de noite, enquanto ela levava a criança pra livraria mais próxima, onde o pessoal se reunia pra ler pros outros o que escrevia. Los Angeles estava infestada de lugares assim. de gente que escrevia troços indignos de limpar cu de gato e ficava lendo aquilo pros outros e todo mundo a se elogiar mutuamente. uma espécie de punheta espiritual na falta de melhor coisa pra fazer. dez pessoas podem ficar puxando saco entre si, valorizando à beça o tipo de literatura que fazem, mas às vezes se torna difícil pra caralho encontrar uma 11ª e é claro que não adianta mandar pra PLAYBOY, THE NEW YORKER, THE ATLANTIC, EVERGREEN, pois ninguém é capaz de reconhecer o que é *bom,* compreende, xará? "o que se lê nessas reuniões é muito melhor que todas as grandes e pequenas revistas juntas..." tinha lhe dito uma dessas nulidades dez anos atrás.

porra, pelos ossos da minha mãe morta...

nessa noite, quando voltou, às 3 e 15 da madrugada, encontrou todas as luzes da casa acesas, as persianas abertas e ela dormindo no sofá da sala, de bunda de fora. entrou, apagou quase todas as lâmpadas e foi pro quarto ver a menina. era tão esfuziante. a mãe ainda não havia conseguido estragá-la. 4 anos ao todo. olhou a filha, Tina, adormecida. um milagre, dormindo, sobrevivendo no meio daquele inferno. pra ele também, mas o fato, simples e tenaz, é que não conseguia suportar a mulher. e não que a culpa fosse exclusivamente dela. eram raras as que considerava suportáveis e, portanto, boa parcela da culpa lhe cabia também – tinham lhe enfiado o saca-rolha na goela com toda a força, pra valer. mas por que será que tem que ser sempre as crianças que levam no rabo? meio metro de altura, sem profissão, sem passaporte, sem a menor chance. a gente começa a matá-las no mesmo instante em que saem da buceta. e ninguém desiste, até chegar no outro buraco. curvou-se e beijou-a, enquanto dormia, mas quase como se sentisse vergonha.

quando chegou na sala, já estava acordada. preparando o café. de cigarro na boca. pegou uma cerveja. ora, fodam-se, todo mundo está maluco.

– hoje gostaram do meu poema – comentou –, li pra eles e foi um sucesso. se quiser dar uma olhada, tá ali, oh.

– escuta, minha filha, me deixaram de cabeça arrasada lá no serviço. acho que não vou conseguir ler direito. deixa pra amanhã, tá?

– fiquei tão contente. sei que não devia ficar, mas fiquei. sabe aquela revista de poesia que a gente publica com as leituras que se faz?

– o que é que tem?

– bem, o Walter Lowenfels viu um número, leu e escreveu perguntando quem *eu* era!

– puxa, que legal. que legal mesmo.

era bom vê-la feliz. faria qualquer negócio para vê-la feliz, pra arrancá-la daquela porra de manicômio.

– o Lowenfels é um cara que sabe o que diz; claro que tende um pouco pra esquerda, mas talvez eu também, é difícil dizer. mas você já escreveu uns troços realmente impressionantes, e sabe disso tão bem quanto eu – disse.

o elogio deixou-a radiante. ficou contente com isso. queria que ela vencesse. precisava vencer. todo mundo precisava. que jogo mais com cheiro de xota.

– mas também sabe qual é o teu problema?

levantou a cabeça.

– qual é?

– aqueles 8 ou 9 poemas.

levava sempre os mesmos 8 ou 9 poemas pra cada grupo novo de poesia que descobria, a todas essas procurando outro homem, novos filhos, novas defesas.

não retrucou. de repente perguntou:

– que pilha de revistas é aquela na caixa grande de papelão?

– meu próximo livro de poemas. só preciso de um título e de alguém que copie à máquina. já recebi até adiantamento. a única coisa que falta fazer é datilografar, mas não suporto esse tipo de trabalho. é pura perda de tempo e um retrocesso pelo mesmo caminho. acho insuportável. aquela caixa tá lá há 6 meses.

– preciso de grana. quanto que você me paga?

– 20 ou 30 pratas, mas é um trabalhão danado, chato e cansativo.

– deixa comigo.

– então tá – concordou.

sabia, porém, que não ia copiar. nunca fazia nada. 8 ou 9 poemas. bom, é como se diz, quem escreve ao menos um ou dois poemas de verdade na vida pode deixar o barco correr.

pra *onde*?

pra uma boa gonorreia, pensou...

2 ou 3 semanas mais tarde era aniversário da menina. e 1 ou 2 dias depois saiu de carro com ela – o médico já tinha retirado o prego do dedão e receitado uns frasquinhos que precisava tomar de 4 em 4 horas – pra atender uns compromissos de merda que liquidam com qualquer sujeito que devia estar cantando de pileque. se livrou de 4 ou 5, sempre fazendo o possível pra manter a linha, e então passou pela confeitaria, onde havia encomendado o bolo de aniversário, que estava uma beleza. junto com Tina, levou o pacote na caixa cor-de-rosa e os dois se tocaram pro supermercado, pra comprar papel higiênico, carne, pão, tomates, sabe lá mais o quê, sorvete, ah é, sorvete, qual que você quer, Tina? enquanto o céu da barra pesada do Richard Nixon desabava sobre nossas cabeças, qual que você quer, hem, Tina?

quando chegaram de volta, a poetisa que despertou a atenção do Walter Lowenfels estava danada, fungando e xingando baixinho...

tinha resolvido datilografar os poemas do livro. mas de que maneira? lhe havia dado uma fita nova pra colocar na máquina.

– ESSA PORRA DE FITA NÃO QUER FUNCIONAR DIREITO!

estava furiosa, ali sentada com aquele vestido preto de pacifista. com uma cara medonha. que cada vez ficava pior.

– espera aí – pediu –, deixa eu primeiro guardar o bolo e o resto das compras.

levou tudo pra cozinha, com Tina atrás dele.

graças a deus por esta criança tão linda, pensou, que saiu do corpo dessa mulher, senão do contrário desconfio que acabaria matando essa peste. devia agradecer-lhe também a sorte que tenho tido, ou até mesmo ao Richard Nixon. agradecer a ele ou até mesmo a qualquer coisa que o valha: essas fontes de tristeza, incapazes de sorrir.

voltou com Tina pra sala e tirou a tampa da máquina de escrever: jamais havia visto alguém colocar uma fita daquele jeito. não daria pra descrever. na verdade, o que tinha acontecido é que ela decerto havia ido a uma *outra* leitura de poemas na noite seguinte, com resultados desastrosos. só podia fazer conjeturas: ou quis foder com alguém que não topou a parada e acabou fodendo com quem não queria, ou então ouviu algum comentário desfavorável sobre seus poemas, ou, ainda pior, terminou sendo tachada de "neurótica". seja lá como fosse, tinha algo a ver com aqueles tipos metálicos, por dentro ou por fora, que, ou estavam brilhando, cheios de amor fingido, ou encolhidos e saltando, trêmulos de ódio.

agora estava biruta e ele pouco podia fazer. sentou e colocou a fita da maneira que devia ficar.

– E O "S" TAMBÉM TÁ PRENDENDO! – reclamou.

não lhe fez perguntas sobre o que teria acontecido na segunda leitura de poemas. desta vez não houve nenhuma referência a Walter Lowenfels.

foi com a menina pra mesa da copa e retirou o bolo da caixa. FELIZ ANIVERSÁRIO, TINA. encontrou os 4 minúsculos castiçais, conseguiu fixar aquela merda das 4 velinhas no lugar, prendeu bem firme em cima da cobertura e de repente ouviu o barulho da água no chuveiro...

ela estava tomando banho.

– escuta, não quer vir até aqui pra Tina soprar as velinhas? porra, você fez toda essa viagem, lá do Novo México. se não quiser vir, avisa, pra gente não ter que esperar.

– tá bom, eu já vou...
– ótimo...
lá se veio ela. e ele acendeu a merda das velinhas, as 4. fogo. no bolo.

"Parabéns pra você
Nesta data querida
Muitas felicidades
Muitos anos de vida...
Viva a Tina!"

e assim por diante. que sentimentalismo barato. mas o rosto dela, da Tina, parecia 10 mil filmes de felicidade. nunca havia visto coisa igual. teve que se munir de uma couraça de ferro e apertar o estômago, os pulmões e os olhos pra não chorar.

– muito bem, garota, agora sopra com força. acha que dá?

Tina se debruçou sobre a mesa e apagou 3 velinhas, mas a 4ª resistiu. era verde e ele começou a rir. achou graça naquilo:

– porra, não conseguiu apagar a VERDE! como é que você não tem fôlego pra apagar a VERDE?

a criança continuou soprando. por fim conseguiu. e os dois deram risada. cortou o bolo em fatias e depois serviu com sorvete. sentimentalismo barato. mas estava encantado com a felicidade da filha. de repente mamãe se levantou.

– tenho que tomar banho.
– tudo bem...
mas logo voltou do banheiro.
– a privada tá entupida.

foi lá dentro. a privada nunca entupia antes dela chegar. jogava punhados de cabelo grisalho, tudo quanto é proteção pra buceta e papel higiênico aos montes, verdadeiros trambolhos. chegava a pensar que estava *imaginando coisas,* mas no momento em que pisava em casa a privada começava a entupir, as formigas a aparecer pelos cantos e tudo quanto é *espécie* de ideias e pensamentos sombrios e atrozes lhe ocorriam à lembrança – por causa dessa pessoa, tão boa, que era contra a guerra, contra o ódio e completamente a favor do amor.

sentiu vontade de meter a mão ali dentro e puxar pra fora toda aquela porcaria, mas a única coisa que ela disse foi:

– me traz uma caçarola!

– o que é uma caçarola? – perguntou Tina.

– uma palavra que as pessoas dizem quando não têm mais o que inventar. – respondeu. – caçarola é uma coisa que não existe nem nunca existiu.

– o que que a gente vai fazer? – perguntou Tina.

– vou trazer um penico pra ela – respondeu.

trouxeram o penico e a mulher ficou fuçando no vaso da privada, sem conseguir tirar nada daquela tremenda mixórdia de borracha e troços dantescos que tinha jogado ali dentro. a água só borbulhava e peidava, como ela andava sempre fazendo.

– deixa que eu vou chamar o senhorio – avisou.

– MAS EU QUERO TOMAR O MEU BANHO! – berrou.

– tá legal – retrucou –, então toma. a gente deixa o penico de merda esperando.

ela entrou no banheiro. e depois abriu o chuveiro. deve ter ficado ali, embaixo daquela ducha, umas 2 horas. qualquer coisa no jeito da água escorrer pelo crânio lhe dava uma forte sensação de segurança. precisou entrar um instante pra Tina fazer xixi. a mulher nem se deu conta da presença dos dois. estava com o rosto e a alma voltados pro céu: pacifista, poética, mãe, sofredora. a que não comia uva, mais pura que merda destilada, enquanto a conta da água e da luz aumentava e dançava sobre aquele espírito pujante. mas quem sabe não era estratégia do Partido Comunista – deixar todo mundo louco?

por fim, à custa de piadas, conseguiu tirá-la de lá e chamou o senhorio. pouco se lhe dava que a sua alma se consumisse em êxtases poéticos – Walter Lowenfels podia ficar com ela de presente –, mas precisava dar uma cagada.

o senhorio resolveu logo o problema. com alguns blips e blops do seu famoso desentupidor de borracha vermelha, o caminho das ideias ficou desimpedido até o mar. o senhorio foi embora, ele sentou e descarregou tudo o que tinha.

ao sair do banheiro, encontrou a mulher completamente atarantada. por isso sugeriu que passasse o resto do dia e da noite na livraria ou no puteiro mais próximos, ou, enfim, em qualquer outro lugar onde bem entendesse, pra poder ficar em casa brincando com Tina.

– ótimo. amanhã, lá pelo meio-dia, volto pra casa de minha mãe.

junto com Tina, ajudou a mulher a entrar no carro e foram pra livraria. mal saltou na calçada, o ódio desapareceu de seu rosto, *por completo,* e ao se dirigir à porta de entrada, era de novo a própria imagem da PAZ, do AMOR e da POESIA, em suma, de *tudo* o que há de mais nobre e sublime.

pediu pra Tina passar pro banco da frente. a menina pegou-lhe uma das mãos e ele ficou dirigindo com a outra.

– eu dei "tchau" pra mamãe. adoro ela.

– claro que adora. e tenho certeza que ela também adora você.

e assim saíram os dois, rodando rua afora, bem sérios, ela com 4 anos, ele um pouco mais velho, parando nos sinais de trânsito, sentados lado a lado. e só.

já era bastante.

Notas de um candidato a suicida

estou sentado perto da janela quando chega o caminhão do lixo. esvaziam as latas. escuto o barulho que faz a minha. lá vai ela: CRAXE TINQUEL CRAXE BLANQUE BLEXE! um dos lixeiros vira pro outro:

– cara, quem mora aqui deve beber *pra caralho*!

ergo a garrafa e fico aguardando as novas conquistas dos voos espaciais.

●

alguém me impinge um livro do Norman Mailer. intitula-se *Cristãos e canibais*. porra, esse cara começa a escrever e não para mais. sem a mínima força, sem um pingo de humor. não dá pra entender. só uma palavra atrás da outra, seja lá qual for, a que pintar. é isso que acontece com quem é famoso? imagina a sorte que a gente tem!

●

2 visitas. um judeu e um alemão.

– onde que a gente vai? – pergunto.

não respondem. o alemão é quem dirige. desafia todas as leis do trânsito. leva gasolina no chão do carro. estamos lá em cima dos morros e me passa bem pela beira da estrada – diante de precipícios de 600 metros de altura.

não é nada agradável, penso, morrer por culpa de outro cara.

chegamos ao observatório. que chatice. os dois parecem contentíssimos com aquilo. o judeu gosta de zoológicos, mas como já é noite, estão todos fechados. existem pessoas que sempre têm que ir a algum lugar.

– vamos ao cinema!
– vamos andar de barco!
– vamos trepar!
– vão se foder com tudo isso – é o que sempre respondo –, e me deixem aqui, curtindo o meu sossego.

por isso ninguém mais me convida. simplesmente me fazem entrar no carro e então podem me surpreender com qualquer tipo de tédio que me espera pela frente.

de repente o alemão sai correndo em direção ao prédio. a fachada tem fendas entre as pedras que vão até lá em cima no alto. o alemão começa a subir por elas. quando vejo, já está na metade, pendurado sobre a entrada principal. porra, que chatice, penso. fico esperando que caia ou desça de novo.

um professor se aproxima. está rodeado de alunos secundários. fazem fila pra entrar. o professor levanta a cabeça e enxerga o alemão.

– aquele é um dos meus? – pergunta.
– não, ele tá comigo – respondo.

entram todos no prédio. o alemão desce pelas fendas. entramos também. não mudou nada em 30 anos. o grande globo que gira, pendurado por um arame no vácuo.

porra, fico pensando, que saco.

depois acompanho o alemão e o judeu, que andam pra lá e pra cá, apertando botões. coisas que se sacodem e se deslocam de leve. ou provocam faíscas elétricas. metade não funciona e não adianta apertar botão. o alemão se perde da gente. dou umas voltas com o judeu. descobre uma máquina que registra tremores.

– ei, Hank – berra.
– que é?
– vem cá! agora cuida quando eu contar até 3, nós dois vamos dar um salto no ar.
– tá.

ele pesa 100 quilos e eu 115.

– um, dois, três!

saltamos e caímos de novo. a máquina faz uns rabiscos.

– um, dois, três!

saltamos.

– agora de novo! um...

– ah, vamos parar com esta joça – interrompo –, e procurar bebida por aí!

me afasto.

o alemão consegue me alcançar.

– que tal se a gente fosse embora? – propõe.

– acho ótimo – retruco.

– uma vaca me rejeitou – se queixa –, que troço mais desagradável.

– não se preocupe – digo eu –, provavelmente tinha mancha de merda na calcinha.

– mas é assim mesmo que eu gosto.

– pra cheirar?

– claro.

– então me desculpa, hoje é o teu dia de azar.

o judeu vem correndo.

– vamos lá pra Schwab's! – berra.

– ah, façam-me o favor! – protesto.

voltamos pro carro e o alemão, mais uma vez, está disposto a mostrar como pode levar a gente pras portas da morte. de repente os morros ficam pra trás.

todo o pessoal de Los Angeles anda fazendo isto: correndo com o rabo feito doido, em busca de uma coisa que não existe. no fundo, não passa de medo de ficar sozinho. o medo que eu sinto é da multidão, dessa turma que anda correndo com o rabo feito doido; dessa gente que lê Norman Mailer, vai aos jogos de beisebol, corta e rega o gramado das casas e se curva no jardim, de pazinha na mão.

o alemão ruma pra Schwab's. tá com vontade de cheirar.

●

tem uma orquestra sinfônica lá na costa leste. o regente faz o maior sucesso tocando o que só posso classificar de Melodias pra Principiantes. esses trechos de música que agradam a quem é inexperiente em matéria de música clássica. mas se o sujeito tem um pingo de sensibilidade, não pode escutar essas peças mais do que 4 ou 5 vezes sem sentir náuseas. essa determinada orquestra vai besuntando aquilo semanas a fio e a plateia, formada na maior parte por pessoas de meia-idade (e não me perguntem de onde saíram ou por que são retardadas: é algo que me escapa por completo), depois de ouvir essas peças banais, básicas e bastante melosas, pensa de fato que está diante de algo novo, grandioso e profundo, e pula e grita "BRAVO! BRAVO!" exatamente como ouviu falar que é assim que se faz. o regente vem dos bastidores, agradece os aplausos uma porção de vezes e depois pede pra orquestra levantar. a única ideia que me ocorre é: será que ele *sabe* que está tapeando essa gente ou *também* é retardado mental?

algumas das peças que teria que incluir na escola de alfabetização musical e que esse regente gosta de tocar são: *La Vie Parisienne*, de Offenbach, o *Bolero*, de Ravel, a abertura de *La Gazza Ladra*, de Rossini, a *Suíte Quebra-Nozes*, de Tchaikowsky (cruz-credo, te esconjuro!), trechos da *Carmen*, de Bizet, *El Salon Mexico*, de Copland, a *Dança do Tricórnio*, de De Falla, a *Marcha Pompa e Circunstância*, de Elgar, a *Rapsódia em Blue*, de Gershwin (cruz-credo, te esconjuro, pela segunda vez!) e várias outras que de momento não me vêm à lembrança...

mas é só deixar essa plateia em contato com essa verdadeira usina de açúcar pra logo ficar reduzida a um estado de imbecilidade digno de um bando de macacos.

e ao voltar pra casa de carro, tem-se uma cena mais ou menos como esta. o velhote, de seus 52 anos, dono de 3 casas de móveis, sentindo-se inteligente:

– puxa vida, a gente tem que dar o braço a torcer pro... taí um cara que conhece música de fato! com ele a gente *sente* mesmo o negócio!

a mulher:

– pois é, *sempre* fico tão enlevada! falar nisso, vamos comer lá em casa ou no restaurante?

●

claro que não há explicação pra quem tem bom gosto e quem não tem. o que pra um homem é buceta, pra outro é masturbação. não consigo atinar com o motivo da popularidade de Faulkner, dos jogos de beisebol, Bob Hope, Henry Miller, Shakespeare, Ibsen, as peças de Tchekov. G. B. Shaw me faz bocejar do princípio ao fim. Tolstói, idem. *Guerra e Paz,* pra mim, é o maior fracasso desde *O capote*, de Gogol. de Mailer, já falei. Bob Dylan me dá impressão de canastronice, ao passo que Donovan parece ter classe mesmo. simplesmente não dá pra entender. boxe, futebol profissional, basquete são coisas que têm dinamismo. O Hemingway do início era bom. Dos foi um garoto danado. Sherwood Anderson, de cabo a rabo. o Saroyan do início. tênis e ópera podem ficar pra vocês. carros novos, quero que vão pro inferno. calcinha de nylon, argh. anéis, relógios, argh. o Gorky bem no início. D. H. Lawrence é legal. Celine, sem dúvida alguma. ovos mexidos, porra. Artaud, quando fica inflamado. Ginsberg, às vezes. luta livre – o quê??? Jeffers, lógico. e assim por diante, vocês sabem. quem tem razão? eu, claro. mas evidente que tenho.

●

quando criança, fui assistir a uma coisa que se chamava Espetáculo Aéreo. tinha pilotos acrobatas, corridas no ar, saltos de paraquedas. me lembro que um dos pilotos acrobatas era ótimo. prendiam um lenço num gancho pregado no chão e ele voava baixinho, com aquele velho Fokker alemão, e pegava o lenço com outro gancho preso a uma das asas. depois fazia uma pirueta bem rente ao solo. tinha controle absoluto sobre aquele avião. as corridas no ar eram as melhores pra meninada, e pode ser que pros outros também – caía avião que só vendo. todos feitos de tudo quanto é feitio, umas coisas de aspecto estranhíssimo. de cores muito vivas. e que se estraçalhavam com a maior facilidade. uma atrás da outra. a coisa mais empolgante. meu amigo se chamava Frank. hoje é juiz de segunda instância.

– ei, Hank!
– que é, Frank?
– vem comigo.
íamos pra baixo das arquibancadas.

– daqui dá pra ver as pernas do mulherio – disse ele.
– ah é?
– é sim, olha!
– virgem!

as arquibancadas eram de madeira e dava para se enxergar *tudo* dali de baixo.

– ei, espia só aquela ali!
– puxa vida!

Frank andava pra lá e pra cá.

– psiu! aqui, oh!

me aproximei.

– é.
– olha, olha! tá aparecendo a xota!
– onde? onde?
– olha, olha pra onde eu tô olhando!

ficamos ali, a olhar pra aquilo. uma porção de tempo.

depois saímos pra assistir ao resto do espetáculo.

era a vez dos para-quedistas. estavam procurando ver se podiam cair bem perto de um círculo desenhado no chão. não pareciam estar acertando. aí um cara saltou e o paraquedas só se abriu pelo meio. tinha um pouco de vento por dentro e por isso não vinha caindo com a rapidez que viria sem o paraquedas. e a gente enxergava tudo. parecia que esperneava. e lutava com as mãos e os braços contra as cordas, tentando abrir a parte restante, mas sem o menor resultado.

– será que ninguém vai socorrer o coitado? – perguntei.

Frank não respondeu. tinha uma câmara e estava tirando fotografias. várias pessoas faziam o mesmo. algumas, inclusive, filmaram a cena.

o homem, agora bem perto do chão, continuava lutando pra abrir o paraquedas. de repente bateu. deu pra ver o corpo saltando com o choque. ficou todo coberto pelo paraquedas. cancelaram a parte final. o Espetáculo Aéreo estava quase terminando.

tinha sido qualquer coisa. aqueles aviões caindo, o paraquedista e a xota.

voltamos pra casa de bicicleta e contamos tudo pro pessoal.

parecia que a vida ia ser qualquer coisa de extraordinário.

Observações sobre a peste

Peste *(do fr. peste, do lat. pestis, "calamidade, flagelo"). S. f. (derivados: pestífero, pestilência): mesma raiz de perdo, destruir (PERDIÇÃO). Doença contagiosa grave, epidemia, pestilência; qualquer coisa nociva, funesta, perniciosa; uma pessoa má ou insuportável.*

a peste, em certo sentido, é uma criatura muito superior a nós: sabe onde e como encontrar a gente – em geral no banho, ou durante uma relação sexual ou dormindo. também tem o dom de nos pegar em flagrante, bem na metade de um movimento intestinal. se estiver diante da porta de entrada, você pode gritar "puta merda, peraí, que porra, espera um pouco!" que o som da voz humana em agonia apenas serve pra afiar as garras da peste – a batida, o toque de campainha ficam mais insistentes. a peste, quase sempre, bate na porta e toca a campainha. a gente tem que deixar que entre. e quando se vai embora – afinal – você fica doente, de cama, por uma semana. a peste não só dá mijada na alma dos outros – também é bamba em deixar aquele mijo amarelo na tampa da privada. o que fica ali mal dá pra se enxergar. a gente só percebe que está lá quando se senta, e aí já é tarde demais.

ao contrário da gente, a peste está sempre pronta a matar o tempo e tem opiniões diametralmente opostas às nossas, mas nunca se dá conta disso, pois não para de falar e mesmo quando surge uma oportunidade pra discordar, a peste não presta atenção. jamais escuta o que a gente fala. interpreta como mera interrupção e continua o que estava dizendo. e a todas essas fica-se perguntando como foi que a desgraçada conseguiu se intrometer na nossa alma. a peste também sabe o horário em que se costuma dormir e há de telefonar sempre no meio do nosso sono – e a primeira pergunta, infalível, será "te acordei?" – ou então virá bater na nossa casa e, mesmo vendo todas as persianas fechadas, bate e toca a campainha, de qualquer maneira, feito doida, como se estivesse em orgasmo. se não se atende, ela berra: "eu sei que você está aí dentro! já vi teu carro aqui fora!"

esses vândalos, embora não tenham a menor ideia do processo de raciocínio da gente, sabem perfeitamente que nos são antipáticos, o que, por outro lado, só lhes serve de estímulo. também logo percebem o tipo de pessoa que se é – ou seja, se você tiver que escolher entre magoar ou ficar magoado, vai optar pela segunda alternativa. as pestes se nutrem das melhores fatias do gênero humano: sabem onde encontrar carne boa.

a peste está sempre pronta a proferir disparates que todo mundo repete e que julga que é discernimento próprio. um dos seus comentários mais frequentes é o seguinte:

– não existe esse negócio de regra *sem* exceção. você afirma que *todos* os policiais não prestam. mas não é bem assim. já encontrei alguns de excelente caráter. existem bons policiais.

e não dá oportunidade pra que se lhe explique que toda vez que um sujeito põe aquele uniforme, passa a funcionar como assalariado de um sistema que quer manter a situação do jeito que está. uma vez aceita essa premissa, a conclusão inevitável é que *todos* os policiais são bons. caso contrário, não há nenhum que se salve. portanto, nenhuma regra admite exceção. mas a peste vive impregnada desses silogismos confusos e tacanhos, dos quais não abre mão. por ser incapaz de pensar, apega-se a outras pessoas – implacável, definitiva e pra sempre.

– ninguém sabe o que está se passando, exatamente. há muita coisa que não tem explicação. por isso devemos confiar nas nossas lideranças.

isso é uma bobagem tão grande que nem merece comentário. aliás, pensando bem, vou parar com essas citações típicas da peste pra não começar a me sentir mal.

continuemos, pois. muito bem, a peste não precisa ser alguém que conheça você de nome ou endereço. está em tudo quanto é parte, sempre, pronta pra dar a sua ferroada venenosa e mortal. me lembro de determinada época em que andava tendo muita sorte com cavalos. fui ao hipódromo de Del Mar, dirigindo um carro novo. cada noite, depois do último páreo, escolhia um motel desconhecido, tomava o meu banho, trocava de roupa, entrava de novo no carro e saía rodando pela costa à cata de um bom lugar pra jantar. por bom lugar entenda-se um que não estivesse muito cheio e que servisse boa comida. parece uma coisa contraditória, pois quando a comida é boa, o lugar sempre fica lotado. acontece, porém, que, a exemplo de tantas verdades aparentes, na realidade não é bem assim. às vezes todo mundo prefere ir a lugares que servem uma comida que é um lixo. cada noite, portanto, saía em peregrinação pra descobrir um que não estivesse apinhado de gente chata. levava um bocado de tempo. uma vez andei hora e meia até encontrar o que queria. estacionei o carro e entrei. pedi um filé à Nova York, batata frita à francesa, sei lá mais o quê, e fiquei ali sentado, tomando cafezinho até trazerem o prato. a lanchonete estava completamente vazia; era uma noite deslumbrante. de repente, bem na hora em que o garçom veio com o meu filé à Nova York, a porta da rua se abre e me entra uma peste – como qualquer um podia prever. havia 32 banquinhos no balcão, mas o cara TINHA QUE sentar do meu lado e começar a encher a garçonete com o tipo de rosquinha que queria. um verdadeiro chato de galochas. tudo o que dizia me apunhalava os culhões. um amontoado de asneiras, com a mentalidade mais podre e tão fétida que empestava o ar ali dentro, tirando o apetite. e me deixou *apenas* o espaço suficiente pra colocar o braço ao lado do prato. toda peste é mestre nesse tipo de coisa. engoli o meu filé à Nova York, depois saí e fiquei tão bêbado que no dia seguinte perdi os três primeiros páreos.

a peste está em tudo quanto é lugar em que você trabalhe, em tudo quanto é emprego. sou prato feito pra eles. uma vez fui fazer um serviço onde havia um sujeito que há 15 anos não abria a boca pra falar com ninguém. no meu segundo dia lá, conversou comigo durante 35 minutos. era completamente doido. dizia uma frase sobre determinado assunto pra logo em seguida se sair com outra que nada tinha a ver. isso, em si, não tem nada de mais. só que não podia ser mais chato, sem graça, insípido e desinteressante. mantinham o infeliz no emprego porque era trabalhador. "quem trabalha direito é sempre recompensado." em cada firma existe, pelo menos, um sujeito maluco, uma peste, que não larga do meu pé. "todos os birutas da empresa gostam de você" é a frase que mais ouço em tudo quanto é emprego que tenho. dá pra desanimar.

mas talvez sirva de consolo se lembrar que todos nós, possivelmente, em determinado momento, tenhamos sido pestes pra alguém, sem sequer desconfiar. porra, a ideia não pode ser mais apavorante, mas com toda certeza é a pura verdade e talvez até contribua pra gente suportar esse tipo de pessoa. no fundo, não existe homem perfeito. todos sofremos de várias espécies de loucura e hediondez, que nem se percebem, mas que já deu pra todo mundo notar. mas quando será que vai haver lugar suficiente no hospício?

no entanto, tenho a maior admiração por quem reage ao ataque da peste. ela logo se retrai e sai em busca de nova vítima. conheço um cara, uma espécie de mistura de poeta e intelectual, um tipo cheio de vitalidade, que pregou um cartaz enorme na porta de sua casa. não me lembro direito de todas as palavras, mas é mais ou menos assim (e está escrito com o maior capricho, numa letra maravilhosa):

a todos os interessados: por favor, telefone marcando hora quando quiser falar comigo. não atendo a quem vier bater nesta porta sem solicitação prévia. preciso de tempo para fazer meu trabalho. não admito interrupções que mutilem minha obra. procure compreender que o que me mantém vivo me deixará em posição mais favorável e compreensiva em relação a você quando finalmente nos encontrarmos em condições tranquilas e normais.

gostei muito desse cartaz. não interpretei como manifestação de esnobismo ou pretensão. era um bom sujeito, extremamente lúcido e com bastante senso de humor e coragem pra declarar os direitos que tinha. deparei com esse aviso, a primeira vez, por acaso. e depois de ler, do princípio ao fim, o que dizia, e perceber que o escritor estava em casa, voltei pro carro e fui embora. a compreensão é o início de tudo e já é hora de alguém dar exemplo. nada tenho contra os congressos amorosos ao ar livre, desde que NÃO SEJA OBRIGADO A PARTICIPAR. também nada tenho contra o amor, mas estávamos falando de pestes, não é?

até mesmo eu, alvo predileto das pestes, certa vez reagi à altura. na época, trabalhava 12 horas por noite, que deus me perdoe e arranje outro deus para perdoá-lo, mas, como ia dizendo, essa peste pra lá de pestilenta não resistia à tentação de me telefonar, todos os dias, às 9 da manhã. eu chegava em casa por volta das 7 e meia e, depois de algumas cervejas, em geral conseguia dormir. ele calculava com a maior exatidão. e sempre vinha com a mesma besteira irritante. sabendo perfeitamente que tinha me acordado, só o som da minha voz já bastava pra deixá-lo animado. tossia, pigarreava, gaguejava e falava no tom mais fingido.

– escuta aqui – desabafei um dia –, a troco de que você vive me acordando às 9 da manhã, porra? não sabe que trabalho a noite inteira? 12 horas por dia! por que é que insiste em ligar pra cá a esta hora, pô?

– é que pensei – respondeu – que você talvez fosse às corridas. queria te pegar antes que saísse de casa.

– ouça – expliquei –, o primeiro páreo é à 1 e 45 da tarde. como é que você pode pensar que eu vá apostar em cavalos trabalhando 12 horas por noite? como é que acha que posso combinar uma coisa com a outra, pô? preciso dormir, cagar, tomar banho, comer, foder, comprar cordão novo pro sapato, tudo isso. tá vivendo fora da realidade? não entende que, quando volto do serviço, estou completamente exausto? que não sobra mais ânimo pra nada? não posso nem pensar em ir às corridas. fico tão fraco que nem dá pra coçar o rabo. a troco de que você insiste em ligar pra cá às 9 da manhã, porra?

como se diz por aí, chegou a ficar rouco de tão emocionado:

– é que eu queria te pegar antes de você sair de casa.

não adiantava. desliguei. depois arrumei uma caixa bem grande de papelão. peguei o telefone e coloquei bem no fundo da caixa. e cobri aquela praga com uma pilha de panos, até ficar bem cheia. fazia isso todos os dias, quando chegava, e só tirava dali quando acordava. acabei com a vida da peste. um dia, veio me visitar.

– como é, não atende mais o telefone? – perguntou.

– é que eu guardo o aparelho numa caixa cheia de panos assim que chego em casa.

– mas não percebe que, ao fazer uma coisa dessas, está, simbolicamente, *me guardando também* nessa caixa?

olhei bem pra ele e aí respondi, sem pressa e sem me alterar:

– acertou na mosca.

nossa relação nunca mais foi a mesma. por intermédio de um amigo meu, bem mais velho, por sinal, cheio de vitalidade, mas que (graças a deus) não é artista, fiquei sabendo:

– O McClintock me telefona 3 vezes por dia. continua ligando pra você?

– agora parou, definitivamente.

esse tipo de pessoa acaba se transformando em piada, mas o pior é que nunca se dão conta da praga que são. sempre se consegue identificar um McClintock. ele nunca se separa de um livrinho de capa preta, cheio de números de telefone. e se tiver um aparelho em casa, abra o olho. a peste vai se apossar dele, primeiro garantindo que todas as ligações são locais (o que é mentira) e depois ele (ou ela) vai começar a despejar aquela lenga-lenga inacabável e peçonhenta no ouvido do interlocutor enojado. são capazes de falar horas a fio, e por mais que se esforce pra não escutar, você não vai conseguir, e terminará sentindo uma espécie de comiseração cômica pelo infeliz na outra extremidade agoniada da linha.

talvez algum dia o mundo melhore ou se torne ao menos suportável e a peste, através de uma vida decente e de meios mais limpos, deixe de ser a praga que é. há quem acredite que seja o resultado de coisas que não deveriam existir. mau governo, ar poluído, sexo fodido, uma mãe de braço de madeira postiço, um pai que enfiava o dedo no cu besuntado de vaselina, e assim por diante. a gente não pode ter certeza de que a sociedade utópica seja uma realidade inatingível. mas por enquanto ainda temos que resolver uma porção de problemas da humanidade – as multidões famintas, o preto, o branco e o vermelho, as Bombas adormecidas, os congressos amorosos ao ar livre, os hippies, os não tão hippies, Johnson, as baratas em Albuquerque, a cerveja de má qualidade, a gonorreia, os editoriais nauseabundos da imprensa, e isso e mais aquilo, e a Peste. que continua atacando. eu vivo no dia de hoje e não no de amanhã. a Utopia, pra mim, significa a extinção das pestes AGORA. e gostaria, sem sombra de dúvida, de ouvir as histórias que você teria pra me contar. tenho certeza de que não existe ninguém que não conheça, no mínimo, um ou 2 McClintocks. você, provavelmente, me faria rir muito com suas histórias sobre qualquer peste desse tipo. puta que pariu, me lembrei!!!! NUNCA VI UM MCCLINTOCK RINDO!!!

    pense nisso.

    e em todas as pestes que já conheceu e faça a mesma pergunta: viu algum dia uma que fosse capaz de rir?

    puta merda, tenho que reconhecer que também não sou muito de dar risada e assim mesmo, só quando fico sozinho. será que tudo o que escrevi linhas acima não se refere a mim mesmo? uma peste se queixando de outras? imagina só. uma colônia inteira de pestes se retorcendo, cravando as presas e fazendo 69.69??? é melhor acender um Chesterfield e esquecer tudo isso. até amanhã. metido no fundo de uma caixa cheia de panos e tetas de cobra de estimação.

    alô. não te acordei, né?
    humm, acho que não.

Um bode

Será que você não notou que o lsd e a televisão a cores chegaram pro nosso consumo praticamente juntos? de uma hora pra outra começa todo esse barulho em torno das cores e o que é que a gente faz? uma fica ilegal e a outra se fode. é evidente que a televisão não serve pra nada nas mãos de quem atualmente está; argumento que não tem a menor novidade, porra, todo mundo já está farto de saber disso. e soube que, numa batida recente, um agente policial recebeu na cara um jato de ácido, jogado por um pretenso fabricante de drogas alucinógenas. o que me pareceu um pouco de desperdício. existem algumas razões fundamentais pra se banir o lsd, o dmt e o stp – uma pessoa pode ficar desequilibrada pra sempre –, mas o mesmo se aplica pra quem colhe beterrabas, aperta parafusos pra General Motors, lava pratos ou ensina inglês em universidades locais. se se fosse proibir tudo o que provoca loucura, a estrutura social em peso ruiria por terra – o casamento, a guerra, o serviço de transportes coletivos, os matadouros, a apicultura, a cirurgia, o que se queira incluir, qualquer coisa pode levar o homem à loucura, pois a sociedade está estruturada sobre estacas falsas. enquanto não se derrubarem os alicerces pra reconstruir tudo de novo, os manicômios continuarão esquecidos. e os cortes em seus orçamentos, preconizados pelo nosso bom governador, são por mim interpretados como querendo insinuar, indiretamente, que a sociedade não é responsável pela manutenção e a cura dos que enlouquecem por sua causa, ainda mais numa época inflacionária e de alucinada tributação como a nossa. e que o dinheiro estaria melhor empregado pra abrir estradas ou ser, parcamente, distribuído entre os negros, evitando, assim, que incendeiem as cidades americanas. e me ocorreu uma ideia maravilhosa: por que não matamos os loucos? imaginem só a fortuna que se economizaria, até um louco come demais e precisa de lugar pra dormir, e os filhos-da-puta *são* repugnantes – a maneira como gritam e sujam as paredes de merda, e tudo mais. só se necessitaria de uma pequena junta médica pra tomar as decisões e um punhado de enfermeiras (ou enfermeiros) atraentes pra atender às atividades sexuais extracurriculares dos psiquiatras.

portanto, voltemos, por assim dizer, ao lsd. assim como se diz, com razão, que quem não arrisca não petisca, também se pode afirmar que, quanto maior o risco, maior prazer do petisco. qualquer atividade mais complexa, como, por exemplo, pintar, escrever poemas, assaltar bancos, ser ditador, e assim por diante, acaba colocando a gente numa situação em que o perigo e o milagre são muito semelhantes a irmãos siameses. é extremamente difícil que uma coisa leve a outra, mas enquanto se vai tentando, a vida se torna bem interessante. dormir com a mulher do próximo já é bom que chega, mas a gente sabe que um dia há de ser surpreendido em flagrante – o que só contribui pra tornar o ato ainda mais agradável. os nossos pecados são forjados no céu pra criar o nosso próprio inferno, que é o que, evidentemente, merecemos. experimente se destacar em alguma coisa pra ver como logo surgem inimigos de tudo quanto é lado. qualquer campeão é alvo do ridículo; a multidão torce pra vê-lo na lona e assim reduzi-lo à merda em que chafurdam. não são muitos os bestalhões que morrem assassinados; um vitorioso pode ser derrubado por uma espingarda comprada por reembolso postal (conforme reza a fábula) ou por uma arma de fogo que o sujeito já tinha em casa, numa cidadezinha como Ketchum. ou como Adolph e a puta dele, enquanto Berlim ia pelos ares toda na derradeira página de sua história.

o lsd também pode prejudicar você porque não é o que há de mais apropriado pra pessoas caretas. está claro que tanto o ácido como as putas, quando não prestam, são perfeitamente capazes de tirar alguém dos eixos. o gim que se fabricava em banheiras, a bebida, no tempo da lei seca, também tiveram seu apogeu. é a repressão legal que estimula a própria doença, formando peçonhentos mercados negros. mas, no fundo, a maior parte dos bodes surge com indivíduos que já estavam domados e contaminados de antemão pela própria sociedade. se o cara anda preocupado com o aluguel, a prestação do carro, o relógio do ponto, a educação escolar dos filhos, um jantar de 12 dólares com a namorada, a opinião do vizinho, a defesa do país ou o que vai acontecer com Brenda Starr, um tablete de lsd irá provavelmente enlouquecê-lo porque, de certo modo, já está louco e só resiste às manifestações sociais por causa das grades visíveis e dos surdos martelos que o deixam insensível a qualquer raciocínio individualista. uma viagem requer um homem que ainda não esteja enjaulado, que ainda não tenha sido fodido pelo grande Medo imposto por qualquer sociedade. infelizmente, a maioria dos homens valoriza demais os seus próprios méritos como indivíduo essencial e livre. e o erro da geração hippie consiste em não confiar em quem tem mais de 30 anos. 30 é um número que não significa porra nenhuma. a maior parte dos seres humanos já está capturada e domada, por completo, aos 7 ou 8 anos. muitos jovens PARECEM livres, mas se trata apenas de um fenômeno químico do corpo e da energia, não uma manifestação realista do espírito. já encontrei homens livres nos lugares mais estranhos e de TODAS as idades – porteiros, ladrões de automóveis, lavadores de carros, e algumas mulheres também, principalmente enfermeiras ou garçonetes, e de TODAS as idades. é muito raro encontrar almas livres, mas logo se vê quando são – antes de mais nada pela sensação boa, ótima, por causa da sua proximidade ou da sua companhia.

uma viagem de lsd mostra coisas que fogem a todas as regras. que não constam dos livros de aula e contra as quais não adianta protestar junto a vereadores municipais. a erva só torna a sociedade atual mais suportável; o lsd, em si, já é *outra* sociedade. se você segue uma diretriz social, provavelmente há de classificar o lsd como "droga alucinógena", o que é uma maneira simplista de tirar o corpo fora e liquidar o assunto. mas a definição de alucinação varia segundo o ângulo em que você se coloca. tudo o que acontece com a gente naquela hora está ali, é, de fato, a realidade – pode ser filme, sonho, relação sexual, crime, estar sendo assassinado ou tomando sorvete. só as mentiras são impostas mais tarde; o que acontece, acontece mesmo. alucinação é apenas uma palavra no dicionário, uma muleta social. a morte, para o moribundo, é extremamente real; para os outros, não passa de falta de sorte ou algo que precisa ser descartado. o cemitério de Forest Lawn se encarrega de tudo. quando o mundo começar a reconhecer que TODAS as partes se encaixam num todo, então talvez possa surgir uma chance. tudo o que o homem vê é real. não foi colocado ali por alguma força externa, já se encontrava naquele lugar mesmo antes de ele nascer. ninguém deve culpá-lo por enxergar agora e nem por enlouquecer só porque as forças didáticas e espirituais da sociedade não se preocuparam em ensinar-lhe que a pesquisa é um campo infinito e que todos nós precisamos conformar-nos em ser uns bolhas reduzidos ao abecedário e mais nada. não é o lsd que provoca o bode – foi a tua mãe, o teu presidente, a vizinha do lado, o sorveteiro de mãos sujas, um curso de álgebra e espanhol simultâneos, o fedor de uma latrina em 1926, um sujeito narigudo quando te disseram que todo narigudo é horrendo; foi o purgante, a Brigada Abraham Lincoln, os bolinhos açucarados, Mutt & Jeff, a cara de Franklin Delano Roosevelt, os drops de limão, trabalhar numa fábrica dez anos e ser despedido por um atraso de cinco minutos, a megera que te ensinou a História da América no 6º ano, o teu cachorro atropelado sem que ninguém depois te explicasse a coisa direito, uma lista de 30 páginas de extensão e 3 quilômetros de altura.

um bode? o país todo, o mundo inteiro entrou num bode, amizade. mas você vai em cana se engolir um tablete.

continuo com a cerveja porque, no fundo, aos 47 anos, já tem uma porção de ganchos em cima de mim. seria um panaca de merda se pensasse que consegui escapar a todas as redes lançadas por esse pessoal. acho que Jeffers definiu muito bem quando disse, mais ou menos, cuidado com as armadilhas, xará, é o que não falta por aí, dizem que até Deus não escapou quando Ele andou perambulando, certa vez, pela Terra. claro que hoje a gente não tem mais tanta certeza de que era mesmo deus, mas seja lá quem fosse, sabia de alguns macetes bem razoáveis, só que pelo jeito falava demais. defeito que qualquer um pode ter. até Leary. ou eu.

    hoje é sábado, está fazendo frio e o sol já vai se pondo. o que é que se pode fazer com uma noite? se fosse Liza, pentearia o cabelo, só que não sou. bem, tem esta *National Geographic* já velha, com páginas que brilham como se de fato estivesse acontecendo alguma coisa. claro que não está. aqui no prédio todo mundo caiu no pileque. um doce antro de bêbados à espera do fim. da minha janela vejo as mulheres que passam. solto, entre dentes, um palavrão já meio manjado e até delicado como "porra", depois arranco esta folha da máquina. pode guardar pra você.

"Animal crackers in my soup"

Tinha saído de uma longa bebedeira, durante a qual perdi um emprego mixa, o meu quarto e (talvez) a cabeça. Depois de passar a noite dormindo num beco, vomitei no sol, esperei cinco minutos e aí então acabei com o resto da garrafa de vinho que achei no bolso do paletó. Comecei a andar pela cidade, assim, ao léu. Enquanto caminhava, me veio a sensação de que estava percebendo, em parte, o sentido das coisas. Claro que não estava. Mas ficar lá parado, no beco, não resolvia nada.

Andei bastante, com pouca lucidez. Considerei, vagamente, a fascinante possibilidade de morrer de fome. Só queria encontrar um lugar pra deitar e ficar esperando. Não sentia nenhum rancor contra a sociedade porque não fazia parte dela. Há muito tempo que já tinha me conformado com esse fato.

Cheguei logo à periferia da cidade. As casas estavam cada vez mais distanciadas umas das outras. Viam-se campos e chácaras. Me sentia antes doente que faminto. Fazia muito calor; tirei o paletó e levei pendurado no braço. Comecei a ficar com sede. Não havia vestígio de água em parte alguma. Estava com o rosto ensanguentado e todo escabelado por causa de um tombo que tinha levado na véspera. Morrer de sede não era a minha ideia de uma morte agradável; resolvi pedir um copo d'água. Passei adiante da primeira casa, que, não sei por quê, me pareceu antipática, e segui andando pela estrada até chegar num casarão verde, enorme, de três andares, cercado por trepadeiras, arbustos e arvoredo. Ao entrar na varanda da frente, ouvi barulhos estranhos lá dentro e também senti cheiro de carne crua, urina e fezes. No entanto, o aspecto era acolhedor; toquei a campainha.

Uma mulher de seus 30 anos veio abrir a porta. Tinha cabelo comprido, de um ruivo acastanhado, bastante comprido e ficou me fitando com aqueles olhos castanhos. Era bonita, estava de blue jeans apertados, botas e camisa cor-de-rosa. O rosto e os olhos não demonstravam medo nem apreensão.

– Pois não? – disse, quase sorridente.

– Estou com sede – expliquei. – Podia me dar um copo d'água?

– Entre, por favor – convidou, e acompanhei-a até a sala. – Sente-se.

Sentei na beira de uma poltrona velha. Foi buscar água na cozinha. Enquanto estava ali sentado, escutei algo que veio correndo pelo corredor, entrou na sala, deu uma volta na minha frente, depois parou e ficou olhando pra mim. Era um orangotango. Deu pulos de alegria quando me viu. De repente saiu correndo na minha direção e saltou pro meu colo. Encostou o focinho na minha cara. Olhou um pouco bem no fundo dos meus olhos e logo recuou a cabeça. Pegou meu paletó, saltou de novo no chão e saiu na disparada pelo corredor afora, levando o paletó, fazendo barulhos estranhos.

Ela voltou com o copo d'água e me entregou.

– Meu nome é Carol – disse.

– E o meu é Gordon – retruquei –, mas agora não tem mais importância.

– Por que que não tem?

– Ah, tô liquidado. No fim. Sabe como é.

– O que foi? Bebida? – perguntou.

– É – confirmei e depois acenei pra além das paredes – e eles.

– Também tenho problemas com "eles". Vivo completamente só.

– Quer dizer que mora sozinha neste casarão?

– Bom, não é bem assim.

Deu uma risada.

– Ah, pois é, tem aquele baita macaco que roubou meu paletó.

– Ah, aquele é o Bilbo. Uma gracinha. Ele é doido.

– Vou precisar daquele paletó pra logo mais. De noite faz frio.

– Hoje você vai pernoitar aqui. Está com cara de quem precisa descansar um pouco.

– Se descansar, sou capaz de continuar com esse jogo.

– Acho que deve. Olhando direito, até que o jogo não é nada ruim.

– Não é o que eu penso. E, ademais, por que você quer me ajudar?

– Sou que nem o Bilbo – respondeu. – Maluca. Pelo menos pensaram que eu fosse. Passei três meses no hospício.

– Tá brincando – disse eu.

– Não tô, não. A primeira coisa que vou fazer é te preparar um pouco de sopa.

Depois explicou:

– A prefeitura está querendo me tirar esta casa. Tá correndo um processo. Ainda bem que o meu pai me deixou alguma grana. Posso lutar contra eles. Me chamam de Carol Maluca do Zoológico em Liberdade.

– Não leio jornal. Zoológico em Liberdade?

– E, só porque *adoro* animais. Com as pessoas eu não me entendo. Mas com os animais, puxa vida, eu *me relaciono* de verdade. Talvez *seja* biruta. Sei lá.

– Te acho muito bacana.

– É mesmo?

– É, sim.

– Parece que as pessoas têm medo de mim. Que bom que você não tem.

Os olhos castanhos se arregalaram. Eram escuros, sombrios, mas à medida que se conversava, iam perdendo a reserva.

– Escuta aqui – disse eu –, me desculpa, mas tenho que ir no banheiro.

– É no fim do corredor, a primeira porta à esquerda.

– Tá legal.

Fui até o fim do corredor, depois dobrei à esquerda. A porta estava aberta. Estaquei. Empoleirado no cano do chuveiro havia um papagaio. E no tapete jogado no chão, estava deitado um tigre enorme. O papagaio fingiu que não me viu e o tigre me olhou entediado, sem o menor interesse. Voltei rapidamente pra sala da frente.

— Carol! Pelo amor de Deus, tem um *tigre* lá no banheiro!

— Ah, é o Zé Soneca. Ele não vai te fazer mal.

— Bom, mas eu não posso cagar com um tigre me olhando.

— Ah, que bobagem. Vem cá!

Segui Carol pelo corredor. Ela entrou no banheiro e disse pro tigre:

— Anda, Soneca, você tem que sair. O moço não pode cagar com você olhando pra ele. Ele acha que você quer comer ele.

O tigre olhou pra Carol com o maior desinteresse.

— Soneca, seu cretino, não me faz repetir outra vez! Agora vou contar até três! Aí vai! Já: um... dois... três.

O tigre nem se mexeu.

— Ah, é? Depois não fala que não *avisei*!

Pegou a fera pela orelha e, puxando com força, tirou daquela posição reclinada. O bicho começou a rosnar, a cuspir; dava pra ver as presas e a língua, mas Carol nem deu bola. Levou o tigre de lá pela orelha, saindo com ele pelo corredor. Depois soltou e disse:

— Agora chega, Soneca, vai pro teu quarto! Vai direto pra lá!

O tigre caminhou um pouco, aí deu meia-volta e se deitou no soalho de novo.

— *Soneca!* já pro teu quarto!

O bicho encarou Carol, sem se mexer.

— Esse filho da puta tá ficando impossível – disse ela. – Talvez seja obrigada a dar-lhe um castigo, mas é uma coisa que detesto. Eu adoro o Soneca.

— Adora?

— Adoro, como todos os meus bichinhos de estimação. Escuta, e o papagaio? Não vai te incomodar?

— Acho que dá pra aguentar – disse eu.

– Então vai em frente, caga à vontade.

Fechou a porta. O papagaio não tirava os olhos de cima de mim. De repente falou:

– Então vai em frente, caga à vontade.

E foi o que *fiz*, bem na banheira.

Conversamos mais um pouco de tarde e de noite e liquidei duas boas refeições. Não tinha muita certeza se tudo aquilo não seria um gigantesco espetáculo de *delirium tremens,* se não tinha morrido ou enlouquecido e estava tendo visões.

Não sei quantos tipos diferentes de animais a Carol mantinha em casa. Na maioria eram bichos foragidos. Um Jardim Zoológico em Liberdade.

Depois vinha a "hora de fazer cocô e exercício", como ela dizia.

E saía marchando com todos lá fora, em grupos de cinco ou seis. Levava pro quintal. Raposa, lobo, macaco, tigre, pantera, cobra – não falei que era um zoológico? Tinha quase de tudo. Mas o fato mais curioso é que nenhum incomodava o outro. Estar bem alimentados ajudava (a conta da alimentação era tremenda – papai devia ter deixado um bocado de grana), mas fiquei com a impressão de que o carinho de Carol por eles colocava-os num estado de passividade bastante dócil e quase bem-humorado – um estado de amor petrificado. Os animais simplesmente sentiam-se *bem*.

– Olha só, Gordon. Espia só como são. Não dá pra não sentir carinho por eles. Vê como *andam*. Cada um tão diferente, tão real, com tanta personalidade. Não são como a gente. Sabem se conter, não se sentem perdidos, nunca são feios. Têm aptidão, a mesma com que nasceram.

– É, acho que entendo o que você quer dizer.

Naquela noite não consegui pegar no sono. Vesti a roupa de novo, menos o sapato e as meias, e saí pelo corredor até a sala da frente. Podia espiar sem ser visto. Fiquei ali, imóvel.

Carol estava nua, deitada de costas na mesinha de centro, com apenas a parte inferior das coxas e as pernas estendidas pra fora. O corpo inteiro era muito branco, excitante, como se nunca tivesse sido exposto ao sol, e os seios mais vigorosos que grandes pareciam partes autônomas, impelidas pra cima, e os mamilos não tinham aquele tom mais escuro da maioria das mulheres, mas antes de um rosa-avermelhado vivo, feito fogo, só que mais claro, quase luminoso. Puta merda, a mulher dos seios luminosos! E os lábios, da mesma cor, estavam abertos, num estado de sonho. A cabeça pendia de leve na outra extremidade da mesinha de centro, com aquele cabelo ruivo-acastanhado comprido balançando pra lá e pra cá, sacudindo-se todo, com as pontas viradas sobre o tapete. E o corpo inteiro dava a sensação de estar *besuntado* – parecia destituído de cotovelos e joelhos, sem nenhuma ponta, nenhuma aresta. Besuntado de *óleo*. A única coisa que destoava eram os seios pontudos. E enrolada no corpo havia uma longa serpente – não sei de que espécie. Mexia rápido com a língua, oscilava pra trás e pra frente de um lado da cabeça de Carol, devagar, sinuosa. Depois, erguendo-se de repente, dobrava o pescoço e ficava contemplando o nariz, os lábios, os olhos de Carol – todo o rosto.

De vez em quando a cobra deslizava bem de leve pelo corpo de Carol, num movimento que lembrava uma carícia e depois se encolhia um pouco, espremendo-a, enroscando-se toda. Carol ofegava, vibrava, estremecia; a cobra escorregava pela orelha abaixo, levantava, olhava o nariz, os lábios, os olhos e repetia os movimentos. Não parava de mexer com a língua e a buceta de Carol estava aberta, os pelos implorando, ruivos e lindos, à luz do abajur.

Voltei pro meu quarto. Cobra de sorte, pensei; nunca tinha visto corpo igual de mulher. Encontrei dificuldade pra pegar no sono, mas por fim consegui.

Na manhã seguinte, quando tomamos café juntos, comentei com Carol:

– Você é *mesmo* apaixonada por esse teu jardim zoológico, né?

– Sou, sim, por todos eles, sem exceção – respondeu.

Terminamos o café, quase sem dizer mais nada. Carol estava com aspecto ótimo, melhor do que nunca. Simplesmente radiante, cada vez mais. O cabelo parecia vivo, que ia saltar quando se mexia, e a luz que entrava pela janela caía em cheio sobre ele, realçando o vermelho.

Os olhos estavam bem abertos, brilhantes, e no entanto sem medo, sem dúvida. Aquele olhar: nada lhe escapava e tudo exprimia. Era um animal e, ao mesmo tempo, humana.

– Escuta aqui – disse-lhe –, se der pra tirar o paletó daquele macaco, já posso ir andando.

– Não quero que você vá embora – protestou.

– Tá querendo me incluir no teu zoológico?

– Tô.

– Mas eu sou humano, sabia?

– Só que não foi contaminado. Não é que nem eles. Ainda flutua por dentro; eles estão perdidos, endureceram. Você pode estar perdido, mas não endureceu. A única coisa que precisa é que alguém te descubra.

– Mas talvez esteja velho demais pra ser... amado como o resto do teu zoológico.

– Ah... sei lá... gosto tanto de você. Não dá pra ficar? A gente podia te descobrir.

Na segunda noite também não consegui pegar no sono. Fui andando pelo corredor até a cortina de contas da porta da sala e espiei. Carol, desta vez, tinha posto uma mesa no meio da sala. Era de carvalho, quase preta, de pés bem grossos. Ela estava estendida em cima, apoiando as nádegas na beirada, as pernas abertas, com os dedos dos pés mal encostando no chão. De repente afastou a mão que tapava a buceta. O corpo inteiro então pareceu todo encabulado, de um rosa muito vivo; as veias ficaram nítidas e em seguida desapareceram. Por um instante o resto daquele rosado pairou logo abaixo do queixo, em torno do pescoço, depois se desfez e a buceta se entreabriu.

O tigre rodeava a mesa em círculos lentos. De repente começou a andar cada vez mais depressa, sacudindo o rabo. Carol soltou um gemido abafado. A essa altura, o tigre já estava parado diante das pernas dela. Ergueu o corpo e pousou as duas patas de cada lado da cabeça de Carol. O membro cresceu, gigantesco. Cutucou a buceta, procurando a entrada. Carol pegou com as mãos, tentando orientá-lo. Os dois se contorceram à beira de uma agonia insuportável e ardente. Aí então uma parte do membro entrou... Carol deu um grito. Depois passou os braços pela nuca do bicho, enquanto ele começava a se mexer. Me virei e voltei pro meu quarto.

No dia seguinte almoçamos no quintal junto com os animais. Um autêntico piquenique. Comia salada de batata enquanto um lobo passava por mim, acompanhado por uma raposa prateada. Estava entrando num mundo completamente novo, uma experiência simplesmente inédita. A prefeitura tinha obrigado Carol a levantar aquela cerca alta de arame, mas os bichos ainda dispunham de ampla área de terra selvagem pra perambular. Terminamos de comer e Carol se estendeu na grama, olhando pro céu. Meu deus, ser jovem de novo!

Carol olhou pra mim:

– Vem te deitar aqui, seu velho tigre!

– Tigre?

– É, "tigre, tigre, brasa ardente...". Quando você morrer, vão te reconhecer logo, pelas listas.

Deitei no chão, ao lado dela. Se virou, pousando a cabeça no meu braço. Contemplei-a. O céu e a terra estavam contidos naqueles olhos.

– Você parece o Randolph Scott misturado com Humphrey Bogart.

Tive que rir.

– Como você é engraçada.

Não tirávamos os olhos um do outro. Tinha a sensação de que podia me afogar naquelas pupilas.

De repente estava passando a mão pelos lábios dela. Começamos a nos beijar e puxei-lhe o corpo contra o meu. Com a outra mão acariciava os cabelos. Foi um beijo de amor, um prolongado beijo de amor, e mesmo assim fiquei em ereção; o corpo dela se mexia colado ao meu, feito cobra. Passou uma avestruz.

– Puta merda – exclamei –, puta que pariu...

Nos beijamos de novo. Aí foi ela quem começou a murmurar:

– Seu filho da puta! Ah, seu filho da puta, o que é que você tá fazendo comigo?

Segurou-me a mão e colocou-a dentro do blue jeans. Apalpei-lhe os pentelhos. Como a buceta, estavam úmidos.

Comecei a roçar os dedos, a esfregar e de repente enfiei o indicador. Me beijava feito doida.

– Seu filho da puta! Seu filho da puta!

De repente me empurrou pra trás.

– Que pressa! Temos que ir com calma, devagar.

Desencostamos o corpo do chão; me pegou na mão e examinou a palma.

– A tua linha de vida... – disse. – Não faz muito tempo que você tá na Terra. Olha aqui. Espia só a tua palma. Tá vendo esta linha?

– Tô.

– É a linha da vida. Agora, tá vendo a minha? Já estive várias vezes, antes, aqui na Terra.

Falava sério, e acreditei. A gente tinha que acreditar em Carol. Era só o que havia pra se acreditar. O tigre nos observava a vinte passos de distância. A brisa soprou um pouco por trás da cabeleira ruiva-acastanhada de Carol, trazendo-a pra frente dos ombros. Não consegui resistir. Agarrei-a e nos beijamos de novo. Caímos pra trás; depois ela se soltou.

– Tigre, filho da puta, eu te avisei: vai *com calma*!

Conversamos mais um pouco. Aí ela falou:

– Nem sei como dizer, compreende? Já sonhei muito com isto. O mundo tá cansado. O fim não deve tardar. As pessoas embruteceram, ficaram irresponsáveis – uma gente de pedra. Cansaram delas mesmas. Vivem rezando pra que a morte venha, e são preces que serão atendidas. Eu... eu estou... bom... eu ando meio que preparando uma nova criatura pra povoar o que sobrar da Terra. Tenho impressão de que noutros lugares também tem mais gente preparando essa nova criatura. Talvez até sejam muitos. Essas criaturas vão se encontrar, procriar e sobreviver, entendeu? Mas devem ser uma síntese do que todas as criaturas, homem inclusive, possuem *de melhor*, pra sobreviver dentro da pequena partícula de vida que vai permanecer... Os meus sonhos, os meus sonhos... Não acha que estou louca?

Olhou pra mim e riu.

– Não acha que sou a Carol Maluca?

– Sei lá – respondi. – Como vou saber?

De noite, não consegui pegar no sono de novo e fui andando pelo corredor até a sala da frente. Espiei pela cortina de contas. Carol estava sozinha, deitada no sofá, com o abajur aceso do lado, completamente nua e pelo jeito dormindo. Afastei as contas e entrei na sala, sentando numa poltrona na frente dela. A luz do abajur iluminava a parte superior do corpo; o resto ficava na penumbra.

Tirei a roupa e me aproximei do sofá. Sentei na beirada, olhando pra ela. Abriu os olhos. Quando me viu, não pareceu surpresa. Mas as pupilas castanhas, apesar de claras e profundas, davam impressão de não ter reflexo nem vida, como se eu não fosse alguém que conhecia de nome ou conduta, mas uma outra coisa – uma força que nada tinha a ver comigo. E no entanto havia aceitação.

À luz do abajur, o cabelo era como durante o dia no sol: ruivo entremeado ao castanho. Dir-se-ia uma fogueira, um fogo que trazia no íntimo. Me curvei e dei-lhe um beijo atrás da orelha. Respirava e arquejava perceptivelmente. Desbocando as pernas de cima do sofá, deslizei pro soalho e passei-lhe a língua nos seios; me debrucei sobre a barriga, o umbigo, subi de novo pros seios, tornei a deslizar corpo abaixo, onde começavam os pelos, e me pus a beijar ali também, de leve; depois, sem me deter na vagina, fui pro meio das coxas, deslocando de uma e pra outra. Se mexeu, murmurando: "ai, aií..." Então mergulhei a boca na fenda, descrevendo com a língua um círculo em torno dos lábios e em seguida fazendo o mesmo em sentido contrário. Mordi, penetrei duas vezes a língua bem fundo, voltei a tirar e repeti o movimento giratório nos lábios. Foram ficando cada vez mais úmidos, com leve gosto de sal. Refiz o círculo com a língua. Outra vez o gemido: "ai, ai..." – a flor se abriu, enxerguei o minúsculo botão e, da maneira mais delicada e suave possível, mordisquei e lambi. As duas pernas se agitaram e tentaram prender minha cabeça, mas me desvencilhei e fui subindo, lambendo, parando, em direção à garganta, mordendo, com o membro só cutucando, impaciente pra entrar. Ela ajudou com a mão e colocou-o na posição certa. Quando senti que estava lá dentro, nossas bocas se encontraram e ficamos unidos em dois lugares – a boca úmida e fria, a flor molhada e quente, um forno aceso ali embaixo. Mantive o pau todo, imóvel, naquele calor, enquanto se retorcia, sequiosa...

– Seu filho da puta, seu filho da puta... mexe! Mexe mais!

Fiquei parado e ela se debatendo. Apertei os dedos dos pés na ponta do sofá, calcando com força, completamente imóvel. E aí forcei o pau a latejar três vezes, sem mexer com o corpo. Ela reagiu com contrações. Repetimos aquilo e quando vi que não dava mais pra aguentar, tirei quase todo pra fora e enfiei outra vez – com tesão e cuidado – tornando a vibrar ali dentro e de repente parando, enquanto Carol se revirava toda: parecia um peixe preso no anzol. Fizemos isso várias vezes. Depois, com desvairado abandono, comecei a meter e tirar, sentindo o pau aumentar de tamanho e volume, os dois atingindo culminâncias juntos, numa simbiose perfeita, ultrapassando tudo, a história, nós mesmos, o nosso egoísmo, além de toda compaixão e análise, de tudo, em suma, com a alegria secreta de estarmos celebrando a Vida.

Chegamos ao mesmo tempo ao orgasmo e continuei dentro dela, esperando que o pau amolecesse. Quando beijei-a, os lábios, completamente macios, cederam à pressão dos meus. A boca afrouxou, entregue ao meu desejo. Permanecemos meia hora naquele abraço delicado e tranquilo. Carol foi a primeira a se levantar. Entrou no banheiro. Depois chegou a minha vez. Nessa noite não havia nenhum tigre ali dentro. Só o velho Tigre, aquela brasa ardente.

Nosso relacionamento prosseguiu assim, sexual e espiritual, mas a todas essas, convém frisar, Carol não abriu mão dos animais. Os meses se passaram, éramos felizes. De repente notei que estava grávida. Puxa, que copo d'água que parei pra tomar, hem?

Um dia fomos fazer compras na cidade. Trancamos a casa toda, como sempre. Não havia motivo pra se preocupar com ladrões por causa da pantera, do tigre e dos vários outros animais pretensamente perigosos que andavam soltos por lá. As provisões deles eram entregues diariamente, mas tínhamos que ir buscar as nossas. Todo mundo conhecia Carol. A Carol Maluca, como diziam, e sempre paravam, curiosos, pra vê-la no supermercado. E agora a mim, também, o seu novo bichinho de estimação, bastante velho, por sinal.

Primeiro assistimos a um filme, de que gostamos. Quando saímos do cinema, chovia um pouco. Carol comprou uns vestidos próprios pra gravidez e depois fizemos o resto das compras. Voltamos pra casa devagar, conversando durante o trajeto, felizes da vida. Estávamos contentes. Não queríamos mais do que aquilo que já tínhamos; não precisávamos dos outros e há muito tempo que não nos importávamos mais com o que podiam pensar. Mas era inegável o ódio que sentiam da gente. Éramos intrusos, marginais. Vivíamos no meio de animais, de feras que representavam uma ameaça pra sociedade – segundo eles. Assim como também representávamos uma ameaça pro seu estilo de vida. Andávamos com roupas velhas. Eu nunca aparava a barba nem ia ao barbeiro e embora já tivesse cinquenta anos meu cabelo era cor de fogo. O de Carol dava pela bunda. E sempre descobríamos motivos pra achar graça. E ríamos às gargalhadas. Não podiam entender. No supermercado, Carol havia dito:

– Ei, paizinho! Aí vai o sal! Pega ele, paizinho, seu velho sacana!

Estava parada lá longe no corredor, com três pessoas entre nós, e jogou o pacote de sal por cima da cabeça delas. Apanhei no ar; caímos na risada. Aí olhei pro sal.

– Não, não, minha filha, sua puta! Tá querendo endurecer minhas artérias? Tem que ser *iodado*! Pega aí, doçura, e cuidado com o nenê! Já bastam as bordoadas que o pobre sacana vai ter que aguentar mais tarde!

Carol pegou e jogou de volta o iodado. A cara que eles fizeram... Não tínhamos um pingo de compostura.

O dia havia sido ótimo. O filme, uma bomba, mas o dia havia sido ótimo. Em matéria de filmes, preferíamos o que nós mesmos criávamos. A própria chuva estava gostosa. Baixamos os vidros e deixamos que nos molhasse. Quando ia guardando o carro na garagem, Carol deu um gemido. De dor absoluta. Baixou os ombros e empalideceu.

– Carol! Que foi? Não tá se sentindo bem? – puxei-a contra mim. – O que é? Diz...

– Comigo tá tudo bem. É o que eles fizeram. Tô pressentindo, eu sei, ah meu Deus, meu Deus do céu... ah meu Deus, esses patifes miseráveis, foram eles, foram eles, nojentos, canalhas de merda.

– Foram eles o quê?

– Que fizeram isso, os crimes... a casa... morte por toda parte...

– Espera aqui – pedi.

A primeira coisa que vi na sala da frente foi Bilbo, o orangotango. Tinha um buraco de bala na fronte esquerda. A cabeça estava caída no meio de uma poça de sangue. Morto. Assassinado. Com uma expressão meio sorridente no focinho. Um sorriso misturado com dor, como se tivesse sentido de rir diante da Morte, ao ver que não era como esperava que fosse – uma verdadeira surpresa, que não dava pra entender, e por isso sorriu enquanto morria de dor. Bem, agora sabia mais a respeito do assunto que eu.

Surpreenderam Soneca, o tigre, no seu refúgio favorito – o banheiro. Precisaram atirar várias vezes, como se estivessem assustados. Sangue em profusão, em parte já ressequido. Tinha os olhos fechados, mas a boca arreganhada como se quisesse rosnar, com as presas enormes e bonitas de fora. Até mesmo morto era mais imponente que muito homem vivo. O papagaio estava na banheira. Uma bala. Caído perto do ralo, o pescoço e a cabeça encolhidos por baixo do corpo, com uma asa esticada, enquanto as penas da outra tinham se arqueado, como se, de certo modo, fosse gritar, sem poder.

Revistei os quartos. Não restava mais nada com vida. Todos assassinados. O urso preto. O coiote. O quati. Todos. A casa inteira mergulhada em silêncio. Tudo imóvel. Não havia nada que se pudesse fazer. Tinha nas minhas mãos um vasto projeto de enterro. Os animais pagaram caro pela sua individualidade – e pela nossa.

Arrumei a sala da frente e o quarto, limpei o sangue que pude e trouxe Carol pra dentro da casa. Aquilo provavelmente tinha acontecido enquanto estávamos no cinema. Abracei Carol no sofá. Ela não corava, só estremecia o corpo todo, de cima a baixo. Passei-lhe a mão, acariciando, dizendo coisas... De vez em quando era sacudida por uma emoção violenta e gemia: "Ooooh, oooh... meu Deus..." No fim de duas horas começou a chorar. Continuei ali, abraçado nela. Não demorou muito pra pegar no sono. Levei-a pra cama, tire-lhe a roupa e tapei com a coberta. Depois fui dar uma olhada no quintal. Ainda bem que era grande. Íamos passar da noite pro dia, de Zoológico em Liberdade pra cemitério de animais.

Levei dois dias pra enterrar todos. Carol colocou marchas fúnebres no toca-discos, cavei as sepulturas, coloquei os cadáveres nas covas e cobri com terra. A tristeza era insuportável. Carol marcou os túmulos e nós dois tomamos vinho, sem dizer nada. As pessoas passavam, estranhavam e espiavam pela cerca de arame; adultos, crianças, repórteres e fotógrafos da imprensa. Quase no fim do segundo dia, enchi de terra a última cova e Carol então pegou a pá e se aproximou lentamente da multidão aglomerada na cerca. Assustados, recuaram, resmungando. Arremessou a pá contra eles. Se abaixaram imediatamente, protegendo a cabeça com as mãos, como se o arame pudesse rebentar.

– Muito bem, seus assassinos – gritou Carol –, estão *satisfeitos*?

Entramos em casa. Havia 55 túmulos no quintal...

Várias semanas depois, sugeri que se podia tentar outro zoológico, desta vez deixando alguém sempre de guarda.

– Não – retrucou. – Os meus sonhos... os meus sonhos já me disseram que chegou a hora. Tudo se aproxima do fim. Chegamos ainda a tempo. Conseguimos.

Não fiz pergunta. Achei que Carol já tinha passado por provações suficientes. Ao se aproximar o dia do nascimento da criança, me pediu pra casar com ela. Falou que não fazia questão do casamento, mas, já que não possuía parentes, queria que eu ficasse como herdeiro. Isso em caso de morrer ao dar à luz o filho e que os seus sonhos não se transformassem em realidade – a despeito do fim de tudo.

– Os sonhos podem estar errados – disse –, embora, até hoje, sempre se tenham concretizado.

Assim celebramos uma cerimônia nupcial discreta – no cemitério do quintal. Escolhi um de meus velhos amigos do bairro pobre como testemunha e padrinho e, mais uma vez, os transeuntes, curiosos, pararam diante da cerca pra assistir. Foi questão de minutos. Dei um pouco de dinheiro e vinho pro meu amigo e levei-o de carro pra casa.

No caminho, bebendo no gargalo da garrafa, me perguntou:

– Então, deflorou a bichinha, hem?
– Pois é, acho que sim.
– Acha? Quer dizer que houve outros?
– Hum... é.
– Com mulher é sempre assim. Nunca se sabe. A metade dos caras lá do bairro se deu mal por causa de saias.
– Pensei que fosse por causa de bebida.
– Primeiro as saias, depois a bebida.
– Sei.
– Nunca se sabe com essas tipas.
– Ah, mas eu sabia.

Me olhou de um jeito penetrante e então abri a porta pra que descesse do carro.

Esperei no andar térreo do hospital. Como tudo aquilo tinha sido estranho. Todas as coisas que estavam acontecendo desde que saí do bairro pobre e fui parar naquele casarão. O amor e a agonia. Se bem que, no fim das contas, o amor tivesse saído vencedor. Mas agora só restava esperar. Tentei ler o gráfico das posições do campeonato de beisebol, o resultado das corridas de cavalo. Não consegui me interessar. E depois havia os sonhos de Carol; acreditava nela, mas duvidava dos sonhos. O que significariam? Não sabia. De repente vi o médico de Carol no balcão da recepção, conversando com uma enfermeira. Me aproximei.

– Ah, Mr. Jennings – disse ele –, sua esposa está passando bem. E o filhote é... é... macho e pesa quase cinco quilos.
– Obrigado, doutor.

Entrei no elevador e subi pra ir olhar no berçário. Devia haver uma centena de recém-nascidos ali, atrás daquele vidro, chorando. Sem parar. Esse negócio de nascer. E de morrer. Cada um na sua hora. A gente chega sozinho e vai-se embora do mesmo jeito. E a maioria passa a vida inteira sem ninguém, assustada e sem entender nada. Uma tristeza indizível tomou conta de mim. Vendo todas aquelas vidas que teriam que morrer. Que primeiro se transformariam em ódio, demência, neurose, estupidez, em crime, em nada – nada na vida e nada na morte.

Disse o meu nome à enfermeira. Ela entrou na sala envidraçada e localizou o nosso filho. Ao levantar a criança no ar, a enfermeira sorriu. Um sorriso incrível, de perdão. Nem podia ser de outro modo. Olhei pra criança – impossível, clinicamente impossível: era um tigre, um urso, uma cobra e um ser humano. Um alce, um coiote, um lince e um ser humano. Não chorava. Os olhos se fixaram em mim e me reconheceram. E eu também reconheci. Uma coisa insuportável, o Homem e o Super-homem, Super-homem e Superfera. Completamente impossível e olhava pra mim, o Pai, um dos pais, um dos muitos e muitos pais... e os raios de sol se cravaram no hospital, que começou a estremecer de cima a baixo, as crianças rugindo de medo, as luzes se acendendo e apagando; um clarão roxo relampejou na repartição de vidro na minha frente. As enfermeiras gritavam. Três luminárias fluorescentes se desprenderam dos suportes e desabaram sobre os berços. A enfermeira ficou ali parada, em pé, segurando meu filho e sorrindo, enquanto a primeira bomba de hidrogênio caía sobre a cidade de São Francisco.

Um cara popular

Já tive duas gri, gri, atchim! gripes e esse pessoal não desiste de vir bater aqui na porta; o número de visitas sempre aumenta e cada pessoa, ou pessoas, acredita que tem algo de especial pra me oferecer e ficam lá, pam, pam, pam, em cima da porta, e é sempre a mesma chapa; eu grito:

– JÁ VAI! JÁ VAI!

visto a calça e vou abrir, mas ando muito cansado, nunca durmo bastante, faz 3 dias que não cago, exatamente, adivinhou, já estou ficando doido, e essa gente toda tem uma energia inesgotável, não para de demonstrar bondade, sou um sujeito solitário, mas nem tão ranzinza assim, mas é sempre, sempre – uma coisa. me lembro do que minha mãe vivia repetindo em alemão, que não é bem isso, mas algo equivalente: "*emmer etvas!*" e que quer dizer: sempre alguma coisa. que um homem só passa a entender direito o significado quando chega à velhice. não que a idade traga vantagens, mas é que com ela a mesma cena volta de novo, uma infinidade de vezes, que nem casa maluca de parque de diversões.

é um cara durão, de calça suja, que acaba de tirar o pé da estrada, acha sensacional o que escreve, e até que não é ruim de todo como escritor, mas sempre fico de pé atrás com o convencimento dele, e que também já se deu conta de que a gente não se beija, nem se abraça e nem se esfrega um no outro no meio da sala. é um tipo divertido. ator. não podia deixar de ser. viveu mais vidas sozinho que dez homens juntos. mas sua energia, em certo sentido comovente, acaba por me deixar exausto. não ligo porra nenhuma pro mundo dos poetas, nem me impressiono com o fato de ter telefonado pro Norman Mailer ou que conheça o Jimmy Baldwin e o caralho a quatro. e vejo que não me compreende muito bem, pois não vibro com os entusiasmos que manifesta. tá legal. ainda gosto dele. Vale mais que 999 num milhar. mas minha alma germânica não descansará enquanto não encontrar o milésimo. sou muito calmo e atento, mas tenho por dentro um ponto de ebulição descomunal de loucura com o qual, em última análise, preciso ter muito cuidado, senão, um belo dia, não respondo pelo que sou capaz de fazer, sozinho, num quarto de 8 dólares semanais lá pela avenida Vermont. pronto, agora está dito. porra.

de modo que fica falando e é divertido. dou uma risada.

– 15 milhas. herdo essa grana toda com a morte de meu tio. aí ela quer que a gente se case. estou mais gordo que um porco. ela tem me alimentado muito bem. ganhando 300 pratas por semana, trabalhando com o procurador-geral, um troço bom pra cacete, e agora quis casar e largou o emprego. fomos pra Espanha. está certo, tava escrevendo um peça, bolei uma ideia sensacional pra uma peça de teatro, portanto tudo bem, tava bebendo e fodendo com tudo quanto é puta. aí esse cara de Londres quer ver como que é a peça, talvez até montar o espetáculo, tá legal, então eu volto de Londres e, porra, que sacanagem, descubro que minha mulher anda trepando com o prefeito da cidade e meu melhor amigo, e enfrento ela e digo: "SUA PUTA CRETINA, VOCÊ TÁ FODENDO COM O MEU MELHOR AMIGO, O PREFEITO DAQUI. AGORA VOU TE MATAR PORQUE SÓ VOU PEGAR CINCO ANOS DE CADEIA, JÁ QUE VOCÊ ME CORNEOU!"

caminhava de um lado pro outro.

– e aí, o que aconteceu? – perguntei.

– ela me disse: "que que tá esperando pra me matar, seu veado?".

– é peituda.

– puxa, se é. eu com aquele baita facão na minha mão. tive que jogar no chão. ela mostrou muita classe pra cima de mim. classe média alta, por sinal.

muito bem. menos mal que todos são filhos de deus – foi-se embora.

voltei pra cama. estava apenas morrendo. ninguém se importava. nem mesmo eu. os calafrios recomeçaram. não havia cobertor que chegasse. continuava com frio. e a minha cabeça também – todas as aventuras humanas do espírito pareciam vigarice, presepada, como se no momento em que nasci tivesse sido lançado no meio de um bando de trapaceiros. e quando a gente não saca logo a trapaça ou o ponto de vista do presepeiro, tá ferrado, sem apelação. o espertalhão passa séculos bolando esquemas que não é qualquer um que pode furar. acontece que ele não queria furar esquema nenhum, nem tampouco sair vitorioso; sabia que Shakespeare escrevia mal e que Creeley era medroso; pouco interessava. a única coisa que queria era um quartinho, com muita paz e sossego.

uma vez falou com um amigo que julgava que o compreendia, e então disse:

– nunca me senti só.

e o outro não hesitou em retrucar:

– puta merda, que mentiroso que você é.

portanto, tornou a se deitar, meio tonto, ficou ali uma hora e a campainha da porta tocou outra vez. resolveu não atender. mas a campainha e as batidas continuaram, com tal violência, que achou que poderia até ser alguma coisa importante.

era um rapaz judeu. poeta dos bons, mesmo. mas e daí, porra?

– Hank?

– que é?

empurrou a porta e entrou, jovem, dinâmico, crente no embuste poético – toda aquela baboseira: se o cara for um sujeito decente e poeta de verdade, será recompensado em algum lugar muito distante do inferno. o garoto simplesmente não sabia disso. as Guggs* já estavam prontas pra serem concedidas a todos que se sentiam muito à vontade e tinham engordado de tanto bajular, espreitar e ensinar inglês do I e II graus nas chatérrimas universidades do país. tudo estava fadado ao fracasso. a alma nunca suplantaria a vigarice. somente

---

* *Guggs*: bolsas (no caso, de poesia) da Fundação Guggenheim.

um século depois da morte. e aí então usariam essa alma, de pura vigarice, pra convencer a gente de que não se tratava de tapeação. dava tudo no mesmo.

entrou. jovem, aprendiz de rabino.

– ah, merda, que coisa horrível – disse.

– o quê? – perguntei.

– no caminho pro aeroporto.

– ah, é?

– o Ginsberg quebra as costelas no desastre. nada acontece com o Ferlinghetti, o maior panaca de todos. tava de viagem marcada pra Europa, pra fazer essas leituras que rendem 5 a 7 pratas por noite, e nem sequer se arranhou. estive junto com o Ferlinghetti no palco uma noite, mas ele se esforça tanto pra ofuscar a gente, recorrendo a tudo quanto é truque, que chega a dar lástima. no fim perceberam e recebeu a maior vaia. o Hirschman também é muito chegado a essas frescuras.

– não esquece que o Hirschman é fissurado pelo Artaud. pra ele, se o cara não banca o louco, não é gênio. vamos dar um tempo pra ele. quem sabe?

– porra – continua o garoto –, você me deu 35 dólares pra datilografar o teu próximo livro, mas é poema que não acaba mais. credo, nunca pensei que fossem TANTOS assim!

– e eu que supunha que tivesse desistido de escrever poemas.

quando um judeu exclama "credo", pode estar certo que anda metido nalguma enrascada. por isso me deu 3 dólares, eu lhe dei dez, e então nos sentimos melhor. também comeu a metade de uma bisnaga de pão, um picle abençoado, e foi-se embora.

voltei pra cama e me preparei pra morrer. e pro melhor ou pro pior, bons ou maus sujeitos, compondo seus rondós, exercitando seus músculos poéticos de meia-tigela, tudo termina cansando, são tantos, e todos fazendo tudo pra ter êxito, odiando-se uns aos outros, e alguns chegando lá em cima, lógico, sem o menor mérito, mas vários com mérito de sobra, e assim transformando a história toda num pega pra capar, numa malhação geral, num vai ou racha, "encontrei Jimmy numa festa...".

bem, deixa eu engolir essa joça. ele, portanto, voltou pra cama e ficou vendo as aranhas devorando as paredes. aquele ali é que era o seu lugar, pra sempre. não suportava aglomerações, poetas, não poetas, heróis, não heróis – não aturava a presença de nenhum deles. estava condenado. o seu único problema, quanto à condenação, era aceitá-la da maneira mais resignada possível. ele, eu, nós, vós...

deitou de novo na cama, trêmulo, gelado. a morte feito escamas de peixe, água transparente em murmúrio. imagina só. todo mundo morre. perfeito, menos pra mim e uma outra pessoa. ótimo. existem várias maneiras, vários filósofos. estou cansado.

muito bem, a gripe, a gripe, morte natural de frustração rústica e falta de carinho, e eis-nos, pois, aqui, enfim, deitados sozinhos na cama, suando, contemplando a cruz, enlouquecendo a *meu* modo, bem pessoal, pelo menos é meu, aqueles dias, sem ninguém pra incomodar, agora tem sempre alguém batendo na porta, não ganho 500 dólares por ano escrevendo e não param de vir aqui em casa, querem OLHAR pra mim.

ele, eu, deitamos na cama de novo, doentes, suando, morrendo, morrendo de verdade, por que não me deixam em paz, não ligo porra nenhuma se sou gênio ou idiota, me deixem dormir, ter mais um dia como eu gosto, 8 horas apenas, o resto pode ficar pra vocês, e aí a campainha tornou a tocar.

a gente até era capaz de pensar que fosse Ezra Pound, com Ginsberg procurando chupar o pau dele...

e gritou:

– já vai, deixa eu vestir a calça.

e lá fora todas as luzes acesas. feito anúncio luminoso. ou o cabelo provocante das prostitutas.

o cara lecionava inglês num lugar por aí.

– Buk?

– que é? estou doente. com gripe. pega que não é brinquedo.

– vai fazer árvore este ano?

– sei lá. por enquanto tô morrendo. a menina tá na cidade. mas de momento tô muito doente, e é contagioso.

o cara com medo, não se aproxima e me entrega uma caixa de meia dúzia de cervejas, a um metro de distância. depois abre seu último livro de poemas, autografa pra mim e vai embora. eu sei que o desgraçado não escreve nada que preste, jamais há de escrever, mas ficou gamado por uma coisa que certa vez escrevi, não me lembro onde, que ele jamais há de.

mas não se trata de competição; a arte de verdade não admite competição de espécie alguma, pode se tratar do governo, de crianças, de pintores, de veados ou do que a gente bem entender.

me despedi do cara e do seu pacote de meia dúzia de cervejas e abri o livro:

"... passou o ano acadêmico de 1966-67 estudando e fazendo pesquisas por conta da Fundação Guggenheim em...".

atirou o livro longe, sabendo que não valia nada. todos os prêmios iam pra os que já estavam gordos, tinham tempo e sabiam onde se consegue uma ficha de inscrição pra uma bosta de uma Gugg. nunca tinha visto nenhuma. não seria dirigindo táxis ou trabalhando como moço de recados num hotel em Albuquerque que poderia ver. fodam-se.

conseguiu pegar no sono.

o telefone tocou.

continuaram batendo na porta.

foi a última gota. não se importou com mais nada. não ligou pra o que pudesse ainda ouvir ou ver. não dormia há 3 dias ou noites, não tinha comido porra nenhuma. e agora estava tudo tranquilo. tão perto da morte quanto seria possível sem se tornar imbecil. e tendo quase se tornado. que maravilha. em breve iriam embora.

e dos braços cruzados do cristo do seu teto alugado começaram a surgir pequenas fendas e ele sorriu enquanto o reboco de dois séculos lhe caía dentro da boca, respirou fundo e depois morreu sufocado.

Cavalo flor

Passei a noite inteira acordado em companhia de John da Barba. discutimos Creeley – ele a favor, eu contra. já cheguei bêbado e trazendo cerveja comigo. falamos disso e daquilo, eu, ele, só dando uma geral, e a noite se foi. lá pelas 6 da manhã entrei no carro, liguei o motor, desci aqueles morros e saí disparando pelo Sunset afora. cheguei em casa, achei mais cerveja, bebi, consegui tirar a roupa e me meti na cama. acordei de tarde, com náusea, levantei de um pulo, me vesti, escovei os dentes, penteei o cabelo, contemplei aquela cara de ressaca no espelho, me virei em seguida, as paredes giravam, saí pela porta, peguei o carro e tomei o rumo sul pro Hollywood Park. corridas de charrete.

apostei dez paus no favorito, 8-6, me afastei do guichê e fui assistir ao páreo. um garoto alto, de terno escuro, correu pra ver se ainda dava tempo pra apostar. o desgraçado devia ter uns 2 metros de altura. fiz o que pude pra me desviar, mas o ombro dele me pegou bem na cara. quase me derrubou. me virei:

– seu maluco de um filho da puta cretino, OLHA ONDE ANDA! – gritei.

estava preocupado demais em apostar, nem me ouviu. subi a rampa e esperei que o 8-5 aparecesse. depois saí dali e fui pras tribunas de honra pra tomar um xícara de café quente, sem leite. o hipódromo inteiro parecia uma alucinação psicodélica.

5,60x5,18 pratas de lucro no primeiro páreo. não queria estar ali. nem onde quer que fosse. às vezes o cara tem que lutar tanto pela vida que nem dá tempo pra viver. voltei pras arquibancadas, amassei o copo do café, e sentei pra não desmaiar. tonto de náusea.

faltava ainda um minuto e pude me refazer. um japonesinho se virou pro meu lado, encostou a cara na minha.

– qual que você gosta?

nem sequer tinha programa. tentou espiar o meu. esses sujeitos são capazes de apostar dez ou 20 pratas numa corrida, mas se apavoram pra gastar 40 cents num programa que também traz a ficha completa dos cavalos.

– não gosto de nenhum – meio que rosnei pra ele.

acho que deu pra entender. virou de costas e fez o que pôde pra ler o programa do cara parado na sua frente. espiou de lado e tentou olhar por cima do ombro.

fiz minha aposta e fui assistir ao páreo. Jerry Perkins correu feito o capão de 14 anos que era. Charley Short dava impressão de estar dormindo com os freios na mão. no mínimo tinha passado também a noite inteira acordado. com o cavalo. Frete Noturno ganhou a corrida, 18-1, e rasguei minhas pules. na véspera tinha corrido a 15-1, seguindo com outro de 60-1. estavam fazendo o possível pra me mandar de volta pra miséria. a minha roupa e os sapatos me deixavam com ar de mendigo esfarrapado. um jogador gasta dinheiro com tudo, menos com roupas – birita está certo, comida, trepadas, mas roupa, nem pensar. enquanto não se anda nu e com grana no bolso, pode-se apostar sem receio.

a rapaziada estava de olho numa coisa de minissaia curtíssima. CURTA é apelido! e era jovem e maneira. fui conferir. um arraso. cobrava 100 paus por uma noite na cama. falou que trabalhava de garçonete num lugarzinho de luxo qualquer. me afastei com minha roupa de mendigo; ela subiu pro bar e pagou sua própria bebida.

tomei outro café. na véspera tinha comentado com John da Barba que o homem, em geral, paga por uma trepada, de um jeito ou doutro, 100 vezes mais do que vale. eu não. os outros sim. a trepada com aquela minissaia estaria bem paga com 8 pratas. ela queria cobrar nada menos que 13 vezes a mais do que valia. nada boba.

entrei na fila pro próximo páreo. o placar marcava zero. a corrida já ia começar. o garoto gordo na minha frente parecia que estava dormindo. não tinha ar de quem queria apostar.

– faz o jogo e dá o fora – reclamei.

ele, nada. dir-se-ia grudado no guichê. foi-se virando em câmara lenta e lhe apliquei um belo cotovelaço, empurrando pra longe da fila. se abrisse o bico, palavra, dava-lhe um murro na cara. a ressaca me deixou impaciente. apostei 20, na cabeça, em Sonho Escocês. um bom cavalo, mas desconfiei que Crane não ia saber dirigir direito. não tinha me mostrado nada de maior durante toda a temporada. portanto, tudo bem – não deu outra. na reta final, outro cavalo de 18-1 passou feito raio na frente dele. se contentou com o segundo lugar. o velho Clarence Hansen ainda estava em plena forma.

a miséria me rondava, cada vez mais perto. olhei pra aquela gente toda. o que estavam fazendo ali? por que não tinham ido trabalhar? como é que conseguiam? havia meia dúzia de ricos no bar. não pareciam preocupados, mas tinham aquela expressão morta, característica dos ricos, quando não precisam mais lutar e não encontram nada pra substituir – nenhum interesse, apenas continuando a ser ricos. pobres-diabos. é, ha, hahaha, ha.

eu não parava de tomar água. me sentia seco, seco. tonto de náusea e seco. e por baixo. por causa da agitação. encurralado de novo. que esporte mais cansativo.

um tipo espanhol bem vestido, cheirando a crime e incesto, se aproximou de mim. fedia feito cano de esgoto entupido.

– me dá uma prata – pediu.

– vai te foder – respondi, bem calmo.

se virou e se aproximou do próximo:

– me dá uma prata.

a resposta não tardou. tinha acertado no Dutch de Nova York.

– e tu me dá dez, seu punheteiro – disse Dutch.

outros andavam pra lá e pra cá, lesados no Sonho. falidos, irritados, preocupados, golpeados, mutilados, ludibriados, tapeados, logrados, ferrados, fodidos. iriam voltar para perder de novo, se conseguissem mais um pouco de grana. eu? ia dar uma de batedor de carteiras, cafetão ou coisa parecida.

o segundo páreo foi a mesma merda. perdi novamente, desta vez pra Jean Daily dirigindo Pepper Tone. cada vez mais me convencia que todos aqueles anos de experiência no hipódromo – chegando a estudar horas a fio, de noite – eram tudo ilusão. porra, não passavam de animais, que a gente soltava por aí até que acontecesse alguma coisa. estaria muito melhor lá em casa, escutando uma música bem melosa – *Carmen* em inglês, por exemplo – à espera do despejo do senhorio.

fiquei, mais uma vez, em segundo lugar no 5º páreo, quando Bobbijack perdeu pra Stormy Scott N, uma autêntica barbada com um apronto de 5/2, principalmente por causa do jóquei, Farrington, e por ter ganhado com 11 corpos de vantagem da última vez que tinha competido.

e 2º, de novo, no 6º, com Shotgun, boa aposta a 8-1, e correu muito bem, mas Pepper Streak estava espetacular. rasguei minha pule de dez dólares.

peguei 3º no 7º e o prejuízo aumentou pra 50 paus.

no 8º tive que escolher entre Creedy Cash e Red Wave. na fim optei por Red Wave, e claro que Creedy Cash ganhou, a 8/5, com O'Brien. o que não foi nenhuma surpresa – nas 19 corridas de que participara naquele ano, Creedy já tinha saído vencedor em 10.

apostei feito louco em Red Wave – o prejuízo saltou pra 90 paus. fui mijar no mictório e encontrei tudo quanto era punguista circulando por lá, prontos pra dar o bote, e pegar a carteira. um bando de velhotes, com cara de fracasso. dali a pouco, quando aquela coisa acabasse, iam todos se mandar. que modo de desaparecer – famílias desfeitas, empregos e negócios perdidos. que loucura. mas é assim que se pagam os impostos do bom estado da Califórnia, meu bem. 7 ou 8 por cento de cada dólar. uma parte abria estradas, contratava patrulheiros pra ameaçar a gente, construía hospícios, alimentava e pagava o salário do Ronald.

uma última tentativa. fiquei interessado num capão de 11 anos, Fitment, um cavalo vitorioso em corrida anterior, que chegou na reta final com 13 corpos de vantagem diante de

6.500 apostadores e agora ia competir com dois que arcavam com 12.500 apostadores cada um e outro de 8.000. só sendo louco, e se contentando com 9-2, ainda por cima. apostei 10 na cabeça em Urrall, a 6-1, como reserva, e queimei 40 com Fitment. o que me traria um prejuízo de 140 paus. 47 anos de idade e ainda brincando de Terra do Nunca Mais. caindo, feito caipira, em tudo quanto é conto do vigário.

fui assistir à corrida. Fitment ultrapassou 2 na primeira curva, mas não estava se afobando. não quebra o pescoço, filhinho, cuidado. pelo menos mostra que você sabe correr, nem que seja um pouquinho. não é preciso que os deuses caguem sempre na cabeça do mesmo homem: eu. que todo mundo tenha a sua vez. faz bem pra moral.

já estava escurecendo e os cavalos correndo no meio da neblina poluída. Fitment tomou a dianteira na reta de fundo. vinha com bastante folga. mas Meadow Hutch, o favorito com 8/5, conseguiu dar a volta por fora e passou na frente de Fitment. chegaram nessa posição na última curva e aí então Fitment aumentou a velocidade, emparelhou com Meadow Hutch, ganhou distância e deixou o concorrente pra trás. bem, o favorito com 8/5 já estava no papo, agora só faltava manter a liderança sobre os outros 6 cavalos. merda, porra, não vão me dar o gostinho, pensei. vai acontecer alguma coisa na última hora. um rebuliço. os deuses estão contra mim. vou voltar lá pro meu quarto, me deitar no escuro, de luz apagada, olhando pro teto, sem entender como foi possível.

Fitment manteve os 2 corpos de diferença na reta e fiquei esperando. parecia que não terminava mais. meu deus, que DEMORA! que coisa INSUPORTÁVEL!

duvido muito. não dá pra segurar. olha só como escureceu.

140 paus no prejuízo. doente. velho. burro. azarado. com verrugas na alma.

quem é broto dorme com gigantes de corpo e intelecto. quem é broto faz troça de mim quando ando na rua.

Fitment. Fitment.

manteve os 2 corpos de vantagem. vinha rolando feito bola. se distanciaram por 2 e meio. nenhum chegou perto. lindo.

uma sinfonia. a própria neblina sorria. vi quando cruzou a linha de chegada e então fui tomar água. quando voltei, o preço já estava no marcador. 11,80 dólares por 2. tinha apostado 40 na cabeça. peguei a caneta e fiz o cálculo. ia receber 236 dólares. menos os 140 de prejuízo. estava com 96 dólares de lucro.

Fitment. ama. meu bem. ama. cavalo flor.

a fila de dez dólares não acabava mais. entrei no mictório, passei água na cara. meu passo tinha recuperado a firmeza. saí e tirei as pules do bolso.

só consegui achar TRÊS do Fitment! tinha perdido a quarta nalgum lugar!

amador! burro! cabeça de porongo! senti ânsia de vômito. uma pule de dez paus valia 59 dólares. procurei por todos os lugares onde tinha passado. juntando pules do chão. nenhum número 4. alguém havia pegado minha pule.

entrei na fila de novo, examinando a carteira. que imbecil! de repente encontrei. tinha caído numa dobra, coisa que jamais me aconteceu antes. que carteira mais burra!

recebi meus 236 dólares. vi a minissaia olhando pra mim. ah não não não NÃO! saí correndo pra escada rolante, comprei um jornal, fui me desviando dos motoristas no estacionamento e cheguei no meu carro.

acendi um charuto. bem, pensei, não há como negar: com um gênio ninguém pode. e com essa ideia na cabeça, liguei o motor do meu Plymouth 57. dirigi com o maior cuidado e cortesia. cantarolava o *Concerto em ré maior*, pra violino e orquestra, de Peter Ilyich Tchaikovsky. bolei uma espécie de letra pro tema principal, a mais bela melodia do primeiro movimento: *"Once more, we will be free again. oh, once more, we will be free again, free again, free again..."* *

saí manobrando entre os perdedores revoltados. o carro, com prestações a vencer e um seguro caríssimo, era tudo o que lhes restava. desafiavam-se uns aos outros, arriscando-se a mutilações e homicídios, zunindo e lascando, sem ceder um só palmo. consegui sair pelo portão que dava pra Century City. meu carro enguiçou bem na curva, engarrafando 45 outros

---

* Mais uma vez, seremos livres de novo. oh, mais uma vez, seremos livres de novo, livres de novo...

atrás de mim. pisei rapidamente no acelerador, pisquei o olho pro guarda de trânsito, depois passei pro arranque. o motor pegou e segui adiante, dirigindo no meio da neblina poluída. Los Angeles não era, no fundo, tão ruim assim: um bom michê sempre sabe como tirar o pé da lama.

O grande rebu da maconha

Uma noite dessas fui a uma reunião – em geral, o tipo do troço chato pra mim. sou, essencialmente, um solitário, um velho beberrão que prefere beber sozinho, talvez com a única esperança de escutar um pouco de Mahler ou Stravinsky no rádio. mas lá estava eu no meio da turba enlouquecedora. não vou explicar o motivo, pois isso já é outra história, talvez mais longa, e mais confusa ainda, porém, ao ficar ali parado, tomando meu vinho, ouvindo o The Doors, os Beatles ou o Airplane, misturados com todo aquele vozerio, percebi que precisava de um cigarro. estava a zero. como sempre, aliás. aí vi aqueles 2 rapazes por perto, braços caídos e oscilando; os corpos frouxos, feito gansos; pescoços girando; os dedos das mãos à vontade – em suma, pareciam feitos de borracha, um elástico que se esticava, puxava e partia.

cheguei perto:

– ei, caras, um de vocês tem cigarro?

foi o que bastou pra borracha começar a saltar. fiquei ali parado, olhando, enquanto se entusiasmavam, estalando os dedos e batendo palmas.

– aqui ninguém fuma, bicho! BICHO, a gente não... fuma. cigarros.

– não, bicho, a gente não fuma, não desse tipo, não, bicho.

flipflop. flipflap. que nem borracha.

– nós vamos pra M-a-li-buuu, cara! é, nós vamos pra Malllli-bUUUU! bicho, nós vamos pra M-a-li-buuuuuu!

– é isso aí, cara!
– é isso aí, bicho!
– é!

flipflap. ou, flapflap.

não podiam me dizer simplesmente que não tinham cigarro. precisavam me impingir aquele lance de religião: cigarro era pra gente careta. estavam indo pra Malibu, pra algum lugar onde iam "ficar numa boa", curtindo um pouco de erva. faziam lembrar, em certo sentido, essas velhinhas paradas pelas esquinas, vendendo "O Atalaia". essa turma toda que vai de LSD, STP, maconha, heroína, haxixe, e remédio pra tosse, sofre da comichão d'"O Atalaia": você tem que estar na nossa, cara, senão sifu, tá fora. esse lance é permanente e, pelo visto, uma OBRIGAÇÃO com quem usa esses baratos. não admira que a toda hora vão em cana – não sabem ser discretos – com o que lhes dá prazer; têm que APREGOAR que estão por dentro. e, o que é pior, tendem a ligar isso com a Arte, o Sexo, com o ambiente de Protesto. o Deus do Ácido deles, Leary, lhes diz: "desistam da luta. me sigam", aí aluga um auditório aqui na cidade e cobra 5 pratas por cabeça de quem quiser ouvir ele falar. depois chega Ginsberg, junto com ele. e proclama que Bob Dylan é um grande poeta. autopropaganda dos que ganham manchetes posando de maconheiro. América.

mas mudemos de assunto, porque isso também já é outra história. este negócio, do jeito que eu conto, e do jeito que é, tem braços à beça e pouca cabeça. mas, voltando aos rapazes que estão na crista da onda, os cucas de maconha. a linguagem que usam. chocante, bicho. tem tudo a ver. o pedaço. maneiro. bacana. cafona. careta. embalo. de repente. xará. coroa. por aí, e não sei mais o quê. já ouvi essas mesmas frases – ou seja qual for o nome que se queira empregar – quando tinha 12 anos, em 1932. deparar com tudo isso de novo, 25 anos depois, não contribui muito pra se simpatizar com o usuário, ainda mais quando considera que são o que pode haver de atual. grande parte dessa gíria se deriva do pessoal que usava drogas da pesada, a turma da colher e da agulha, e também dos velhos músicos negros das orquestras de jazz. a terminologia dos que estão de fato "por dentro" já mudou, mas os pretensos modernosos, como a dupla a quem pedi cigarro – esses ainda falam no estilo de 1932.

e essa história de dizer que quem fuma maconha acaba produzindo arte é, no mínimo, duvidosa. De Quincey escreveu coisas bem razoáveis, e *O comedor de ópio*, apesar de ser leitura muito agradável, tem trechos do maior tédio. e está na índole de quase todos os artistas tentar quase tudo. são curiosos, desesperados, suicidas. mas a maconha vem DEPOIS que a Arte já está ali, que o artista já existe. não é ela que produz a Arte. mas se torna, com frequência, o pátio de recreação do artista consagrado, uma espécie de comemoração da vida, essas festinhas de embalo, e também um campo de observação, bom pra cacete, pro artista surpreender as pessoas com a calça espiritual arriada ou, se não tanto, talvez menos resguardadas.

na década de 1830, as festinhas de embalo e orgia sexual de Gautier eram o assunto de Paris. todo mundo também sabia que Gautier escrevia poemas nas horas vagas. hoje, as festas é que são relembradas.

saltando pra outro braço desta história: não ia gostar nem um pouco de ir em cana por uso e/ou porte de erva. seria o mesmo que ser acusado de estupro por cheirar calcinha no secador da vizinha. a erva, simplesmente, não é tão boa assim. a maior parte do efeito é causada pela predisposição mental de acreditar que a gente vai entrar numa boa. se fosse substituída por outro macete, que não fosse droga, mas tivesse o mesmo cheiro, a maioria dos usuários acabaria sentindo efeitos idênticos: "ei, xará, isto é troço FINÍSSIMO, material de primeira!".

quanto a mim, prefiro cá as minhas cervejinhas. não me meto com sujeira não por causa da polícia, mas porque esse negócio me chateia e causa pouco efeito. admito, no entanto, que o barato provocado pelo álcool e por dona "mary" seja diferente. é possível ficar alto com a erva e nem sentir; com a birita a gente, em geral, sabe muito bem o que está fazendo. eu sou da velha guarda: gosto de saber o que faço. mas se você preferir maconha, ácido ou seringa, não tenho nada contra. o problema é seu e, se achar que assim é que deve ser, tudo bem, assunto encerrado.

já basta o número de comentaristas sociais de escasso QI que existe por aí. por que deveria acrescentar o meu sarcasmo privilegiado? quem não ouviu ainda essas velhas que vivem dizendo: "oh, acho simplesmente ATROZ o que essa juventude anda fazendo por aí, com todas essas drogas e sei lá mais o quê! que coisa horrível!" e aí a gente olha pra ela: sem olhos, sem dentes, sem cérebro, sem alma, sem bunda, sem boca, sem cor, sem ânimo, sem humor, sem nada, apenas um sarrafo ambulante, e a gente fica pensando o que o chá com bolinhos, a igreja e a bonita casa de esquina fizeram por ELA. e os velhos às vezes ficam bem agressivos com o que uma parte da juventude anda fazendo – "que diabo, trabalhei DURO a vida inteira!" (eles acham que isso constitui uma virtude, quando a única coisa que prova é que o sujeito não passa de um perfeito idiota), "esse pessoal quer ganhar tudo sem fazer NADA! passando o tempo todo sentado pelos cantos, estragando o corpo com drogas, esperando viver às custas da riqueza da terra!"

aí a gente olha pra ELE:

que dúvida.

está só com inveja. foi tapeado. perdeu os melhores anos se fodendo todo por aí. o que gostaria, mesmo, era de cair na gandaia. se pudesse recomeçar a vida. só que não pode. por isso agora quer que os outros sofram como ele sofreu.

e, de modo geral, é isso aí. o pessoal da maconha faz um bicho de sete cabeças com essa porra de erva e o público não fica atrás. e a polícia não tem mãos a medir, levando em cana e crucificando tudo quanto é maconheiro que lhe cai nas garras, e a bebida é permitida por lei até que a gente bebe demais, é preso na rua e aí então vai pra cadeia. pode se dar o que se quiser pra raça humana que ela acaba esgravatando, arranhando, vomitando e mijando em cima. se legalizarem a maconha, os eua ficarão mais cômodos, mas não muito melhores. enquanto houver tribunais, prisões, advogados e leis, serão utilizados.

pedir a eles pra legalizar a maconha equivale a pedir pra que passem manteiga nas algemas antes de colocá-las na gente. o que está te incomodando é outra coisa – por isso você recorre à maconha ou ao uísque, aos chicotes e roupas de borracha, ou a músicas estridentes tocadas num volume tão alto que, porra, nem dá pra pensar. ou a hospícios, bucetas mecânicas ou 162 partidas de beisebol por temporada. ou ao vietnã, israel ou ao medo de aranhas. o amor da gente lavando a dentadura postiça amarelada na pia antes da foda.

existem respostas fundamentais e questões delicadas. nós ainda estamos brincando com as segundas porque não somos suficientemente homens nem suficientemente francos pra dizer do que precisamos. durante séculos julgou-se que talvez fosse o Cristianismo. depois de lançar os fiéis aos leões, permitimos que nos lançassem aos cachorros. pensou-se que o Comunismo pudesse ser um pouco melhor pro estômago do homem comum; mas pouco fez por sua alma. agora brincamos com drogas, supondo que há de abrir novos horizontes. o Oriente vem usando isso há mais tempo que a pólvora. descobriram que sofrem menos e morrem mais. maconhar ou não maconhar. "nós vamos pra M-a-l-i-buuu, cara! é, nós vamos pra Malllll-i-bUUUUU!"

com licença, vou enrolar um pouco de Bull Durham.
quer dar uma tragada?

O cobertor

Não ando dormindo bem ultimamente; mas não é sobre isso, exatamente, que pretendo falar. É quando parece que vou pegar no sono que acontece. Eu disse "parece que vou pegar no sono" porque não passa disso. De uns tempos pra cá, tenho cada vez mais a impressão, a sensação, de que estou dormindo e, no entanto, no meu sonho eu sonho com meu quarto, que estou dormindo e que tudo está no mesmo lugar onde deixei quando fui pra cama. O jornal caído no chão, a garrafa de cerveja vazia em cima da cômoda, meu único peixinho dourado circulando devagar no fundo do aquário, todas essas coisas tão íntimas que parecem que já fazem parte de mim como o meu cabelo. E muitas vezes, quando NÃO estou dormindo, deitado na cama, olhando pras paredes, cochilando, esperando pra dormir, é frequente me perguntar: ainda estou acordado ou já peguei no sono e sonho com meu quarto?

Tem acontecido muita coisa ruim ultimamente. Mortes; cavalos correndo mal; dor de dente; hemorragias, sem falar noutras coisas que não convém mencionar. Volta e meia me vem a sensação de que, ora, pior é que não pode ficar. E aí eu penso, bem, pelo menos você tem onde morar. Não anda aí, pela rua. Houve tempo em que não me importava com isso. Hoje acharia insuportável. São poucas as coisas que ainda acho suportáveis. Já fui alfinetado, lancetado, é, inclusive bombardeado... com tanta frequência que simplesmente não aguento mais; não conseguiria enfrentar outro fogo cerrado.

Mas vamos ao que interessa. Quando pego no sono e sonho, não sei se estou no meu quarto ou se torno a acordar e tudo está acontecendo mesmo, só sei que começam a ocorrer coisas estranhas. Noto que a porta do armário se abriu de leve e tenho certeza de que momentos antes estava fechada. Aí percebo também que a fresta na porta do armário está em linha reta com o ventilador (fazia muito calor e deixei ele no chão) e que essa linha reta termina na minha cabeça. Fico de repente com raiva e me afasto do travesseiro. Eu disse "com raiva" porque sempre solto algum palavrão contra "aqueles" ou "aquilo" que quer me eliminar. Agora tenho impressão de que estou ouvindo você dizer: "Este cara é louco", e de fato, é bem possível que seja. Mas, não sei por quê, acho que não é bem o caso. Embora constitua um ponto muito fraco a meu favor, se é que chega a constituir. Quando ando no meio de outras pessoas não me sinto bem. O que elas falam e o entusiasmo que demonstram nada têm a ver comigo. O mais curioso é que é justamente quando estou na companhia delas que me sinto mais forte. Me vem a ideia seguinte: se podem existir só com esses fragmentos de coisas, então eu também posso. Mas é quando estou sozinho e todas as comparações se reduzem a mim mesmo contra as paredes, contra a minha própria respiração, contra a história, contra o meu fim, que começam a ocorrer coisas estranhas. Sou evidentemente um sujeito fraco. Experimentei ler a bíblia, os filósofos, os poetas, mas pra mim, de certo modo, erraram de alvo. Ficam falando de uma coisa completamente diversa. Por isso há muito tempo desisti de ler. Encontro um pouco de conforto na bebida, no jogo e no sexo e dessa forma me assemelho bastante a qualquer membro da comunidade, da cidade e do país; a única diferença é que não tenho o menor interesse em "vencer", constituir família, ter casa própria, um emprego respeitável, etc. e tal. Portanto, lá estava eu: sem ter nada de intelectual, de artista; nem tampouco as raízes redentoras do homem comum. Me sentia dependurado com uma espécie de rótulo indeferido e muito receio, sim, que isso marcasse o início da loucura.

E como sou vulgar! enfio o dedo no cu e coço. Tenho hemorroidas, aos montes. É melhor que uma relação sexual.

Fico coçando até tirar sangue, até que a dor me obriga a parar. Os macacos, os gorilas, fazem o mesmo. Nunca viram eles nos zoológicos, com a rabo vermelho de tanto sangrar?

Mas deixa eu ir adiante. Embora se você preferir que eu fale de excentricidades, podia descrever o crime. Esses Sonhos com o Quarto, como se poderia chamá-los, começaram há alguns anos. Um dos primeiros foi em Filadélfia. Naquele tempo eu já não trabalhava muito também e talvez andasse inquieto por causa do aluguel. Não bebia mais que um pouco de vinho e cerveja e ainda não tinha começado a me dedicar, com força total, ao sexo e à jogatina. Apesar de estar morando na época com uma senhora que ganhava a vida girando a bolsinha na rua, me parecia muito esquisito que ela quisesse ainda mais sexo ou "amor", como dizia, quando chegava a minha vez, depois de ceder seus favores a 2, 3 ou mais homens no mesmo dia e noite, e embora eu fosse um sujeito tão viajado e tão encanado como qualquer Paladino das Ruas, tinha qualquer coisa com aquele negócio de meter ali dentro depois de tudo AQUILO... que não combinava comigo e me deixava aporrinhado. "Queridinho", dizia ela, "você precisa entender que eu TE AMO. Com os outros não significa nada. É que você não conhece as mulheres. A gente pode dar pra um sujeito e deixar ele pensando que se tá participando da coisa, mas não tá nada. Com você é diferente, eu participo." Todo esse papo não adiantava grande coisa. Só apertava ainda mais as paredes. E uma noite, não sei se estava dormindo ou não, mas de repente acordei (ou sonhei que acordei), olhei ao redor, e deparei com todos aqueles homenzinhos, uns 30 ou 40, amarrando nós dois na cama com uma espécie de arame prateado, e davam voltas e mais voltas, por baixo, por cima, por tudo quanto era lado. A tal senhora deve ter se dado conta do meu nervosismo. Vi que estava de olhos abertos, olhando pra mim.

– Fica quieta! – pedi. – Não te mexe! Tão querendo nos eletrocutar!

– QUEM QUE TÁ QUERENDO?

– Puta merda, eu pedi pra você ficar QUIETA! Fica parada agora!

Deixei que continuassem mais um pouco com aquilo, fingindo que dormia. De repente, com toda a força, ergui o corpo, rebentando o arame e surpreendendo os homenzinhos. Dei um soco num deles, mas não acertei. Não sei onde foram parar, mas me livrei deles.

– Acabo de salvar a vida da gente – disse pra tal senhora.

– Me beije, velhinho – retrucou.

Seja lá como for, retomemos a situação atual. Ando me levantando de manhã com o corpo todo marcado por vergões. Manchas roxas. Tem um determinado cobertor que venho observando há dias. Acho que me cobre sozinho enquanto durmo. Acordo e, às vezes, está aqui em cima na garganta, mal me deixando respirar. É sempre o mesmo. Mas até agora fingi que não notava. Abro uma cerveja, aliso bem o Programa de Corridas com o polegar, olho pela janela pra ver se está chovendo e procuro. Ando cansado. Não quero ficar imaginando nem inventando coisas.

E, no entanto, essa noite o cobertor voltou a me incomodar. Se mexe feito cobra. Assume várias formas. Não é capaz de permanecer estendido, cobrindo toda a cama. Na noite seguinte foi a mesma coisa. Atiro pra longe com o pé e cai junto do sofá. Aí vejo que anda. Com a maior rapidez, percebo que o cobertor se desloca no momento em que viro a cabeça pra outro lado. Levanto, acendo a luz, pego o jornal pra ler, leio tudo, até o que não me interessa, as notícias da bolsa de valores, os últimos modelos da moda, como cozinhar uma pomba, como se livrar do capim no jardim; cartas à redação, colunas políticas, anúncios de emprego, obituários, etc. Durante todo esse tempo o cobertor não se mexe e tomo 3 ou 4 garrafas de cerveja, talvez até mais, e aí então o dia já começa a raiar e depois fica mais fácil dormir.

Uma noite dessas aconteceu. Ou começou de tarde. Tendo dormido pouquíssimo na véspera, me deitei lá pelas 4 da tarde e quando acordei ou sonhei, outra vez, com o meu quarto, vi que estava tudo escuro e o cobertor aqui em cima na garganta, resolvido que desta vez era pra VALER! Nada de dissimulações! Queria o meu couro, e usava de força, ou então parecia que eu é que me sentia fraco, como se fosse num sonho, e precisei recorrer a todas as minhas forças pra impedir que finalmente me cortasse a respiração. Mas estava ali parado, enrolado em mim, de vez em quando desferindo rápidas estocadas, procurando me pegar desprevenido. Eu sentia o suor escorrendo da testa. Quem acreditaria numa coisa destas? Como era possível, porra? Um cobertor ganhando vida e tentando me matar? Tudo é inverossímil enquanto não acontece pela PRIMEIRA vez – que nem a bomba atômica, os russos lançando um cosmonauta no espaço ou Deus descendo à Terra e depois sendo pregado na cruz por aqueles que Ele mesmo criou. Quem há de acreditar em todas as coisas que ainda estão por vir? No último pavio de vela? Nos 8 ou 10 homens e mulheres em alguma espaçonave, a Nova Arca, rumo a outro planeta pra plantar a exaurida semente da humanidade e recomeçar tudo de novo? E onde estava o homem ou a mulher que iria acreditar que esse cobertor queria me estrangular? Ninguém cairia nessa, por nada deste mundo! O que, não sei por quê, só agravava a situação. Embora tivesse o maior desinteresse pela opinião das massas a meu respeito, queria, não sei por quê, que ficassem sabendo do cobertor. Esquisito, não é? Por que seria isso? E o mais estranho é que eu, apesar de já ter várias vezes pensado em me matar, agora que o cobertor queria me ajudar, oferecia a maior resistência.

    Por fim, arranquei aquele troço de cima de mim, joguei no chão e acendi a luz. Agora ia acabar com aquilo! LUZ, LUZ, LUZ!

    Mas qual. Quando vi, estava se retorcendo ou andando uma ou duas polegadas, mesmo com o quarto todo iluminado. Sentei na cama e fiquei olhando com a maior atenção. Se mexeu de novo. Desta vez quase meio metro. Levantei e comecei a me vestir, me desviando dele pra achar os sapatos, as meias, etc. Depois que já estava todo arrumado, não sabia mais o que fazer. O cobertor agora estava imóvel. Quem sabe um passeio, pelo ar noturno. Sim. Conversaria com os jornaleiros da esquina. Embora a perspectiva não fosse nada animadora. Todos os jornaleiros do bairro eram intelectuais: Liam G. B. Shaw, O. Spengler e Hegel. E não eram propriamente jornaleiros: tinham 60, 80 e até 1.000 anos. Merda. Bati a porta com força e saí.

Aí, quando cheguei perto da escada, qualquer coisa me obrigou a virar e olhar pra trás. Você acertou: o cobertor vinha me seguindo pelo corredor afora, deslizando feito cobra, dobras e sombras na sua frente compondo a cabeça, a boca, os olhos. Devo confessar que, assim que a gente começa a se convencer de que um horror é um horror, no mesmo instante ele se torna MENOR. Por um instante cheguei a pensar que o meu cobertor era assim como um cachorro velho que não queria ficar sozinho sem mim, tinha que vir atrás. Mas de repente me lembrei que esse cão, esse cobertor, estava disposto a matar e então desci a escada correndo.

Sim, sim, ele veio no meu encalço! Andava tão depressa quanto queria, por aqueles degraus abaixo. Sem barulho. Determinado.

Eu morava no terceiro andar. Veio me seguindo. Até o segundo. Até o primeiro. A minha primeira ideia foi sair na disparada, mas lá fora estava muito escuro, um bairro silencioso e deserto, longe das grandes avenidas. A melhor solução seria me aproximar de algumas pessoas pra testar a realidade da situação. Precisaria de PELO MENOS 2 votos pra me convencer de que era realidade. Os artistas que estiveram muito adiantados pra sua época já descobriram isso e as pessoas que sofrem de demência e de pretensas alucinações também passaram pela mesma experiência. Se a gente for a única criatura que enxerga uma visão, é sempre chamado de Santo ou de louco.

Bati na porta do apartamento 102. A mulher de Mick veio atender.

– Olá, Hank – disse –, entra.

Mick estava deitado. Todo inchado, as canelas com o dobro da grossura normal, a barriga maior que a de uma mulher grávida. Antigamente bebia feito doido e o fígado não aguentou mais. Estava com hidropisia. À espera de um leito vago no hospital dos Veteranos.

– Oi, Hank – disse –, trouxe cerveja?

– Ora, Mick – ralhou a mulher –, você sabe o que o doutor disse: nunca mais, nem mesmo cerveja.

– Pra que o cobertor, garotão? – me perguntou ele.

Olhei pra baixo. O cobertor tinha saltado pra cima do meu braço, pra entrar sem despertar atenção.

– Bom, é que tenho demais – respondi. – Me lembrei que você podia estar precisando.

E joguei aquele troço no sofá.

– Não trouxe cerveja?

– Não, Mick.

– De cerveja é que estou precisando.

– Mick – ralhou a mulher.

– Ué, pensa que é fácil parar de uma hora pra outra depois de tantos anos?

– Bom, uma, talvez – concedeu ela. – Vou buscar no mercado.

– Nada disso – protestei –, eu tenho lá na geladeira.

Levantei e me dirigi pra porta, de olho no cobertor. Nem se mexeu. Ficou ali sentado no sofá, olhando pra mim.

– Já volto – avisei, fechando a porta.

E pensei: estou achando que é só imaginação. Vai ver que levei o cobertor junto comigo e imaginei que estivesse me seguindo. Devia procurar mais as outras pessoas. Meu mundo é muito bitolado.

Subi a escada, coloquei 3 ou 4 garrafas de cerveja numa sacola de papel e voltei. Já estava no segundo andar quando ouvi um grito, um palavrão e depois um tiro. Desci correndo o resto dos degraus e entrei no 102. Encontrei Mick em pé, todo inchado, segurando uma Magnum calibre 32, da qual saía um fio de fumaça. O cobertor continuava no sofá, tal como eu tinha deixado.

– Mick, você tá doido! – dizia a mulher.

– Exatamente – confirmou ele –, no minuto em que você foi pra cozinha, esse cobertor aí, juro por Deus, esse cobertor aí saltou pro lado da porta. Estava querendo girar a maçaneta, tentando sair, mas não conseguiu pegar direito. Depois que me recobrei do primeiro susto, saí da cama, fui na direção dele e quando cheguei perto ele saltou da maçaneta, se enrolou na minha garganta e quis me estrangular!

– O Mick anda doente – explicou ela –, tem tomado injeções. Anda vendo coisas. Antigamente, quando bebia, ele também via. Vai ficar bom quando for pro hospital.

— Puta que pariu! – gritou, parado ali em pé e todo inchado naquela camisola –, tô dizendo que esse troço aí tentou me matar e por sorte a velha Magnum tava carregada, corri pro armário, peguei a arma e quando aquilo me atacou de novo, dei um tiro. Saiu rastejando, voltou pro sofá e tá ali, ó. Você pode ver o furo por onde a bala passou. Isso não tem nada de imaginação!

Ouviu-se uma batida na porta. Era o administrador.

— Tá havendo barulho demais aqui – disse. – Não pode ter televisão nem rádio ligado depois das 10 horas, nem muita algazarra.

E aí foi-se embora.

Cheguei perto do cobertor. Claro que tinha um buraco de bala. Parecia totalmente imóvel. Qual será o ponto vulnerável de um cobertor vivo?

— Porra, vamos tomar uma cerveja – propôs Mick. – Pouco me importa se morro ou não.

A mulher abriu 3 garrafas e Mick e eu acendemos dois Pall Mall.

— Olha, garotão – recomendou –, leva esse cobertor com você quando for embora.

— Não tô precisando, Mick – retruquei –, pode ficar pra você.

Tomou um gole bem grande de cerveja.

— Tira essa maldita porra daqui!

— Ué, ele tá MORTO, não tá? – perguntei.

— Como é que vou saber, merda?

— Tá querendo dizer que acredita nessa bobagem toda que ele contou, Hank? – perguntou a mulher.

— Acredito, sim, senhora.

Ela jogou a cabeça pra trás e deu uma gargalhada.

— Puxa vida, tô pra ver dois cretinos mais loucos. – E depois: – Você também bebe, não é, Hank?

— Bebo, sim, senhora.

— Muito?

— Às vezes.

— Só sei que você tem que TIRAR essa porra de cobertor DAQUI!

Tomei um grande gole de cerveja. Pena que não fosse vodca.

– Tá legal, companheiro – concordei –, já que você não quer mesmo, eu levo.

Dobrei direitinho e pus no braço.

– Boa noite, pessoal.

– Boa noite, Hank, e obrigado pela cerveja.

Comecei a subir a escada. O cobertor continuava imóvel. Talvez a bala tivesse liquidado com ele. Entrei em casa e atirei em cima de uma poltrona. Depois sentei um pouco, pra olhar. Aí tive uma ideia.

Peguei uma panela e enchi de jornais. Depois fui buscar um facão. Coloquei a panela no chão, sentei na poltrona e pus o cobertor no colo, sempre de facão na mão. Mas não era fácil cortar o cobertor. Fiquei ali sentado, com o vento noturno da detestável cidade de Los Angeles me batendo na nuca, e vi que não era nada fácil cortar aquilo. Como é que ia saber? Talvez fosse alguma mulher que tivesse gostado de mim e que houvesse encontrado aquela maneira de voltar a me procurar. Pensei em 2. Depois me concentrei só numa. Aí levantei, fui à cozinha e abri a garrafa de vodca. O médico tinha dito que se eu insistisse em beber troço forte, morreria. Mas andava fazendo umas experiências. Uma dose do tamanho de um dedal uma noite. 2 no dia seguinte. Desta vez enchi o copo. Não era o fato de morrer que importava, e sim a tristeza, o espanto. Um punhado de gente que presta, chorando de noite. As únicas pessoas que interessam. Quem sabe o cobertor tinha sido essa mulher que agora queria me matar pra me levar pra junto dela ou procurava fazer amor feito cobertor e não sabia como... ou tentou matar Mick por ter atrapalhado quando ela quis abrir a porta pra sair atrás de mim? Maluquice? Claro. Mas o que é que não é? A Vida não é pura Loucura? Todos nós não somos bonecos que só falta dar corda... apenas umas voltas, a gente sai andando e de repente para, pra sempre?... depois que se caminha pra lá e pra cá, fazendo planos, elegendo governadores, cortando gramados... Loucura, sem dúvida, mas o que é que NÃO É?

Bebi o copo de vodca de um gole só e acendi um cigarro. Aí peguei o cobertor pela última vez e ENTÃO CORTEI! Cortei, cortei e cortei aquele troço todo em pedacinhos, até que não deu mais pra cortar... botei tudo dentro da panela, depois coloquei perto da janela e liguei o ventilador pra levar a fumaça pra fora. E enquanto as chamas começavam a se formar, fui à cozinha e me servi de outro copo de vodca. Quando voltei, o fogo já estava alto, vermelho, forte, como qualquer bruxa velha de Boston, que nem Hiroshima, que nem um amor, qualquer tipo de amor, e não me senti bem, não me senti nada bem. Emborquei o segundo copo de vodca e não senti reação. Fui buscar outro na cozinha, levando junto o facão. Joguei ele na pia e tirei a tampa da garrafa. Olhei de novo pro facão dentro da pia. A lâmina estava manchada de sangue.

Verifiquei minhas mãos, procurando ver se havia algum corte. As mãos de Cristo eram muito bonitas. Olhei as minhas. Não tinha nenhum arranhão. Nem um só talho. Nem sequer cicatriz.

Senti as lágrimas escorrendo no rosto, arrastando-se feito coisas insensatas e pesadas, sem pernas. Estava louco. Devia estar realmente louco.

Livros de Bukowski publicados pela **L&PM** EDITORES:

Ao sul de lugar nenhum: histórias da vida subterrânea
O amor é um cão dos diabos
Bukowski: 3 em 1 (*Mulheres*; *O capitão saiu para o almoço e os marinheiros tomaram conta do navio*; *Cartas na rua*)
O capitão saiu para o almoço e os marinheiros tomaram conta do navio (c/ ilustrações de Robert Crumb)
Cartas na rua
Crônica de um amor louco
Delírios cotidianos (c/ ilustrações de Matthias Schultheiss)
Escrever para não enlouquecer
Fabulário geral do delírio cotidiano
Factótum
Hollywood
Miscelânea septuagenária: contos e poemas
Misto-quente
A mulher mais linda da cidade e outras histórias
Mulheres
Notas de um velho safado
Numa fria
Pedaços de um caderno manchado de vinho
As pessoas parecem flores finalmente
Pulp
Queimando na água, afogando-se na chama
Sobre bêbados e bebidas
Sobre gatos
Sobre o amor
Tempestade para os vivos e para os mortos
Textos autobiográficos (Editado por John Martin)
Você fica tão sozinho às vezes que até faz sentido